직지 타임머신

직지 直指
타임머신

| 정진문 장편소설 |

문학여행

책머리에

1377년 7월 1일 직지(直指)를 만든 청주 홍덕사 스님들은 세계적인 스타라고 할 수 있다.

1955년 4월 18일 아인슈타인은 미국의 한 병원에서 죽었다. 그때 그 병원의 한 의사였던 생물 병리학자 토마스 하비 박사는 아인슈타인의 뇌를 훔쳤다. 그가 아인슈타인의 뇌를 훔친 것은 천재의 뇌는 다를까? 해서였다. 아인슈타인의 뇌는 23년 동안 숨겨져 있었고, 현대 과학이 발달하면서 교질세포와 두정엽의 구조가 일반인들보다 15% 더 많다는 사실을 알아냈다. 놀라운 사실이었다.

만약에 645년 전 1377년 고려시대에 아인슈타인이 있어 금속 활자를 만들었다면 그것이 세상을 놀라게 했을까? 아닐 것이다. 아인슈타인은 그가 살았던 시대가 세계가 다 알 수 있는 통신망과 연결되었기에 노벨상을 수상한 행운아가 된 것이다.

645년 전에 세계최초로 금속활자 직지를 만든 석찬이나 달잠 묘덕의 뇌는 어떠했을까? 그들 중 누구 한 사람은 천재적인 새로운 개념인 뇌를 가져 보통 사람과는 달랐을 것이다. 그들이 살아생전 이름을 날리지 못했던 것은 645여 년 전 통신과 교역의 미발달로 알려지지 못한 것뿐이며 당시에는 노벨상도 없었다. 세계 최고라는 극찬을 받고 있는 두뇌의 소유자가 바로 한민족인 대한민국 사람이다.

'직지'라는 세계 최초 금속활자를 만들기 위해 직지를 기획한 백운화상, 직지를 만든 석찬, 달잠, 묘덕, 네 명의 주역들은 고려시대의 역사였다.

직지(直指)를 만든 사람들도 이중성을 가진 동물이다. 누가 뭐래도 이중성이란 창조주가 만들어 냈으며 대를 잇기 위한 작품이다.

내가 이중적인 동물이 아니라고 주장할 사람이 있는가?

고려시대 그들의 삶 속으로, 타임머신을 타고 떠난다.

차례

1.
번외 : 예고(豫考)

공민왕 아들인 태자 강령대군. 우(禑)를 고려 제32대(1374년 10월 30일) 왕에 앉힌 사람은 권문세족인 이인임이었다. 이인임과 그의 측근인 문하우시중(門下右侍中) 이기춘은 국정을 쥐고 흔들었다. 국법은 코에 걸면 코걸이 귀에 걸면 귀걸이였다. 국법이 그리 문란하게 된 것은 매관매직이 성행하였기 때문이다.

매관매직한 청주목사 이상길은 청주목 사람들에게 "탈세를 했지?" "왜 인사를 안 왔어." 그 잣대로 몽둥이찜질을 시작하여 꽤 많은 재화를 만들었다. 내 말은 곧 법이라며 청주목 백성의 원성이 하늘에 닿아도 목사 그는 아랑곳하지 않았다.

그것은 개경의 실세 이인임의 한쪽 팔인 문하우시중(門下右侍中) 이기춘이 청주목사 이상길의 먼 친척이었기에 가능했다. 이상길이 청주목사로 온 것은 청주목의 광란 예고(豫告)였다.

비구승이 된 묘덕도 인간이었다. '누가 내 얼굴에 침을 뱉을 것인가?'

비구니에게 사랑할 권리는 정녕 없는 것일까? 그도 인간이라 비구니가 되고 내면의 이중적 갈등이 최고조에 이르렀을 때 짝사랑했던 달잠과 불사음계(不邪淫戒)를 범했다.

홍덕사 주지 석찬은 신임 목사의 악랄한 수법이 혀를 내두를 지경이란 소문은 신도들한테서 들어 벌써 알고 있었다. 죄도 없이 동헌에서 곤장을 맞고 땅을 빼앗긴 농민들과 심마니가 횡재하여 산 땅을 빼앗기고 흥덕사를 찾아와 하소연하기도 했다. 그것은 주지가 해결해 줄 수는 없는 일이었다. 그런데 형방이 사령(使令)을 데리고 흥덕사를 찾아왔다.

"안녕하세요? 청주목 형방 인사 올립니다. 제가 여기에 온 것은 사또께서 주지 스님과 여기에 같이 있는 달잠 스님과 묘덕 스님을 모셔 오라고 해서입니다. 같이 가 주셔야겠습니다."

"아니, 신임 목사님은 흥덕사에 먼저 찾아와 인사를 하는 게 예의가 아닙니까?"

"저는 사또 나리께서 하시는 일은 잘 모릅니다. 다만 모시고 오라고 하시니 왔을 뿐입니다."

"목사께서 흥덕사 주지를 부르는 무슨 이유라도 있습니까?"

"저는 모릅니다. 사또 나리께서 그냥 모셔 오라고만 하시니…."

안 갈 수도 없게 됐다.

"달잠, 준비하게 같이 갑시다."

"주지스님, 비구니 묘덕 스님도 같이 부르셨는데요?"

"그래 그럼 할 수 없지, 묘덕도 준비해야겠다. 무슨 일인지 모르지만, 같이 가 보자."

흥덕사 주지 석찬은 목사가 바뀌면 흥덕사로 찾아와 인사를 했는데, 인사도 오지 않은 그가 무슨 일로 부르는 것일까? 알 수 없는 일이었다. 목사가 흥덕사에 요구할 것은 없어 보인다. '별일은 없겠지' 하고 형방이 하라는 대로 달잠 스님과 비구니 묘덕을 대동하고 따라나섰다. 동헌에 들어서자 분위기가 심상치 않다. 중생을 위한다는 곳인데 사령(使令)들이 늘어서 서 있고 눈에 띄는 것은 곤장 틀이며 채찍 등 고문 기구들이 동헌 앞뜰에 몇 개나 보인다. 흥덕사 식구들에게는 필요 없는 기구가 아닌가? 흥덕사에서 동헌으로 간 세 사람은 무언가 섬뜩한 느낌이 들었다.

목사는 동헌 상좌에 앉아서 주지 석찬과 달잠 묘덕을 쳐다보고 있다. 세 사람은 목사가 동헌 안으로 들어오라고 하지 않으니 동헌 앞뜰에 서 있을 수밖에 없다.

주지 석찬이 신임 청주목사를 쳐다보니 덩치도 남달리 크지만, 생김새도 우락부락하고 입이 큰 걸 보니 꼭 돼지 같다. 성격도 남달라 보인다. 목사라는 직책이 아니더라도 그의 형색에 사람들은 압도당할 것만 같다. 먼저 목사와는 아주 다른 기운이 그에게서 풍긴다. '나무아미타불 관세음보살.'

목사는 고깔을 쓴 비구니 묘덕의 미모를 보고는 홀딱 빠졌다. 비구니 묘덕은 어미인 홍화보다도 절세미인이었다. 호색한인 목사 이상길은 입이 귀에 걸렸다. 그의 얼굴이 말을 해주고 있다. 그의 속셈은 다른 곳에 있었다. '비구니의 수청을 받고 싶다! 어떤 죄목을 붙여 수청을 받을까?'

청주목사는 홍덕사 주지 석찬. 승려 달잠, 비구니 묘덕과 주물장 황 노인까지 돌려가며 세세히 쳐다보다가는 손부채를 폈다, 접었다 하며 주지 석찬을 몰아쳤다.

"으흠 흠. 나 청주목사요. 목사가 취임식을 한다는 것은 전하의 명을 받드는 것인데 목에 사람들은 당연히 찾아와서 인사를 해야 하는 게 아닙니까? 홍덕사 주지는 청주목사가 부임했는데도 인사를 안 온 이유는 무엇인가?"

그는 청주목의 왕이 아니던가! 주지 석찬은 자세를 낮추고

"아! 목사님 죄송합니다. 실례했군요. 그러나 목사님께서는 전례를 모르시고 하시는 말씀입니다. 절의 주지가 목사 취임식에 참석하라는 법은 없습니다. 오히려 신임 목사가 취임하기 전에 청주목의 제일 큰

홍덕사에 와서 예를 갖추는 것이 먼저라고 생각하고 있었습니다."

그러자 목사는 6방을 쳐다보며 그게 사실이냐는 듯.

"그게 누가 만든 법이냐?"

그의 음성은 정말로 돼지가 꿀꿀대는 것만 같다. 아무도 그에 답하는 사람이 없자, 이방이

"전례입니다."

"그건 신돈의 전례야. 그는 죽었잖아."

말부터가 윽박지르는 태도이다.

목사는 어떤 수를 쓰든지 주지를 몰아쳐 음흉한 목적을 달성하려 생각하고 있는데 첫 말부터 주지에게 말려드니 좀 난감했다. 그냥 눌러 버리려고 더 몰아쳤다.

"홍덕사에서는 직지를 만들어 계속 팔면서 세금을 몇 년 동안 한 푼 안 냈다는데 그게 사실인가?"

"목사님. 만든 '직지' 책은 돈을 받고 파는 게 아니라, 불경 공부를 하는 사람들에게 무료로 나누어 주는 것입니다."

"뭣이라? 요즈음 세상에 공짜가 어디 있나? 여봐라. 이방! 홍덕사 주지가 목사를 능멸하는 거짓말을 할 때 법은 어떻게 하라고 했나?"

"사또 나리, 그것은 전무후무한 일이라 에, 그러니까, 그런 건 법에 없습니다."

"이방. 그런 법이 없다니 말이 되느냐? 목사에게 거짓말을 한 것은 큰 죄야!"

목사는 형방을 쳐다보며 큰 소리로 명령을 내렸다.

"저 거짓말을 하는 주지를 형틀에 묶고 곤장 세 대만 쳐라."

"네에? 사또 나리, 절의 주지 스님을 곤장을 친 적은 없습니다."

"시키면 시키는 대로 해. 내 말이 곧 법이야. 목사는 그 목의 모든 일을 관장한다."

목사는 주지에게 겁을 주어 항복하게 하려고 할 참이다.

사령(使令)들이 달려들어 홍덕사 주지 석찬을 형틀에 묶자, 비구니 묘덕이 달려들어 형틀을 막았다. 그리고는 목사를 쳐다보았다. 너무나 살벌한 분위기에 누구 하나 입을 열지 못했는데 비구니 묘덕은 용감했다.

"사또 나리, 불교 국가에서 주지 스님을 곤장을 치다니요? 아니 될 일입니다."

"묘덕아, 그만두거라! 목사께서 법을 집행하신다고 하지 않느냐?"

"주지 스님, 무슨 잘못이 있어야 벌을 받을 게 아닙니까? 이건 말이 안 됩니다."

트집을 적당히 잡고 속마음을 채우려 했는데 주지가 그냥 벌을 받겠다는 게 아닌가? 참 그 주지 용감한 것인지 대단한 것인지 알 수는 없지만 묘덕이라는 여승이 달려들어 형틀을 막고 있으니 목사는 참으로 난처해졌다.

"여봐라 형방, 목사가 법을 집행하려는데 막는 자는 어떻게 하라고 했느냐?"

"사또 나리. 그런 적도 없으나 일반인들 같으면 태장 다섯 대에 상평통보 30냥을 내게끔 되어 있습니다."

"그 법이 사실이렷다?"

"네, 사또 나리. 전에 다른 목사님들은 그리했다는 풍문입니다."

목사 이상길은 형방의 법에도 없는 아부성 말에 힘이 펄펄 났다.

"그래? 풍문도 법은 법이지. 저 중년을 채찍 의자에 묶어놓아라."

형방이 사령(使令)들에게 손짓을 하자, 사령(使令)들이 달려들어 묘덕을 채찍 의자에 앉히고 몸을 묶었다. 묘덕이 형틀 채찍 의자에 묶이자, 달잠은 몸이 얼었는지 묘덕을 한번 쳐다보고는 땅바닥만 내려다보며 가만히 있다. 목사의 명이 떨어졌다.

"주지에게 형을 집행하거라."

사령(使令)들이 목사가 시키는 대로 주지 석찬의 볼기를 한 대 치자, 그 비명이 목청 안을 휘돌며 청안은 공포 분위기로 휩싸였다. 두 대를 더 때리고 형틀에서 내려놓으니 주지 석찬은 나이 탓인지 땅바닥에 쓰러졌다. 그 모양을 내려다보며 목사는 이제는 저놈들이 꼼짝 못 하겠지! 곧 항복하겠지! 매에는 장사가 없다고 하지 않던가! 목사는 속으로 낄낄댔다.

어디서 소문을 들었는지 사람들이 목청으로 몰려들기 시작했다.

적당히 넘어가기는 목사 자신의 위엄이 없어 보이니 더 강하게 나갔다.

"목사에게 대들은 죄는 그냥 두어서는 안 되는 것이야. 사령(使令) 저 중년을 채찍으로 세 대만 때려라."

얇은 옷을 입은 비구니의 허벅지에 채찍 한 대를 때리자, 묘덕은 비명을 지르며 달잠을 쳐다보았다. 채찍 세 대에 옷이 서서히 붉게 물들기 시작했다. 묘덕은 고통에 눈을 감았다. 비구니 묘덕이 채찍을 맞고 축 늘어지자 사령이 달려들어 그를 묶인 의자에서 풀어놓았다. 고통의 표정을 짓던 묘덕은 힘없이 푹 쓰러졌다.

독을 뿜는 독사가 된 목사는 청이 울리도록

"목사의 말을 무시하면 살아남지 못할 것이야."

라며 고래고래 소리를 질러댔다. 개경의 든든한 동아줄로 불교 국가에서는 해서는 안 될 일이 청주목에서는 서슴치 않고 그렇게 진행됐다.

묘덕이 청주목으로 끌려왔다는 소문을 듣고 어머니 홍화가 쫓아와 보니 묘덕이 벌써 채찍을 맞아 옷은 핏물이 들었고 땅에 쓰러져 있다. 홍화는 목사 앞에 엎드렸다.

"사또 나리, 제 하나뿐인 혈육이니 살려 주십시오."

탐욕에 찬 목사는 홍화를 힐긋 쳐다보고는 음흉한 미소를 띠고는

"목사에게 대든 죄는 그냥 두어서는 안 되는 것이야."

달잠이

"사또 나리, 주지 스님을 곤장을 치고 비구니 승려를 채찍으로 치다니, 국법을 지키십시오."

"뭣이라? 이방! 저놈도 탈세한 같은 패지?"

"네 사또 나리. 홍덕사 스님입니다."

"저놈도 곤장 세 대를 때려라."

사령(使令)들이 달려들어 달잠을 형틀에 올려 매었다.

달잠의 비명이 청 밖으로 날아갔다. 모인 사람들은 그저 입을 다물고 구경만 할 뿐이었다. 목사는 일을 벌였으니 항복을 하지 않는 그들을 어떻게든지 그들을 족쳐 탈세 사건을 만들 셈이다. 주물장 황필순을 쳐다보며,

"황가 너는 왜 여기에 불려 왔는지를 아느냐?"

"네? 사또 나리. 잘 모르겠는데요?"

"뭐? 몰라? 너는 홍덕사 주지를 도와 탈세를 돕지 않았더냐?"

"사또 나리. 아닙니다. 주지스님이 말씀하셨잖아요? 그것은 돈을 받고 판 것이 아니라고요."

"여봐라, 형방 저놈 주둥이에서 사실이 나올 때까지 곤장을 쳐라."

아구구. 한 대를 때릴 때마다 황 노인의 비명소리가 하늘에 울려 퍼졌다. 사령들은 세 대를 때리고는 더 때리느냐는 듯 목사를 쳐다보았다. 곤장 세 대를 맞은 그는 더 때리기도 전에 손을 들고는 항복했다.

"형방 나리! 네… 네…! 주지 스님이 탈세를 했습니다."

"사또 나리, 황 노인이 주지 스님이 탈세를 했다고 실토했습니다."

정말 매에는 장사가 없었다. 주지가 탈세를 했다고 쓴 종이에 손

그림을 그렸다.

"여봐라, 실토한 황가는 빼고 홍덕사 중들을 주지와 함께 옥에 가두어라."

청주목사는 홍덕사 주지가 인사를 하러 오지 않았다고 죄를 걸려고 했는데 오히려 거꾸로 당했다. 마음은 심히 불쾌하지만 어쨌든 무슨 수단이든 마련하여 주지가 항복하게 할 참이다. 탈세를 이야기하니 그것도 주지의 답변에 할 말을 잃었다. 엉뚱한 트집을 잡아야겠다는 게 태형이었다. 그랬다. 매에는 장사가 없기 때문이었다.

흠, 흠 거리던 목사는 말했다.

"저 홍덕사 중들을 옥에다 가두거라."

소리쳤다.

2.
옥경이 비구니 합격, 묘덕으로

　고려 공민왕 시절, 과기시험 제도에는 승과(僧科)가 있었다. 남자가 합격하면 비구가 되는 것이고 여자가 합격하면 비구니가 되는 것이다. 3년에 33명만 뽑는 비구나 비구니 승과(僧科)시험은 쉬운 것이 아니다. 승과(僧科)시험에 합격하고 조계종에 등록을 하면 존경받는 바구, 비구니가 되는 것이었다. 승과 과거시험에서 합격하면 4단계 승려의 길을 갈 수가 있으며 정부의 요직도 맡을 수 있었다.

　공민왕이 집권을 한 후에 바로 시작한 것은 부정부패를 없애고 타락한 나라를 구하기 위해 과거시험에 있으나 마나 했던 승과를 부활한 것이다. 부활시킨 비구와 비구니를 뽑는 과정은 엄격했다. 비구는 열심히 공부한 남자가 되는 것이지만 비구니가 된다는 것은 남존여비 사상이 팽배했던 시절이기에 아무나 생각할 수가 없기도 했다. 그래서 고려의 비구니가 되기 위해 시험을 보려는 여성도 많지 않았기에 고려에 비구니는 손가락으로 꼽을 정도로 몇 명 되지 않았다.

　비구나 비구니가 되면 나라에서 일정량의 토지가 분배되어 충분하지는 않지만 굶어 죽지는 않을 정도이니 사는 데 큰 도움이 된다. 여자는 남자의 종이 되어 아기를 낳는 정도로 치부되던 시절이니 비구니가 되려면 부모도 잘 타고나야 했지만, 과거시험을 보는 것이니 아무나 비구니가 될 수 없었다.

　홍덕사 주지 석찬에게도 충청도 명기 '홍화'에게 그의 자식 '옥경이'를 비구니로 입승케 해 달라고 간청하는 것은 쉽게 입에서 나올 일이 아니었다. 그래도 옥경이의 그 비범함을 보고 속세에 두기에는 재주가 아까워 비구니로 만들고 싶었다. 그래서 어렵사리 옥경이의 어머니 홍화에게 딸을 비구니가 되게 허락을 요청했다.

공민왕 시절 백운 화상은 정부의 승과(僧科)시험을 관장하는 책임자인 공부선(功夫選)이었다. 과거시험이 아닌 비구나 비구니 시험은 고려 제일 사찰인 해주 신광사나 강화 선원사 주지가 시행할 수 있다. 그 두 곳은 주지승을 왕이 직접 임명하는 사찰이다. 그곳의 주지가 비구 비구니 시험을 보아 합격 여부를 조계종을 관장하는 공부선(功夫選)에게 보고하면 되는 것이다. 백운 화상의 제자 석찬은 스승에게 홍덕사에서 옥경이의 시험을 보아달라고 특별 주문을 했다. 옥경이는 열한 살 때 기생 홍화의 부탁을 받고 백운 화상이 석찬에게 공부를 가르치라고 부탁했던 아이였다. 그래서 석찬의 부탁을 수용하고 홍덕사에서 직접 시험을 보기로 하신 것이다.

공부선(功夫選)이 홍덕사에 한 사람을 시험을 보게 한 것은 특별한 사례였다. 과거시험과는 다르기에 장원이라는 등원제도는 없었다. 다만 시험에 합격하면 공부선(功夫選)인 백운 화상이 비구니계를 주고 조계종에 등록을 해주면 정식 비구니가 될 수 있는 것이다.

옥경이는 승과(僧科)시험이 무엇인지를 알고 있었다. 그것은 여자가 사는 동안에 중생들로부터 존경을 받으며 일정량의 정부 토지를 배분받는 일종의 공무원이 되는 신분상승의 길임을 알기 때문에, 옥경이에게 주지 스님은 스승님이지만 너무나 고맙고 아버지만 같은 어른이시다.

옥경이는 강화도 선원사에 가서 비구니들의 삶과 그들의 가르침을 보고 들으며 일 년 동안이나 수행자 교육을 받았었다. 참선 수행을 위해 100일간을 방 밖 출입을 금하기도 하는 수행도 했었다.

새벽에 일어나 목욕재계하고 공양을 드는 둥 마는 둥 하고 관세음보살님 상 앞에서 꿇어앉았다. 기쁨과 설렘 또 기대가 함께 어울려 마음은 긴장되고 떨렸다. 합격을 한다면 앞으로의 삶을 내가 아닌 나로 살아야 한다는 것을 비구승들에게서 누누이 들어왔다. 또한, 내 삶을 어머니에게 기대하지 않아도 될 것이었다. 양어머니 집과 같이 가난하고 어렵게 살지 않아도 될 것이다. 출가하면 중생에게 도움이 되는 삶을 살아야겠다는 마음이 더 굳어졌다.

"9년 동안 홍덕사에서 보시도 하고 공부도 하느라고 고생 많았다. 이제 너는 성년이 되었다. 성년이 되면 모든 네 행동은 네가 책임져야 한다. 말을 할 때 입에서 나온다고 말하지 말고 꼭 생각해보고 가려서 하여라. 이제 내일이면 네가 꼭 백운 화상님께 계를 받고 싶다고 하였으니 공부선(功夫選)이신 백운 화상님의 시험에 통과하면 네 뜻을 이루게 될 것이다. 비구니가 되는 게 그리 쉬운 게 아니다. 마음을 가라앉히고 백운 화상님의 질문에 답을 잘해야 삭발식을 하고 법명을 받을 것이다. 꼭 합격한다는 보장은 없으니 그동안 배운 것을 잘 해보아라."

묘덕을 길러주고 공부를 가르쳤던 아버지 같은 주지 석찬스님의 사랑이 가득 담긴 말씀이었다.

주지 스님에게서 불경 공부도 열심히 배웠지만, 합격한다는 보장은 없다니, 그 말을 들은 옥경이는 가슴이 떨려오며 밤잠을 제대로 잠들지도 못했다. 뜬금없이 정말 아버지가 보고도 싶었다. 그러나 찾아갈 수도 없는 몸이다. 비구니계를 받는다는 것은 한 분뿐인 어머니 말씀을 거역하는 것이니 마음도 심란했다. 빨리 날이 밝았으면 좋기도 하겠고 그냥 날이 새지 않았으면 좋을 것도 같다. 계를 받으면 중생들을 위한 기도를 하며 희생정신으로 삶을 살아야 한다. 그리고 어머니가 바라는 혼인은 하지 못한다. 그래도 출가하기로 결심한 것이 아니던가!

옥경이는 공양간에서 심부름을 하고 신자들과 스님의 옷을 빨아 말리는 일도 하며 열심히 공부했었다. 무심천 변의 작은 우물을 길어다 먹기도 하고 밤이면 무심천에서 목욕도 하고, 빨래터도 있어 빨래도 했다. 여름에는 좋지만 겨울에는 빨래하기가 너무나 어려웠다. 그래도 9년 동안을 그 힘든 일을 해가며 버텨냈다. 봄이 되면 버들강아지가 손을 내밀고 여름에는 조개도 잡고 목욕도 할 수 있는 곳이 흥덕사 앞 무심천이다.

삭발해야 한다는 것을 알기에 긴 머리칼을 몇 번이고 만져보았다. 만 이십 년 동안 기른 머리를 자르고 모든 것을 잊고 출가해야 하니 가슴이 동당 동당 뛴다.

옥경이는 비구니가 고깔모자를 쓰고 가는 것을 보고서는 정말로 꼭 그 모자를 쓰고 싶었다. 그것은 아무나 쓸 수가 없었다. 비구니의 고깔모자는 존경의 상징이었다. 그분들은 공부도 많이 하여 그 어려운 불경 책을 다 읽고 쓰며 중생을 위한 삶을 사니 존경을 받는 것이다. 또한, 중생의 지도자가 되는 것이었다. 그동안 시험을 위해 노력한 것을 잘할 수 있을지 걱정이 많았다.

비구니계를 받으면 무심천에서의 목욕은 못할 것 같다는 생각이 들었다. 착잡함과 설렘이 뒤섞여 내 몸이 내 몸이 아닌 것만 같다. 부처님 앞에 머리를 굽히고 눈을 감고 앉아 주지 스님을 기다렸다.

백운 화상님과 주지 스님 석찬이 함께 들어왔다. 백운 화상님은 왕사(王師)를 거절하신 누구나 우러러보는 관세음보살님 같은 분이 아니신가! 무릎을 꿇고 앉아있던 옥경이는 벌떡 일어났다. 몇 번이나 뵙고 그분의 설법을 들었지만, 오늘은 시험관이었다. 그리 생각하니 백운 화상님이 지극히 높은 다른 사람으로 보였다.

지필묵이 준비된 부처님 앞에 합장한 백운 화상께서 "나무아미타불 관세음보살" 세 번을 뇌이고는 옥경이 앞자리에 정좌하였다. 옥경이는 고개를 숙이고 무릎을 꿇고 앉았다. 석찬 주지 스님이 옥경이에게 먼저 말을 꺼냈다.

"지금부터 스승님께서 너에게 불경에 대해 질문을 하실 것이다. 이 자리는 공부선(功夫選)이신 백운 화상께서 특별히 마련한 자리로서 정식으로 승과(僧科)시험을 보는 자리이다. 네가 배운 대로 묻는 말씀에 답을 하거라."

"네. 알겠습니다."

고개를 들어 백운 화상님의 얼굴을 다시 쳐다보니 전에 보던 분이 아니었다. 부처님만 같다. 가슴이 떨려왔다. 꼭 합격하고야 말겠다는 굳은 의지로 번뜩이는 눈을 뜨고 입술을 지그시 물고는 다시 한번 백운 화상님을 쳐다보았다.

"관세음보살님은 누구신고?"

첫 물음이 하늘에서 내려오는 소리만 같다. 자신 있게 대답했다.

"네. 이 세상 사람들의 소리와 소망을 관찰하는 분이시옵니다."

"그러면 관세음보살님께 언제 소망을 기도해 본 적이 있느냐?"

"네. 관세음보살님은 자비의 상징이시니. 기쁠 때나 슬플 때나 참회의 눈물 속에서나 용서를 구할 때 관세음보살님께 기도했습니다."

"네가 배웠다시피 기도할 때 가장 많이 하는 것은 천수경이다. 그것은 팔만대장경 안에 있는 글이다. 인도에서 전해 온 글 원본을 새긴 것이 팔만대장경판 안에 들어있는 것이다. 천수경을 아느냐?"

"네, 천수 천안 관세음보살(千手千眼觀世音菩薩) 님에게 하는 기도입니다."

"천수 천안 관세음보살님을 아는 대로 말해 보아라."

"네. 천수천안(千手千眼)이란 천 개의 손과 천 개의 눈을 가지고 중생들의 아픔을 보듬고 마침내 고통에서 벗어나게 해주시는 분입니다."

"어떻게 천 개의 손에 천 개의 눈이 붙어있느냐?"

"손 안에 있는 눈, 그것은 지혜의 눈입니다."

"그래 잘 배웠다. 천수경의 구성을 이야기해 보아라."

"첫 시작은 개경게(開經揭)로, 무상심심미묘법백천만겁난조우(無上甚
深微妙法 百千萬劫難遭遇), 아금문견득수지원해여래진실의(我今聞見得
修持願如來眞實義)입니다."

"그 뜻을 아느냐?"

"네. 가장 높고 깊은 미묘하신 부처님 법입니다. 백천만 겁 지나도
록 만나 뵙기가 어려운데, 다행히도 제가 지금 보고 듣사오니 부처님
의 진실한 뜻 깨닫기를 원합니다, 입니다. 이 글을 읽고서 그다음에
경을 읽습니다."

"다음은 무엇인가?"

"네 두 번째는 계청(啓請)입니다. 천수천안 ~ 소원종심원만입니다."

"다음은?"

"네. 세 번째는 별원(別願)입니다. 나무대비 관세음 ~ 지득대지혜,
각각의 서원을 발원하는 것입니다."

"다음은?"

"네. 네 번째는, 별귀의 소청(別歸依 召請) 명호를 부르는 모든 보
살님께 귀의한다는 뜻입니다."

"다음은?"

"네, 다섯 번째는 다라니 신묘장구대다라니로서 이 다라니 안에 천
수경의 핵심이 들어있습니다."

"다음은?"

"네 여섯 번째는 찬탄(讚歎)입니다. 다라니를 찬탄하는 내용 안에는
사방찬, 도량 찬이 들어있습니다."

"다음은?"

"네 일곱 번째는 참회(懺悔) 참회게 ~ 참회 진언입니다."

"다음은?"

"여덟 번째는 준 제주. (准提呪) 준제 공덕취 ~ 원공중생성불도. 준제보살은 모든 부처님의 어머니. 중생의 어머니뿐만이 아니라 부처님들의 어머니. 준제 보살님을 찬탄하는 진언입니다."

"다음은?"

"네 아홉 번째는 총원(總願) 모든 원을 의미합니다. 여래십대발원문, 사홍서원까지요."

"다음은?"

"네 열 번째는 총귀의(總歸依) 삼귀의 입니다."

"그래 천수경은 그렇게 구성된 것이다."

"나무아미타불 관세음보살."

"수리수리 마하 수리 수수리 사바하는 무슨 뜻인고?"

"그것은 입을 청정케 하는 진언으로 모든 경을 읽을 때 이것을 읽습니다."

" '수리'라는 것은 무슨 뜻인고?"

"네, 그것은 훌륭하다. 아름답다, 또는 존경하는 분을 지칭 시 그 앞에 붙이는 말입니다."

" '마하'라는 말의 뜻은 무엇인고?"

"네. 그것은 '크다'라는 뜻입니다."

"사바하(娑婆訶)는 무슨 뜻인고?"

"큰 스님께 공양을 올릴 때, 또는 기도 끝에 축복합니다, 하는 뜻입니다."

"정구업진언을 아느냐?"

"네. 수리수리 마하수리 수수리 사바하를 외는 것으로 '대길 상존이

시여,~ 하면서 이야기를 하는 겁니다. 청정하고 청정한 청정의 님이
시여(대길 상존이시여), 승묘한 청정의 님이시여 스와하(사바하)입니
다."

"오방내외안위제신진언(五方內外安慰諸神眞言)을 아느냐?"

"네. 오방내외안위제신진언(五方內外安慰諸神眞言)은, 나무사만다 못
다남 옴 도로도로 지미 사바하(3번을 웁니다), 오방 내외 모든 신중
님을 편안하게 '모시는 진언'으로 오방(동·서·남·북·중앙)의 안과 밖에
있는 모든 신중을 편안하게 모시는 것입니다. 뜻은 나무 사만다 못다
남(일체 부처님께 귀의합니다)입니다. '나무'는 '예배하다, 귀의하다',
'사만다'는 일체, '못다남' 은 '부처님'입니다."

"그 다음에 오방내외안위제신진언 (五方內外安慰諸神眞言) 나무사만
다 못다남 옴 도로도로 지미 사바하 (3번) 의 뜻은 무엇인고?"

"네. 그다음에 오방내외안위제신진언 (五方內外安慰諸神眞言) 나무
사만다 못다남 옴 도로도로 지미 사바하(3번)의 뜻은 '온 누리에 두루
계시는 부처님들께 귀의합니다'이며, 모든 신을 위로하는 씨앗을 지켜
주시옵소서, 그 일이 원만하게 성취케 하옵소서. '도로'는 이기다, 성
취하다, '지미'는 '성취해서 이루어 내다', '사바하'는 '축복하고 이루어
지기를 바랍니다'입니다."

옥경이는 얼굴이 붉어지고 숨이 가빠왔다. 다음 질문이 무엇일까?
드디어 어려운 '옴'에 대한 물음이 귓불을 때렸다.

" '옴'이란 무엇인고?"

긴장은 순간 말을 막았다. 그러나 금방 생각이 떠올랐다.

" '옴'은 '진실로 그렇습니다' 입니다. 존경한다는 표현도 담겨있습니
다. 인도에서는 종교의식의 시작과 끝에 이 '옴'자를 사용한다고 합니
다. '옴'이란 시작과 끝을 이야기하며, 현재 과거 미래의 모든 것을
담고 있습니다."

"그래. 옴이라고 하는 것은 우주가 형성될 때의 굉음, 이것이 옴에 가깝다. 그래서 유지되고(住) 무너지고(壞) 공(空)으로 돌아가 재창조(成)하는 것을 의미한다. '성주괴공(成住壞空)'의 과장을 모두 담고 있는 '옴'은 너무나 많은 내용을 함축하고 있기에 한 마디로 함축하기에는 어렵다. 그래서 '옴'이라고 하는 것이다. 잘 알고 있구나!"

나무아미타불 관세음보살. 옥경이는 자기도 모르게 입이 달싹댔다. 나무아미타불 관세음보살.

"개경게에 대하여 말해 보아라."

"네. 개경게(開經偈)는 경을 펼치는 게송입니다. 무상심심미묘법백천만겁난조우(無上甚深微妙法 百千萬劫難遭遇) 아금문견득수지원해여래진실의(我今聞見得修持願如來眞實義). 무상심심 미묘법 ~ 위 없이 심히 미묘한 법. 백천만겁난조우, 백천만겁 지난들 어찌 만나리. 겁(劫), 백 년에 한번 얇은 옷으로 바위를 스쳐 그 바위가 닳아 없어지는 시간… 그것을 겁(劫)이라고 합니다."

"개법장 진언(開法藏 眞言)을 아는 대로 말해 보아라."

"네. 그것은 법장을 여는 진언 즉 법의 창고를 연다는 뜻, 그것을 진언으로 합니다. 법장(法藏)은 법의 창고입니다. 옴 아라남 아라다(3번)을 외웁니다. 옴 아라남 아라타 아라남, 심연(깊은 곳) 아라타(기쁘다, 즐기다) 개법장 진언 ~ 부처님의 세계를 여는 진언 '편안한 마음으로 법령에 만족하게 하소서', '옴 심연을 즐길지어다.' 이런 뜻으로 천수경을 읽기 전에 읽는 것입니다."

"그래, 잘 알고 있구나! 관세음보살님을 청하는 게송을 아느냐?"

"네. 천수천안 관자재보살광대원만(千手千眼 觀自在菩薩廣大圓滿), 천수천안 관음보살 '광대하고 원만하여, 무애대비심대다라니 계청(無碍大悲心大陀(비탈질타)啓請)걸림없는 대비심의 다라니를 청하옵니다'라는 뜻을 가지고 있습니다. 관세음보살의 '다라니'를 청함, 관세음보살님을 상징하는 관세음보살님의 언어이며 관세음보살님의 내용을 모두 담고 있습니다."

"신묘장구 대 다라니(神妙章句大陀羅尼)는 무엇이냐?"

"네. 대비주(大悲呪)라는 다라니를 여기서 청하는 겁니다. '관세음보살님의 모든 것이 응축되어 담겨있는데 다라니를 청하는 것이며' 모든 것들은 다 대다라니신주를 통해서 우리가 얻을 수 있는 내용이고 귀의도 마찬가지로 그렇게 하는 것입니다."

백운 화상님의 질문에 답은 잘한 것만 같다. 옥경이는 땀방울이 송송 돋아난 얼굴을 쳐들고 입술을 다시 한번 물었다.

"그러면 네가 지금까지 내가 너에게 물은 것을 한문으로 쓸 수 있느냐?"

아! 이제 질문이 끝인가? 그녀는 자신 있게 대답했다.

"네, 쓸 수 있습니다."

"겹치는 글자는 빼고 원문은 다 써 보거라."

옥경이는 차분히 천수경 본문을 써 내려가기 시작했다. 반복되는 글을 빼면 한자는 그리 많은 것이 아니다. 글을 쓰는 내내 관음전은 적막이 함께 했다.

옥경이는 그 어려운 천수경 한문을 다 쓰고는 백운 화상을 쳐다보았다. 주지 석찬도 그녀가 쓴 한문을 보고는

"정말로 제대로 알고 글도 잘 쓰는구나!"

주지 석찬은 옥경이가 쓴 한문을 모아서 백운 화상께 올렸다. 글을 쓰는 내내 옆에서 구경했으니 백운 화상께서 그 글을 다시 볼 필요는 없었는지 그것을 받아서는 옆에다 놓으셨다. 그리고는

"본론인 천수경을 외울 수 있는 데까지 외워 보아라."

시험을 보기 위해 달달 암기한 것이나 그래도 긴장이 되었다.

"네."

옥경이는 눈을 감고 천수경을 외우기 시작했다.

[정구업진언]～[오방내외안위제신진언]～[개경게]～[개법장진언]～
[신묘장구　대　다라니]～[호신　진언]～[준제진언]～[여래십대발원
문]～[참회진언.]～[정법계진언]～[호신진언]～　[준제진언.]～[여래십
대발원문.]

나무상주시방승.

"여기까지가 천수경 한 편의 끝입니다."

하고는 눈을 뜨고 백운 화상을 쳐다보았다.

"천수경을 전부 외우다니 장하다."

그것 또한 옥경이는 통과했다. 글을 쓰는 것을 내내 지켜보고 있던
주지 석찬도 놀람을 금치 못했다. 9년이라는 기간도 있었지만, 어찌
그 어려운 한자를 정확히 썼는지 보고도 믿기지 않았다. 그런데 천수
경을 한자도 틀리지 않고 외우다니….

주지 석찬은 옥경이가 이렇게 공부를 한 사람입니다, 라는 듯 스승
님인 공부선(功夫選)을 쳐다보았다. 고개를 끄덕이던 공부선(功夫選)
께서는

"대단하다. 승과시험에 공동으로 시험을 보았다면 '4급 중덕'도 될
수 있을 것 같구나."

승과시험 본선에 합격한 33인은 4급 중덕, 3급 대덕, 2급 대사, 1
급 도대사로 진급을 할 수 있는 것이다. 그런데 백운 화상의 판단은
옥경이 성적이 4급 중덕의 칭호를 받는 급으로 최고의 극찬을 하신
것이다.

"금강경과 반야심경도 다 알고 있을 것 같으니 그것은 시험을 보지
는 않겠다."

아침에 시작한 시험이 저녁 공양 시간이 다 되어갔다. 과거시험보
다 더 까다롭게 1차 2차를 한꺼번에 보려니 그리 시간이 걸린 것이

다. 옥경이의 이마에는 긴장의 땀방울이 흘러내렸다.

"이제 출가에 대한 것을 물어보겠다. 출가하면 속세와 모든 인연을 끊고 살아야 한다. 그것은 살을 도려내는 아픔보다도 더 큰 뼈를 깎아내는 고통이 따르기도 한다. 다 참아내겠느냐?"

"네. 참아내겠습니다."

"출가하면 무소유를 하여야 하는데 원 그 뜻을 아느냐?"

"네. 그것은 욕심을 버리면 마음이 평안하다는 뜻입니다."

"이제 오늘 계를 받으면 스스로 깨닫고 오직 나인 듯 내가 아닌 삶을 살아야 한다. 그 뜻을 아느냐?"

"그 뜻은 잘 모르겠습니다."

"그렇지! 그것을 위해서 정진을 하는 것이다."

"비구니가 지켜야 할 4대 금기사항을 알고 있느냐?"

"네 알고 있습니다."

"외워 보아라."

"1. 불살생계(不殺生戒) 2. 불투도계(不偸盜戒) 3. 불사음계(不邪淫戒) 4. 불망어계(不妄語戒)입니다."

"그래 그 뜻은 잘 알고 있을 것 같다. 잘 지킬 수 있겠지?"

"노력하겠습니다."

"출가하는데 다른 하고 싶은 말은 없느냐?"

"아직 무엇이 무엇인가를 모르겠습니다. 불경 속에서 대답을 구하겠습니다."

"참으로 장하다. 9년 동안에 배운 것이 많구나. 더는 묻지 않겠다. 더 배우는 데 시간을 아끼지 말거라."

"네."

"그 긴 불경을 다 외우고 쓰다니 너는 천재로다. 이제 삭발식을 거행하고 네 법명을 묘덕(妙德)이라고 지어주마. 묘덕의 뜻은 말할 수

없이 빼어나고 덕을 베푸는 사람이라는 뜻이다."

나무아미타불 관세음보살.

"이제 계를 받으면 너는 중생을 가르치는 비구니가 되어야 할 것이다. 더욱 정진하거라."

나무아미타불 관세음보살.

그렇게 하여 옥경이는 삭발하고 백운 화상을 계사(戒師)로 석찬 주지 스님을 은사(恩師)로 비구니계를 받았다. 그리고 '묘덕'이라는 법명을 받았다.

묘덕을 가만히 쳐다본 백운 화상은 저 미모의 비구니를 세속 사람들이 과연 가만히 둘까? 또한, 근래 사람치고는 많이 배우고 똑똑한 묘덕인데 그저 불경대로 살아갈 수가 있을지? 걱정이 되었다. 묘덕에게 다시 한번 주의를 주었다.

"부처님에게 귀의하고 다시 세속으로 돌아간다는 것은 부처님께 죄를 짓는 것이다. 참선 수행을 하여 지혜로운 안목을 길러야 한다. 네 마음을 네 스스로 가둔 것은 무엇이냐? 그것은 탐욕이니라. 맑은 물이 되거라. 맑은 물은 더러움을 씻겨주며 어려운 고비도 잘 넘기며 바다로 향한다. 맑은 물은 바다로 가는 도중에는 많은 식물을 살리고 어류에게 풍부한 먹이를 주며 바다는 다시 이슬이 되어 맑은 물이 된다. 이것이 자연의 이치이니라. 사람 또한 태어났으니 물과 같이 많은 사람에게 이익을 주고 떠남이 마땅하다. 불사음계(不邪淫戒)를 지켜야 진정 불자가 될 것이다."

옥경이는 눈앞 공부선(功夫選)님의 진언들이 하늘에서 내려온 분의 말씀만 같다. 그렇게 생각하고 쳐다보니 공부선(功夫選)님의 얼굴이 지금까지 보던 얼굴과는 달리 보였다. 얼굴에서 빛이 나는 것 같다.

'아! 깨달음을 가지신 분은 얼굴까지도 범상치 않구나!'

"네, 명심 또 명심하겠습니다."

정말로 신선만 같은 공부선(功夫選)님의 얼굴을 그녀는 다시 쳐다볼 수가 없다. 고개를 땅으로 내렸다. 석찬 주지 스님은
　"진심으로 비구니 합격을 축하한다. 너를 키우며 같이 살았지만, 오늘 같은 보람을 갖다니 부처님께 감사를 드린다. 이제 백성들의 앞에 나가 설법을 할 수 있을 정도로 정진해야 하느니라."
　옥경이는 주지 스님에게 너무나 감사했다. 그동안 공부도 시켜주셨을 뿐만 아니라 이제 누구의 도움 없이도 살아갈 수 있는 기틀을 마련해 주신 것이다. 마음은 뛸 듯이 기뻤다. 새로 태어난 기분이다. 그러나 이것을 어머니에게 즉시 알릴 수는 없었다. 눈물이 났다.
　"감사합니다. 감사합니다. 열심히 노력하겠습니다."
　묘덕은 백운 화상님께 큰절을 하고는 촉촉이 젖은 눈으로 관세음보살님께 108배를 올렸다.
　삼단같은 머리를 잡아당기던 머리칼이 없어지니 무언가를 잃어버린 것만 같이 허전하다.
　묘덕은 불경 공부를 열심히 하여 천수경을 쓰고 다 외우는 기염(氣焰)을 토해 백운 화상으로부터 천재 소리를 들었다. 기분이 좋아 날아갈 것만 같은데, 정식 비구니가 된 이 소식을 어머니에게 전하면 기뻐하실까? 아니실까? 걱정이 없지도 않았다.

3.
경한의 구도(求道)의 길

선구자 백운 화상은 전라도 고부(정읍)에서 1299년 태어났다.

백운 화상은 호이고 '경한'은 백운 화상이라 불리기 전의 법명이다. '경한'은 어려서 기억도 나지 않는 사람에게 이끌려 공주 마곡사에서 살게 되었다. 그곳에서 몸을 기대고 살다가 20세 때 신광사에서 비구계를 받아 '경한'이라는 법명을 받았다. 정식으로 조계사의 승려가 된 것이다. 그리고는 전국의 사찰들을 다니기 시작했다. 밥을 먹듯이 굶기도 많이 하며 탁발승으로 10여 년을 보내고 안착한 곳이 해주의 신광사였다. 신광사는 고려 2대 사찰로 전라도 송광사와 같이 큰 사찰이며 주지승은 왕이 직접 임명하는 사찰이었다.

신광사 주지 보우 스님은 태고(太古) 속성은 홍(洪)으로 13세에 양주 회암사에서 출가했다. 가지산 하총림에서 도를 닦아 26세에 화엄선(華嚴禪)에 합격했다. 그리고 1346년 원나라 하무산의 석옥 청공 선사에게 법을 잇고 고려로 돌아오자, 공민왕은 그를 왕사로 임명했다.

경한은 50세가 넘도록 사찰 생활이 무언가 허전한 느낌이었다. 경한의 마음을 항시 떠나지 않고 있는 '인생이란 무엇인가?'를 불경 속에서 해답을 찾지 못하고 고민을 하던 경한은 '그래! 주지 스님의 스승님인 원나라 후저우(湖州)[1]로 석옥 청공 선사님을 찾아가 불법을 구하러 가자!' 마음을 굳히고 보우 주지 스님에게 허락을 받으러 갔

---

1) 후저우(湖州) : 현 중국 저장성 북부 도시. 상해에서 서쪽으로 160km 떨어져 있는 도시이다. 양쯔강 남쪽 강남.

다. 열심히 정진해 보라며 석옥 청공 선사님은 깨달음을 가지신 유명한 분이라는 것을 일러주었다.

오랫동안 정진을 하고 청공 선사라는 이름으로 불릴 때는 입적할 날도 멀지 않은 분일 것이다! 그분이 입적하시기 전에 가서 배우기로 작정했다. 당시의 승려들에게 소문이 난 원나라 후저우(湖州)의 석옥 청공 선사님을 찾아가 한마디 말씀이라도 직접 듣기로 결심한 것이다. 경한의 생각은 틀리지 않았다. 석옥 선사님은 연세가 많으시단다. 경한의 마음은 급해지기 시작했다. 원나라로 가기 위해 마음의 준비를 단단히 했다.

탁발승을 하면서 몇 개월 동안 원나라 석옥 청공 선사를 찾아간다는 것은 엄두를 못 낼 일이다. 그렇지만 깨달음을 찾기 위함이라면 어떤 고난도 이겨야 한다고 생각이 들어 그는 거듭 결심을 했다.

경한은 원나라 말을 3개월 동안 배웠다. 언어를 좀 배우고는 주지 보우 스님과 상의하였다. 석옥 청공 선사의 제자인 신광사 주지 보우 스님은 경한에게 소개장을 써 주었다. 날씨를 보아가며 출발해야 하는데 초봄에 떠나면 좋을 듯 싶었다.

신광사에서 들은 이야기는 원나라 후저우로 가려면 유경(柳京, 평양) 부근을 거쳐 보주(의주)를 지나 요하(압록강)를 건너 단둥을 벗어나 잉커우-진저우-진황다오-탕산-톈진-반저우-신이-화이안-타이저우-우시-쑤저우(蘇州)만 가면 보름 거리의 상하이가 있다고 한다. 양쯔강 건너 강남이라는 후저우(湖州)로 가야 하는데 수천 리 길의 엄청난 먼 거리이다. 돈이 없으니 탁발승을 해가며 가야 한다. 고려 국내가 아니니 더욱 큰 어려움이 있을 것 같다. 후저우(湖州)까지 가려면 빨리 가도 4개월 이상 걸린다는 것을 듣고 초봄에 신광사를 떠나기로 했다. 그것은 뇌리에서 떠나지 않는 자아의 발견을 위함이고 깨달음을 갖기 위한 해답을 구하고자였다. 매일 새벽마다 일어나서 손발을 씻고 부처님 전에 절을 하루도 안 빠지고 했었다. 그렇게 사는 것이 관세음보살님의 구원을 받는 것이라 믿었다. 그간 깨달음을 가지려고 부처님 전에 수없이 절을 하지 않았던가!

원나라로 떠나기 직전 마지막 좌선 수행의 시간이 끝나자, 관음전에 모셔진 관세음보살님의 얼굴을 뚫어질 듯이 쳐다보았다. 관세음보살님은 자애로운 미소로 답해 주셨다. 죽는 그 일은 해탈하는 것이지만 인간이 산다는 것은 기적이다. 어느 날 어느 시에 세상을 떠날지는 아무도 모른다. 다시는 못 돌아올지도 모른다는 생각은 해주의 신광사의 모습을 하나하나 가슴속 깊이 그려 넣었다. 그림은 봄날의 아지랑이처럼 하늘거리며 머릿속으로 들어갔다. 이제 앞에 운명은 한 치도 알아볼 수가 없는 곳으로 향할 것이다. 해주 신광사 주지 스님께 작별 인사의 절을 드렸다. 경한의 손을 잡아 일으킨 주지 스님은

"경한! 깨달음을 얻고 돌아와 중생을 위해 살기를 바라네. 할 수 있다고 생각하면 할 수 있는 거야. 중간에 포기하지 말기를."

어떤 어려운 일이 있든 절대 포기하지 말라는 주지 보우 스님의 응원과 격려는 경한의 뇌리에 강력한 메시지였다. 주지 스님은 경한의 얼굴에 이는 경련을 가만히 쳐다보고 미소를 보냈다.

"네, 잘 알고 정진(精進)하겠습니다."

가죽신이나 짚신을 중간에 만들 수는 없었다. 가죽신도 좀 걸으면 헤져 못쓰게 되고 짚신은 더 빨리 헤진다. 맨발로 걸어갈 참이었다. 희생하지 않고 어떻게 자아(自我)를 알 수 있단 말인가!

경한은 먹여주고 재워 준 절 땅에 엎드려 부처님 전을 향해 삼 배를 했다. 그리고 三衣 一鉢(上衣, 中衣, 下衣와 공양을 하는 발우)을 하고 바랑에는 공양간에서 준 주먹밥 다섯 개와 작은 발우 한 개와 땀을 씻을 헝겊 조각과 작게 자른 대나무 속에 소개장을 넣고 일어섰다. 그것은 비가 오면 젖지 않게 하기 위함이었다. 주먹밥을 더 준

다는 것을 사양하고 다섯 개만 가지고 떠났다. 주먹밥은 이틀간은 먹을 수 있을 것 같다. 그게 탁발승의 차림새 전부이다. 만약을 위해 고려 화폐인 삼환 통보나 해동통보, 해동중보, 동국통보를 조금 가져가면 좋지만, 그것은 원나라에서는 통용되지 않는다. 또한, 고행길이 아니다. 탁발승에게는 빈손이 좋다.

바랑을 메고 목탁 하나를 들고 보주(의주) 쪽으로 향해 떠났다.

겨울바람과는 완연히 달라진 초봄인 4월의 바람은 코를 훌쩍이게도 하고 몸을 가볍게 해주는 것 같다. 입고 있는 옷은 분소의(糞掃衣)라고 하는데 그것은 똥칠한 옷이라는 뜻이다. 아직도 겨울옷을 안 벗었기에 누비저고리와 누비바지다. 단 한 벌로 上衣(승가리) 中衣 (울다라승) 下衣(안타회)라고 한다. 절에서 옥양목에 감물을 들여 만든 옷이다. 회색 계통인 그 옷은 구족계를 받은 비구 스님들이 입는 옷이다. 온종일 오솔길을 걸으니 맨발은 땅에 닿을 적마다 약간의 통증을 주었다. 지난날 탁발승을 해보았기에 버티면 되는 것을 안다. 아는 길이야 가기가 쉽지만 다녀보지 않은 길을 물으며 간다는 게 그리 녹록하지를 않다. 길은 거의 다 군용마차나 다닐만한 좁은 길이다. 산을 넘고 물을 건너야 한다.

지칠 것이다. 지쳐 쓰러질 수도 있을 것이다. 그래도 목표는 포기하지 않을 것이다. 첫날은 초가 오두막집의 작은 방에서 잘 수 있었다. 탁발승 때 해보았으니 그것은 쉬운 일이다. 재워준 집에 감사의 인사를 올리고 아침에 일찍 다시 출발했다. 이틀간을 걷자, 발이 아파오기 시작하더니 발가락이 부어오른다. 파란 풀은 독이 있어 발이 붓는다. 전에 해본 대로 길가에서 마른 풀을 뜯어 발에 감았다. 그리고 그 위로 바랑에 넣었던 헝겊 조각을 찢어 동여맸다. 아픔을 참는 것이 고행의 길이다. 온종일 먹은 것이라고는 주먹밥 두 덩어리였다. 굶는 연습도 하고 떠났지만 앉아서 굶는 것과 걸어가며 굶는 것은

다르다. 그것이 인간의 마음인가 보다. 굶는다는 것 그것 또한 고행
이 아니던가! 큰 산등성이를 넘을 때는 여럿이 뭉쳐서 가야 했다. 호
랑이에게 물려 가지 않기 위함이며 도적들이 있기 때문이다. 나그네
나 탁발승에게 30리마다 있는 소는 천국이었다. 그곳에는 잠자리가
있기 때문이었다. 큰 산을 넘으려면 산 아래 소에서 사람들을 기다려
야 한다.

수없이 외세에 침입을 당해온 고려는 중생들이 먹고사는 문제가 큰
일이었다. 난을 피해 산속에 움집을 짓고 사는 사람들은 헐벗고 굶주
린 사람들이다. 그들에게는 동냥하기가 어려웠다. 그래도 그들의 마
음은 따뜻했다. 먹을 양식이 충분하지 못함에도 기꺼이 공양을 거들
었다. 그렇다고 그들이 주는 공양을 안 먹으면 목표까지 갈 수가 없
는 것이다. 물이라도 먹어야 힘이 났다.

길을 가다가 우물에서나 또는 흐르는 냇물을 발우로 떠서 배가 불
룩하도록 마시면 기운이 난다. 걸음을 재촉했다. 저녁때가 되기 전에
소를 찾던지 잠을 잘 곳을 찾아 들어가야 했다. 전국을 다니며 탁발
승도 수년을 해보았기에 그렇게 가면 될 것 같다. 오랫동안 매일 두
끼 먹던 밥을 주먹밥으로 때우니 몸에서는 밥을 달라고 아우성이다.
오 일째 되는 날에는 욕심을 부려 많이 걸어서인지 너무나 배가 고
팠다. 그것을 참고 먹을 게 없고 사람 사는 곳이 아니면 단식을 해야
한다. 밥을 안 먹고는 걸을 수가 없고 쓰러질 것만 같을 때도 있었
다. 얻어먹다 굶기를 반복하면서 걸으니 발가락은 붓고 부은 살이 터
져 핏물이 새어 나오니 발은 찌르듯 아파져 왔다.

죽을힘을 다하며 출발한 지 열흘 만에 서경(평양, 한때 유경柳京)
근교에 도착하니 오방사라는 사찰의 이름이 길가 바위에 쓰여 있었
다. 고려 시대에는 삼경이 있었는데 개성은 개경, 서경은 평양, 동경
은 경주였다. 서경 부근의 오방사로 향했다. 탁발승에게 가장 반가운

것은 사찰이다. 그곳은 밥이 있고 쉴 곳이 있는 곳이기 때문이다. 경한의 차림을 본 스님들이 반갑게 맞아 주었다. 오방사에서 고약을 발라주고 며칠을 쉬고 가라고 한다. 발을 디딜 수가 없을 정도로 고통이 오니 삼 일을 오방사에서 머물렀다. 오방사 절방에는 빈대들이 밤새 극성을 부렸다. 얼마나 가려운지 피가 나도록 긁어도 시원하지가 않다. 탁발승을 하고 다닐 적에 이가 보이면 옷을 빨 때 적당히 털어버렸지만 빈대는 정말 참을 수가 없었다. 빈대 그놈들이 옷 속에 아주 진을 치고 있는 것 같다. 빈대는 생각지도 않은 복병이었다. 아침 공양을 하고는 그놈들을 빨리 잡아야겠다는 생각이 들었다. 사찰 부근의 언덕으로 올라가 양지쪽에 가서 앉았다. 누가 보려나 살피며 옷을 벗어 뒤집어 보니 핏자국이 한두 군데가 아니다. 옷을 보니 더 가렵다. 아니? 이가 있는 줄은 알았지만 그렇게 많이 옷에 달라붙어 있다가 살을 파먹을 줄은 몰랐다. 옷 속의 피는 빈대나 이 그놈들이 빨아 먹다가 흘린 것이리라. 누가 보아 고개를 돌리며 돌아보아도 아무도 없다. 옳다 됐구나! 살생 금지지만 오늘 너희들 임자 만났다. 한 마리씩 잡아 양쪽 엄지손톱으로 꾹 누르면 배가 터지는 소리가 탁하고 났다. 옷 꿰맨 자리에 하얗게 달라붙어 있는 서캐(이의 알)는 누가 떼어갈까 봐 찰떡같이 옷을 붙들고 있다. 떼려 해도 안 떨어진다. 누가 보나 안 보나 고개를 돌리다가 냉큼 그놈들이 붙어 있는 옷을 입으로 잘근잘근 씹었다. 서캐 배 터지는 소리가 또 드득 또드득한다. 속이 다 시원하다. 한참을 이 사냥을 하고는 응? 빈대는 한 마리도 없잖아! 이상하다! 옷을 벗으면 그 속에 틀림없이 있을 것 같았는데, 다행이라, 생각하며 옆을 보니 소나무가 있었다. 소나무 가지를 꺾어 솔을 떼어낸 뒤에 등을 긁으니 참으로 시원하기도 하다. 살생 금지를 어겼으니 관세음보살님에게 너무 죄송했다. 하긴 이를 잡아 죽인 것은 오늘뿐이 아니잖아! 신광사에서야 옷을 빨아 주니 가끔 보이는 이가 있기는 해도 많지는 않았는데 며칠 동안에 이가 그렇게 많이 옷에 있다니 알 수 없는 일이다. 탁발승을 할 때는 정말로 이를 많이도 죽였었다. 마음속으로 어찌할 수가 없었다고 항변을 하고는 옷을 다시 입었다. 이를 잡는 동안 본 사람은 없나 고개를 두리번거리다 보니 겨우내 나뭇가지를 붙잡고 매달려 있던 낙엽 하나가 "스님, 내가 보았지요." 하는 것 같이 약을 올리며 떨어지는 듯 하늘거리며 떨어진다. 못 본 체하는 게 수행을 하는 스님이지. 흠.

그리 이틀 동안 이 사냥을 하고는 이를 악물고 절룩거리며 보주(의주) 방면으로 다시 출발했다. 오방사에서는 아직은 밥이 쉬지 않으니 그만큼 가져가도 된다면서 주먹밥을 10개나 싸주었다. 쉰밥도 먹어 보았으니 사양하려다가 받아 바랑에 넣었다. 참으로 고마웠다. 옛날에는 배도 많이 곯아 보았지만, 주먹밥을 바랑에 짊어지고 가니 솔직히 기운이 났다. 며칠간은 먹을 수 있었기 때문이다. 이를 악물고 삼일간을 더 걸어서 보주(의주)에 도착했다. 고름까지 나오던 발은 고약을 자주 바르니 차츰 피가 멈추기 시작하고, 한결 부드러워졌다. 발 때문에 하루 걷는 것이 적어 가는 길이 늦어졌지만 앞으로 보름 정도만 더 버티면 조금씩 새어나오는 피가 멈추고 새 살이 나기 시작하면 고통도 훨씬 줄어들 것이다.

요하(압록강)를 건너면 원나라의 새로운 세계가 펼쳐질 것이었다. 얼굴에 수염은 손으로 만져봐도 좀 자란 것 같다. 거지 탁발승에겐 말을 걸어오는 사람도 없다. 세상의 인심이 그렇듯 어느 사람의 배에서 꼬르륵 소리가 나는가도 모르고 지나간다. 세속에서 술집 작부들은 오직 자기 배만 채우기에 목숨을 거는지도 모른다. 탐관오리들은 배 속을 채우기 위해 고혈을 빤다. 속세는 살아있는 소인배들이 득실대며 당치도 않은 일로 고민하고, 원망과 원한과 시기와 질투가 어울리는 악취가 나는 무대이다. 그 무대의 한 가운데는 나(我)라는 사람도 동참하고 있지는 않은지! 경한은 생각했다. 나는 세속(世俗)을 떠난 사람이라지만 아직도 세속에 사는 소인배는 아닌가? 이를 잡은 것을 생각하니 아직도 나, 아(我)를 찾기는 먼 것 같다. 탐욕은 어느 정도 없어졌지만, 아직도 동물 근성이 남아있는 것을 다 없애야만 탐진치(貪瞋痴)를 버릴 것 아닌가! 보지도 못하고 믿는 윤회는 진정 있는 것일까? 윤회에서 나는 무엇으로 태어나려나? 그것이 나에게 무슨 의미가 있는 것일까? 속세 가난한 중생은 어찌 구제해야 하는가? 경한은 끊임없이 생각했다.

그렇다! 모든 세속의 탐진치(貪瞋痴)를 없애고 아(我)를 알기 위해 배우러 가는 것이다.

우리나라 같으면 30리마다 소가 있어서 쉬며 잠도 자고 먹을 것도 먹고 갈 수도 있을 터인데 원나라에는 그런 제도가 있을까? 궁금했다. 막상 원나라로 들어가 보니 그런 걸 물어볼 수도 없지만 있다고 한들 다른 나라 사람들이 이용하게 하지는 않을 것 같다. 원나라 그 곳도 우리나라와 마찬가지로 먹고산다는 게 큰일일 것이다.

요하(압록강)를 건너 원나라 땅 단둥에 들어서자 사람들이 입은 옷은 물론 전부가 변발을 한 사람들이다. 고려에 주둔한 원나라 군인들과 같다. 그들끼리 말하는 것은 무슨 소리인지 알아듣지 못하니 답답했다. 원나라 말을 더 배웠으면 하는 아쉬움이 몰려온다. 그들 앞에 서면 그들은 경한의 아래위를 훔쳐보며 쏼라거렸다. 머리가 변발이 아니니 자기네 사람이 아니라는 것은 알 것이다. 고려에도 변발을 한 사람이 있다. 그들은 거의 권문세족이거나 원나라와 관계있는 사람들이다. 사람들은 목에 메는 대나무 양쪽에 물건을 넣고 팔러 다닌다. 채소나 먹을 것이나 그들은 그렇게 대나무 짐을 지고 다니며 장사를 하고 있었다. 우리나라에서 등에 짐을 지고 다니는 것과는 다른데 많은 짐을 운반할 수는 없지만 좀 편해 보인다. 원나라 말을 3개월간 배우기는 했으니 막상 원나라로 가서 보니, 배운 것과는 발음이 다른지 잘 통하지 않는다. 그저 간단한 것만 통했다. 길을 묻는 방법과 어디로 가야 하나를 물으며 가는 수밖에 없다. 원나라는 한문 권이기에 서로 모르면 한자를 써서 통할 수가 있다고 했다. 사투리까지, 어려움이 많이 따랐다. 손짓과 발짓으로 통하기도 했다. 어떻게 하무산까지 갈 수가 있을지! 고민도 되었다.

원나라에서 글을 아는 사람을 찾는다는 것은 쉬운 일이 아니었다. 땅바닥에 글이라고 쓰면 다들 도망을 간다. 열 명에게 물어도 글을 아는 사람은 겨우 한 명이 있을 정도이다. 하긴 우리나라도 글을 아는 사람이 얼마나 있을까? 그네들을 한심하다고 생각하면 안 될 일이었다.

원나라의 전신인 송나라의 역사는 태조가 문치주의를 내세워 관리 채용을 과거시험으로 바꾸었다. 국방의 약화를 만든 것은 당쟁의 문제가 생기면서 나라가 약해졌다. (송나라 건국 960년-1129년 3월) 그 결과는 사방에 흩어져 있던 춘추 전국시대의 송 남북조 시대에 글을 아는 사람이 제일 많았다고 한다.

송나라는 960년에 건국하여 마지막 황제 소재(1279년)까지 북방의 요나라 서화 또 금나라의 침입을 계속 받아왔다. 춘추전국시대는 정쟁이 끊이지 않는 시대였다. 끝까지 버티던 송나라의 마지막 황제 소재는 당나귀로 무장한 몽골군과의 예산 전투에서 완전 패하고 자살을 했다. 몽골군은 그렇게 전국을 통일하고 원나라를 세웠다.

송나라가 망한 첫째 이유는 문치주의가 국방 악화로 이어지고 당쟁의 중요 요소가 되었으며 당나귀로 무장된 몽골군을 상대하기에는 준비가 너무나 소홀했기 때문일 것이다. 그래도 송나라의 문물 역사는 통일이 되고서도 남송이라는 것이 새로 생기면서 역사는 늘 그랬듯이 이어졌다. 송나라의 수도 항저우는 송나라의 문화가 고스란히 남아있다고 하니 가서 보았으면 좋겠다.

고려는 현재 원나라의 지시를 받는 나라이지만 수도 없이 여진족의 침범과 주원장의 홍건적으로부터 침입을 받고 있었다. 원래 승려들은 군인을 가지 않지만 적들이 침입하면 급할 때는 각 사찰에서 지원하는 승군을 만들어 전쟁에 참여시켰다. 그렇게 버티고 있는 나라가 고려였다.

원나라 단둥의 장사꾼들은 동전은 사용하지 않고 중통원보교초(中統元寶交秒)라는 지폐를 사용하고 있었다. 원나라에서 통용되는 종이돈은 고려와는 사뭇 다른 처음 보는 지폐였다. 종이라 가벼워서 참 좋아 보인다. 그것은 셈하기도 좋고 과학적이었다. 고려에도 저화(楮貨)라는 지폐는 있지만, 그것이 종이이니 백성들이 믿지를 않았다. 쌀과 은과 포가 아니니 중생들이 잘 쓰지는 않고 있었다. 그저 물물 교환이나 한다. 해동통보, 삼한통보가 있어도 대중들이 많이 사용하지는 않는다. 무역 거래에서는 은병을 사용했다. 동냥하여 그저 밥을 사 먹을 정도인 지폐도 좀 얻었다. 그것도 하루 이틀이면 없어지고 다시 빈털터리가 됐다.

이제 시작한 여정은 단둥을 벗어나 잉커우-진저우-진황다오-탕산-텐진-반저우-신이-화이안-타이저우-우시-쑤저우(蘇州)를 지나야 종착지인 물의 도시 후저우(湖州)였다.

잉커우에 가려면 어느 길로 가야 하나요? 손짓·발짓을 거듭하면 그들은 자기들끼리 서로 쳐다보며 이야기를 하다가는 잉커우라는 말은 알아들었는지 손을 들어 길을 가리키고는 자기 볼일을 보았다. 혹여 음식을 파는 장사꾼에게 길을 물어보면 거지가 음식을 달라지 않는 그것만으로도 만족하는지 웃는 얼굴로 길을 일러주었다. 배고픈 중이 음식을 보면 나무아미타불이 먼저 나오는 게 아니라 언제 침이 생겼는지 침부터 꿀꺽 넘기게 된다. 열흘 굶어 도둑질 안 하는 사람 없다더니 그 말이 마음에 와 닿기도 했다. 그러나 그것은 사계 중 하나 불투도계(不偸盜戒)를 탐하는 것이니 절대 아니될 일이다. 차라리 앉아서 단식한다면야 배고픔을 한동안은 참을 수 있겠지만 길을 걷는 나그네에게는 참지 못할 유혹이 음식 냄새이다. 동냥하려고 다니다 보니 동리 우물에서 무를 씻고 있는 사람들이 몇 명 보인다. 교자(餃子) 속을 만들려나 보다. 배가 고프니 그게 먹고 싶다. 죄송(對不起)합니다만. 목탁을 두드리며 그것(娜) 한 개만(只有一個) 주실 수 있나요? 니능급(你能給)? 하니 안 돼(不)하는 사람은 쳐다보지도 않고 자기 할 일만 한다. 그런 때는 그저 누가 주던 줄 때까지 서서 기다리는 수밖에 없다. 그런데 한 사람이 좋소(好的)하며 보시를 하여 무우 한 개를 얻었다. 원나라의 사람들이 아주 매몰차다고 하지만, 그래도 사람이었다. 말라빠진 거지 중을 보며 보시를 하는 사람도 있으니 사람 세상은 다 비슷한 것 같았다. 사람의 표정을 보며 그가 먹을 것을 나누어 줄지 안 줄지를 배워야 한다. 목탁을 두드리며 상대방 앞에서 그냥 서 있으면 그는 내 속을 알아챈다. 줄 사람을 보고 말을 해야지 얻어먹는 것도 기술이었다. 경한은 무우 한 개를 얻어 게걸스럽게 다 먹었다. 조금 있으니 배에서 전쟁이 났다. 게트림까지 동반한 속 쓰림이 온다. 속 쓰림은 왔어도 배가 고픈 것은 없어졌다.

길을 가다 보면 밭이 있다. 밭에는 고려와 같이 4월 말경이니 새싹인 나물들이 올라오고 있었다. 그것들을 채취해서 바랑에 넣고 물가로 가서 씻어서 먹었다. 그것 가지고 배를 달래주지는 못했다. 뜻을 이룬다는 것은 쉬운 일이 아니었다. 그저 참고 죽지 않을 만큼만 먹고 목표인 후저우(湖州)까지 가야 했다. 재촉하며 물어물어 가는 길은 고려보다는 넓은 마차가 다닐 수 있는 길이 많았다. 배고프면 민가에 들어서서 천수경을 읽으며 동냥을 나섰다. 원나라 스님들도 그렇게 동냥을 하러 다녔다고 했다. 입은 옷과 목탁은 중요한 물건이다. 스님이라는 표시이기도 하다. 동냥하러 다니면 통밀을 주는 사람도 있다. 그것은 생식용으로 좋다. 어느 한 집에서 귀한 쌀을 바가지로 조금 퍼서 주었다. 보시를 귀한 것으로 하는 걸 보니 그분은 불교 신자인가 보다. 쌀은 고려와는 달리 길쭉한 쌀이었다. 이제 그것을 가지고 생식을 할 참이었다. 그것을 먹으며 버티고 보니 뱃속도 눈치를 보았는지 고분고분하게 말을 듣는 척도 했다. 아! 사람의 행동과 움직임 또 먹는 그것까지도 마음먹게 달렸구나! 고려에서 같았으면 아마도 머리가 고생을 많이 하다가 몸에 항복했을 수도 있었다. 이제 고통과 화해하는 법을 배워야 한다. 그것이 인내 아니던가! 그렇게 하면 3개월이든 4개월이든 후저우(湖州)까지 갈 수가 있을 것 같다.

일체유심조(一切唯心造). 된다면 되는 것이다. 자신을 스스로 괴롭혀 허기나 갈증을 참는 정진, 그 또한 배움이다. 사람들이 많은 북경에 들러볼까 생각도 해보았다. 아무래도 그곳을 들리면 하루라도 더 늦게 후저우에 갈 것만 같다. 포기했다. 사람 사는 곳이야 다 마찬가지가 아닌가!

그가 원나라로 들어가 탁발승을 한 지가 2개월이 되었다. 이제는 발바닥도 완전히 아물어 맨발로 걷는 게 편해졌다. 참 다행이란 생각이 들었다. 그동안 노숙도 하며 지난 일이 아득하기만 하다. 이제까지 버티고 살아왔다는 것이 본인도 신통(神通)해 보인다. 하늘을 지붕 삼고 별을 친구 삼아 노숙을 하는 것 또한 정진이었다. 집이 없어 봐야 집이 귀함을 알고 배가 고파 보아야 음식의 소중함을 안다. 남쪽으로 계속 내려가니 그곳은 완전 여름이었다. 두 달 이상을 더 가야 한다고 한다. 이제 탁발의 요령도 생기고 마음에 여유가 생기니 먹는 것에서도 해방될 수가 있었다.

그랬다. 모든 것은 마음에서 오는 것. 이제 목표로 삼은 곳에 자신 있게 갈 수가 있다!

원나라에서 불과 두 달 만에 고려에서 수십 년을 배운 그것을 뒤돌아보게 했다.

다만 땀 냄새를 맡은 모기가 달려들어 사정없이 물어대는데 살생 금지라 하여 쫓기만 하면 될 일인가? 그런데 참 그놈들 무섭다. 더 큰 일이 터졌다. 장마철인지 비가 계속 내려 한 발짝도 갈 수가 없었다. 보우 스님이 써준 소개장이 대나무속에서 잘 버틸까? 소중하게 연일 만져보았다. 아무리 비가 와도 비는 대나무 속으로 들어가지 않는다. 고려에서 보던 그런 비가 아니었다. 하늘이 뚫린 것만 같이 물이 바람과 함께 쏟아져 내렸다. 그러다가는 언제 그랬냐 싶게 뜨거운 태양이 길가의 진흙탕을 말린다. 이틀만 지나면 땅은 발바닥 군은살이 갈라지듯 갈라지는 곳도 있다. 고려와는 사뭇 다른 비 내리는 풍경이었다.

민폐를 끼치지 않기 위해 물어물어 가며 한 사찰을 찾아 들어갔다. 탁발승이 가장 좋아하는 곳이다. 고려에서 왔다니까 반갑게 맞아 주었다. 그곳 스님들과는 모르는 언어는 필담으로 통했다. 역시 글을 아는 곳은 사찰이었다. 많은 스님이 분주히 들락거리는 사찰은 넓고 아주 큰 편이었다. 주지 스님을 뵙기를 청하고 인사를 드렸다. 주지 스님은 우기철에 먼 길을 왔으니 좀 쉬었다가 가라고 하였다. 그곳에서 이틀 동안 잠을 푹 자니 몸이 날아갈 것만 같다. 음식이 입에 맞을 리는 없지만, 배고픈 탁발승에게는 모든 음식이 황송했다. 모처럼만에 좋은 대접을 받았다. 그곳에 스님들은 대나무로 만든 그릇과 삿갓 모자, 부채 등을 만들어서 시장에 팔고 있었다. 그것은 절 식구들과 절에 찾아오는 분들에게 무료로 공양을 하는 데 큰 보탬이 된다고 했다. 그것도 또한 배울 점이었다. 떠나려고 인사를 드리니, 입은 옷이 더워 보였는지 여름 얇은 옷을 한 벌 주었다. 너무나 고마웠다.

그 옷으로 바꾸어 입고는 누비저고리와 바지를 벗어 바랑에 넣었다. 찾아가는 데 도움이 되는 글을 종이에 적어 주셨다. 불자들에게 부탁하는 글이었다. 이 글을 소지한 분이 도움을 요청하면 도와주시면 감사하겠다는 내용이었다. 그리고 후저우(湖州)까지 가는 길을 자세히도 그려 주시고 석옥 청공 선사가 있는 후저우(湖州)의 하무산 천호암도 그곳의 스님들이 알려주었다. 참으로 고마운 일이었다. 천군만마를 얻은 기분이었다. 그저 감사합니다, 감사합니다(謝謝你, 謝謝你).

경한은 시작이 반이라는 속담이 생각났다. 엄두도 못 냈던 일인데 시작을 하니 되는 게 아닌가! 번뇌의 모든 것은 의식된 사상에 불과한 것이었다. 식견에 의한 이해로 더욱더 허영이나 욕망을 또 자존심을 버려야 했다.

말로만 듣던 양쯔강 그곳은 요하(압록강)와는 전혀 다른 누런 물이 흐르고 있었다. 이제 타이저우에서 양쯔강만 배를 타고 건너가면 우시가 나오고 보름 안으로 쑤저우를 거칠 수 있을 것 같다. 쑤저우에서 후저우(湖州)는 그리 멀지 않다고 한다. 그러나 도착을 해야 도착을 한 것이었다. 그는 양쯔강을 건너는 배를 타기 위해 돈을 동냥하러 다녔다. 동냥은 어렵기는 해도 시골보다는 좀 편하다. 이틀 동안의 동냥으로 그 일도 잘 해결이 되어 배를 타고 강을 건넜다. 지치고 지친 몸이지만 정신을 바짝 차리고 길을 물으며 목표를 향해 한 발짝씩을 옮기며 나무아미타불 관세음보살을 되뇌었다. 고려의 평민 수명은 거의 50세가 다이다. 그런데 50세가 넘은 나이에 4개월 반 이상을 걸어서 왔다는 것은 기적이라고도 볼 수 있었다.

아! 드디어 사찰 입구인가 보다. 천호암이라 쓰인 바위가 눈에 들어왔다. 그것은 인간 승리이고 환희의 순간이었다. 지친 다리가 순식간에 젊음을 찾은 것 같다.

드디어 고려에서 출발하여 140여 일 만에 석옥 청공선사가 있는 후

저우(湖州) 하무산 천호암에 도착했다. 목적지에 도착했다는 것이 별
건 아닌 것 같은데 출발할 때는 왜 그렇게 많은 생각이 겹쳐졌는지
알 수 없는 일이었다. 아마 그것이 인간의 마음에 한계였을 것 같기
도 했다. 새로운 세상을 찾아가는 것에 두려움, 폭포수의 물이 물끼
리 부딪치고 보면 똑같은 물이지 않던가? 경한은 굳은 자신감을 가졌
다. 그리고 읊조렸다. 그렇다. 이제는 겁나고 힘들게 생각하며 살 내
세상이 아니다. 그저 깨달음을 위하여 정진하자. 그것이 내 최종 목
표가 아니던가!

안내하는 스님을 따라가서 석옥 청공 선사라는 어른을 만났다. 그
분이 입은 옷은 홍색 옷이었다. 70세가 넘으셨다는데 나이답지 않게
얼굴에서는 윤이 났다. 그늘진 구석이 어느 곳에도 보이지 않는다.
죽음의 그늘에서 해방된 깨달음을 가진 자만의 얼굴 같기도 했다. 그
의 앞으로 가서 절을 올렸다. 대담은 알고 있는 언어 이외에는 필담
으로 하였다.

"고려에서 왔다고?"

"네 고려 신광사에서 정진하다 선사님의 제자가 되고자 이곳까지
왔습니다."

"나야 뭐 별 볼 일 없는 늙은 중에 불과해. 무엇을 배울 건가?"

"선사님의 도량 경지는 고려에서도 유명합니다. 제자로 받아 주십시
오."

경한은 묻는 대로 대답을 하고는 신광사 보우 주지스님이 써준 글
을 대나무 통에서 뽑아 내밀었다. 그 글을 읽어본 석옥 청공 선사님
이 얼굴을 폈다.

"보우가 보냈구먼. 보우는 왕사(王師)라지? 우선 지친 몸을 좀 쉬
게."

하고는 앞에 서 있는 시자에게 무언가를 지시했다. 아니? 이곳에서

고려 소식까지 알고 계신다는 말씀이 아니신가? 놀랄 일이다. 시자가 이끄는 대로 사찰 뒤편으로 가니 작은 폭포가 있었다. 후저우(湖州)는 글자 그대로 물의 도시가 아닌가? 역시 물의 도시로 흐르는 산에서 쏟아지는 물은 그냥 손으로 퍼마셔도 시원하고 좋다. 지친 몸과 발을 먼저 씻으라고 한다. 시자는 옷 한 벌을 가져다주었다. 몸을 씻고 옷을 갈아입으니 날아갈 것만 같았다. 시자가 거처하며 공부할 방을 보여 주어서 그 안에다 바랑을 풀었다. 바랑에서 꺼낸 것이라야 발우 한 개와 누비바지 저고리 한 벌과 목탁 한 개 찢어진 헝겊 조각 몇 개뿐이다.

맨발을 감추라고 신발을 한 켤레 가져다주었다. 사양하다가 사찰 안을 다니려니 그 신발이 필요할 것 같아서 받았다. 땀이 흠뻑 밴 남루한 옷과 바랑에 넣었던 누비바지 저고리도 빨아 줄에 걸었다. 다시 고려로 갈 때 그 옷이 필요할 것만 같다. 몸을 씻고 하루를 지낸 후 석옥 청공 선사님과 차를 마시며 다시 면담을 했다.

다음날은 고려의 사찰에서 시행하는 교육 방법과 불법을 공부하는 과정을 물어 왔다. 제자로 받아 달라는 부탁을 다시 했다. 일단은 피곤한 몸을 쉬라신다.

이틀 후, 석옥 청공 선사가 불렀다. 깨달음은 책을 많이 읽고 그것을 스스로 새겨야 하는데 책을 읽으려면 한문을 배우고 알아야 한다면서 한문을 다 읽는 사람은 이 세상에 한 사람도 없다고 했다. 그러시면서 스님들이 만든 한문자전을 한 권 주셨다. 한문은 갑골 문자에서 변해온 글이나 자세히 보면 사물이나 동물의 형태를 그린 것이니 그 뜻을 새길 수가 있다.

청공 선사님은 후저우(湖州)의 역사를 알려주었다. 후저우(湖州)는 원나라 최초의 나라인 상나라에서 한나라로 바뀌었고, 춘추 전국 시대에는 월나라의 영역이었으며, 오나라가 월나라를 침략 정복했다.

그러나 월나라왕 부처는 와신상담(臥薪嘗膽)을 하며 다시 나라를 찾았다고 했다. 이때 쓸개를 씹으며 참는다는 와신상담(臥薪嘗膽)이라는 말이 생겼다고 했다. 월나라로 통일이 된 후 진나라에 정복되었고 또한 수나라로 합쳐지고 당나라로 개칭되었다가 원나라가 된 곳이었다.

후저우(湖州)는 원나라의 비단 생산지였다. 인구 25만이라는 엄청나게 큰 도시이다. 인근에 도시는 쑤저우(蘇州), 창저우(常州)가 있으며 상하이(上海)가 그리 멀지 않은 운하 도시였다. 석옥 청공 선사님은 경한을 며칠을 지켜보시더니 제자로 받아주시겠다고 하였다. 경한은 한문을 더 배우면서 정진을 시작했다. 원나라 말과 글을 배우는 것도 필수였다.

석옥 청공 선사님의 시자가 안내하여 천호암의 서고(書庫)에 들어가 보았다.

서고 안에는 인도에서 건너온 중요한 불경들도 있고 원나라에서 만든 불경도 많이 있었다. 원나라에서 최초로 인도를 다녀온 현장 법사가 정리하여 쓴 글을 필사본과 목판본으로 찍은 것들도 있었다. 인도에 가서 불교를 배워 최초로 원나라로 도입한 스님이 바로 현장법사였다. 그 많은 책을 읽어보려면 많은 시간이 필요할 것 같다. 다라니 원경인 인도어를 읽으려면 인도어도 배워야 할 것 같다. 다 필사본이다.

아주 중요한 자료였다. 인도에서 오는 고승들도 만나 보았다. 그분들이 인도에서 원나라 후저우까지 오는 여정은 일 년 이상의 엄청난 어려움을 겪으며 온다는 것을 알았다. 고려에서 이곳까지 오는 것은 그 스님들에게는 쉬운 일일 것 같다. 청공 선사님으로부터 고려의 노옹 스님의 이야기도 들었다. 그도 석옥 청공 선사의 제자였다. 보우 스님과 경한도 이제 석옥 청공 선사의 같은 제자가 된 것이었다.

원나라에는 고마타 싯다르타의 설법 책이 있었다. 고려에서 읽든 불경과는 좀 다른 내용이 있는 아주 귀중한 책이었다. 가져올 수는 없었지만 경한도 고려에서는 귀한 불경 책을 많이 읽었다. 번뇌의 모든 것은 의식된 사상에 불과 한 것이다. 그 글은 깨달음을 가진 선사들의 이야기이다.

경한은 싯다르타의 책을 읽고 원나라에서 공부한 것과 고려에서 공부한 것을 합쳐 사람들이 이해하기 쉽게 글로 정리하였다.

석가모니인 고마타 싯다르타는 이 과정을 12연기로 풀어 글로 남겼다.

12연기 = 무명, 행, 식, 명색, 육입, 촉, 수, 애, 취, 유, 생, 노사. 그것은 인생의 과정이고 윤회를 뜻하기도 한다. 윤회니 열반이니 하는 내용들을 일반 중생이 이해한다는 것은 어렵다. 괴로움을 끊어내는 것이 수행자의 목표이고, 괴로움을 끊어내는 것이 열반이다. 괴로움의 원천은 탐욕과 성냄과 어리석음이다. 그것을 어떻게 하여 완전히 고리를 끊어 버릴 수가 있을까? 또한, 어떻게 하여 무아경에 이를까? 무아경(無我境)이란 무엇일까? 그것을 싯다르타는 설명했다.

무아 (無我)

브라만교에는 아트만이란 것이 있다. 아트만은 윤회하는 또 다른 진짜 나라는 뜻이다. 아트만이란 내 안에 잠들어 있는 절대적 영혼 같은 것이다.

만물은 항상 변할 수 있는데. 과연 고정된 내가 따로 있는 것인가?

그랬다. 사람의 마음속엔 아트만이 있는 것이다. 그래서 이중적인 생각을 하기도 하는 것이다. 무아에 대하여 싯다르타는 이렇게 설법했다.

"고정된 실체가 없는 나를 무아(無我)라고 한다."

무아(無我)의 핵심은 다른 곳에 있다. 내가 있나 없나 하는 한가한 고민보다 괴로움을 없애기 위한 개념으로 사용되니까. 내 영혼이 어디 있고 죽으면 뭐로 태어나는가 하는 고민은 별로 중요한 것이 아니다. 모든 진리는 오직 괴로움과 괴로움의 해결에 집중되어 있다. 무아도 마찬가지이다. 예를 들어 내가 독화살을 맞았으면 얼른 빼야 하는데 이 화살이 어디서 날아왔을까 고민하는 것은 도움이 안 된다며, 싯다르타는 먼저 독화살을 빼라고 말했다. 무아가 바로 독화살을 빼낸 상태라고 했다. 현실 속 괴로움을 빼낸 상태를 표현한 개념이 무아(無我)이다.

영혼이나 사후세계가 존재하는가 안 하는 가를 따지며 난해하게 접근 하는 것은 독화살을 내버려 두는 것과 다름없다. 그것이 번뇌이다. 그는 무아에 대하여 쉽게 말해 무아는 생각, 감정, 오감을 나에게서 떼어낸 상태라고 설명한다.

깨달음의 상태인 것이다. 생각, 감정, 오감을 떼어낸 다섯 가지를 무더기로 구분해 '오온' 이라고 한다. 그러면 오온은 무엇인가?

오온 (五蘊)

오온은 색(色), 수(受), 상(相), 행(行), 식(識)으로 이루어져 있다. 색은 물질, 수는 느낌, 상은 인식, 행은 형성. 식은 의식이다. 나 자신은 오온(五蘊)으로 구성되어 있다. 이것을 우리는 자아(自我)라고 생각한다.

그런데 오온(五蘊) 이것은 버리라고 했다. 왜 버려야 할까? 오온(五蘊)에 집착하는 것은 괴롭기 때문이다. 왜 괴로울까? 오온(五蘊)은 내 마음대로 안 되기 때문이다. 게다가 항상 변하는 게 오온(五蘊)이다. 오온(五蘊)은 한마디로 통제 불능인 것이다. 집착하면 안 된다. 어제와 오늘의 나는 생각과 감정이 다르다. 그것은 오온(五蘊)이 달라진 것이다. 인간의 모든 생은 한순간 행복도 지나가고 한순간 불행도 지나간다. 행복한 것도 불행한 것도 내 마음대로 되지 않는다. 그런데 이것들을 자꾸 붙잡으려 하니 괴롭다는 말이라고 설법했다.

붙잡지 말고 내려놓은 상태가 무아이다. 애초에 '나'라 할 만한 것이 없다는 것이다. 나라고 할 만한 것이 없으니 오온(五蘊)에 집착하는 나는 내가 아니다. 때문에 그냥 내가 없다라는 해석보다는 오온(五蘊)에 집착하는 나는 내가 아니다가 더 이해하기 쉽다. 쉽게 말해 내 생각, 감정, 오감에 집착하지 말라는 뜻이다.

용어로 정리하면 무상, 고, 무아 3가지를 '삼법인'이라고 했다.

무상(無常) 고(苦), 무아(無我)

영원한 것이 없는 '무상' 그래서 괴로울 '고'. '이것들은 내가 아니다'라는 '무아'이다. 하지만 말처럼 쉽지는 않은 이해하기 어려운 이야기이다.

싯다르타가 설법한 사성제 (四聖諦)

코끼리 발자국에 다른 모든 발자국이 들어가듯 사성제 안에는 모든 진리가 들어가 있다. 사성제는 괴로움의 원인과 그 해결책을 설명하는 것이다. 고성제, 집성제, 멸성제, 도성제로 구성되어 있다. 줄여서 고집멸도라고 했다.

싯다르타는 삶이 괴로움이라는 것을 깨달았다. 태어남과 늙음은 괴롭고, 병듦과 죽음도 괴롭고, 싫어하는 사람을 만나는 것과 좋아하는 사람과 헤어지는 것 또한 마찬가지라고 이야기했다. 특히 앞에서 살펴본 오온(五蘊)에 집착하는 것이 괴로움인데, 그렇다면 우리는 왜 자꾸 오온에 집착하게 되는 것인지 그 원인을 집성제에서 펴 보였다.

집성제. 괴로움의 원인은 욕심이면서 '갈애(渴愛)'라고 하며 갈망, 갈증 같은 것과 탐욕, 성냄, 어리석음이 '갈애(渴愛)'를 불러일으킨다고 했다.

이 세 가지를 '탐, 진, 치(貪, 瞋, 痴)' 라고 하며 마땅히 버려야 할 것들인데, 특히 어리석음이 문제이다. 사성제를 모르고 현상에 집착하는 것이 어리석은 것이라 했다. 현상이 집착하는 것은 탐욕이고 탐욕이 충족되지 못하면 화가 나며 결국 사성제를 알지 못하는 어리석음 때문에 갈애(渴愛)가 생기고 괴로움이 생기는 것이라 했다. 한마디로 정리하자면, 괴로움은 갈애(渴愛)가 일어나기 때문인데 이 괴로움의 사슬을 끊어내지 못하면 업이 반복된다고 했다. 괴로운 삶을 이어가는 윤회를 말하며, 하지만 끊어낸다면 그것이 바로 열반이라고 했다.

멸성제.

앞서 집성제는 버려야 할 것들을 설명했다.

그리고 마침내 잘 버렸다면 열반에 들어갈 수가 있다고 했다. 멸성제, 즉 열반은 수행자가 이르는 최종 목표인 셈이라고 설법했다. 열반은 번뇌의 불이 꺼졌다는 뜻이며 깨달음에 이르러 더 이상 윤회하지 않는다는 의미라고 했다.

그렇다면 구체적으로 어떤 노력을 해야 할까?

고성제에서는 괴로움이 무엇인지 알았고 : 고성제 = (괴롭다)

집성제에서는 괴로움의 원인을 알았으며 : 집성제 = 괴로움의 원인

멸성제에서는 최종 목표가 무엇인지 알았다 : 멸성제 = 해방

그리고 마지막 '도성제'는 구체적으로 어떤 행동을 해야 하는지 알려주는 과정이다.

도성제 실천.

싯다르타는 어떤 수행을 해야만 깨달을 수 있는지 고민했다. 극한의 고행만이 답도 아니고 그 한의 쾌락도 답이 아니었다. 그 사이 적절 점을 찾는 것, 중도의 길을 택했다. 그 수행법으로 '팔정도'를 제시했다. 실천해야 할 8가지 방법이다.

바른 견해는 사성제를 아는 것. 바른 사유는 사성제를 탐구해 탐진치를 짓지 않는 것. 이 2가지를 지혜로 묶을 수 있다. '혜'라고 했다.

이상이 경한이 원나라에 가서 석가모니 불법을 배우고 정리한 것이다.

경한이 고려에서 구법을 위하여 1352년 중국으로 건너가 1353년까지 1년이 되었다. 원나라에서 머무르면서 하무산의 천호암에서 석옥(石屋) 청공 선사로부터 뜻밖에도 임제종(臨濟宗)의 선법을 전수하였다. 제자로서 받아야 할 선법을 받은 것이다. 깨달음을 얻지는 못했어도 고려에서 미처 깨우치지 못한 것도 배웠다. 경한은 스승인 석옥 청공 선사님께 임제종 인가증을 받았으니 법통을 이을 수 있는 것이다. 경한은 석옥 청공 선사님으로부터 「불조직 심체요절」을 받았다. 이제는 고려로 다시 돌아가야 한다.

스승님께 절을 하고 다시 고려로 출발했다. 원나라로 향할 적보다는 그동안의 원나라 사회에 적응하고 원나라 말도 많이 배웠기에 몇 달이 걸리는 수행이라도 마음 편히 돌아올 수 있었다.

경한은 귀국 1년 후 원나라 석옥 청공 선사가 보낸 제자로부터 고려에서 임종계를 받았다. 임종계란 노승(老僧)이 죽기 전에 수행을 통해 얻은 깨달음을 제자에게 주는 말이나 글이었다.

정법안장

그것은 무엇일까? 나라는 존재이며 정신이다. 귀가 있어 듣는가? 눈이 있어 보는가? 그러면 시체에도 귀와 눈이 있거늘 다 보고 들을 수 있어야 되는 게 아닌가? 그것은 시체에는 생각이 없기 때문이다.

나는 생각의 감정이다. 그 중간에 서서 있다가 감정은 화와 선과 이리저리 움직인다. 내가 다시 원위치 되었을 때의 생각은 존재감이다. 생각은 오감이다. 오감이 없다면 아무것도 보고 느낄 수가 없다. 원래 자리, 그것이 참 나다.

그것을 정법안장이라고 한다.

1353년 고려로 돌아온 경한은 성각사에서 주석하여 용맹정진하였다. 그해 정월 17일 오시(午時)에 가부좌하고 일정에 들어 있는데 문득 영가 대사의 증도가(證道歌) 가운데 "망상을 버리려 하지도 말고 진실을 구하려 하지도 말라 무명(無明)의 실성(實性)이 곧 불성이요. 환화(幻化)의 공신(空身)이 곧 법신이다"라는 어구에 이르러 그 뜻을 깨우치고 명연(冥然)한 경지에 이르러 확연 대오했다.

정법안장을 공부하다가 1953년 (공민왕2년) 깨달음의 경지에 오른 것이다.

그리고 '화상'이라는 스님의 존칭 사(높임말)를 듣기 시작했다. 그 후 인도의 고승인 지공 화상이 고려를 방문했을 시 그분의 가르침도 받았다. 백운 화상은 1358년에 공민왕의 왕사인 지웅 화상을 그때 만났다. 그리고 황해도 해주의 신광사에서 주지를 지내고 1372년(공민왕 21) 성불산 성불사에서 145가(家)의 법어를 가려 상, 하 두 권으로 「직지」로 편집하여 저술하였다. 그것이 중국에서 석옥 선사에게 받아 온 「불조직지심체요절」과 혜신스님이 지은 「선문염송」, 「지문경훈」을 편집하여 여주 취암사에서 목판으로 인쇄를 한 것이다. 이때에도 비구니 묘덕은 목판본 직지 간행에 참여했다. 그리고 석찬과 달잠은 묘덕의 시주를 받아 흥덕사에서 금속 활자 '직지'를 간행했다고 기록에 나온다. 묘덕이 흥덕사에서 백운 화상의 부름으로 잠시 여주에 가서 목판본 일을 한 것은 기록상 일 년 간이었다. 백운 화상은 1374년(공민왕 23)에 경기도 여주 취암사에서 입적하였다. 76세는 당시로써는 보통 평민보다는 2배 이상을 살다가 입적하였으니 최장수를 누린 셈이다. 고승들이 장수한 원인은 물욕을 버린 것, 소식과 절제였다고 한다.

원나라의 석옥 청공선사는 죽기 전에 제자 법안(法眼)을 불러 고려에서 정진하고 있을 백운에게 전법게(傳法揭)를 전해주라고 하였다. 제자 법안(法眼)은 이듬해 고려로 와서 이를 백운 화상에게 전하였다.

스승인 석옥 선사가 백운에게 보내온 게(揭)의 내용은 다음과 같다.

흰 구름이 서려고저 청풍까지 다 팔고 나니
온 집안이 텅 비어 뼛속까지도 가난하도다.
무릇 겨우 남은 한 칸짜리의 초옥일지언정
떠나면서야 병정동자에게 부탁하리로다.

이것은 역사로서 석옥 선사가 백운 화상에게 그의 법을 전수하고
있었음을 확인해준 것이다. 2)

백운 화상은 고려의 고승으로 법문 집인 「백운 화상 어록」과 우리
에게 직지로 알려진 세계 최고의 금속 활자본 「불조직지심체요절」의
저자이다. 백운 화상 그는 어록에서 "본시 선과 교는 이름만 다를 뿐
평등한 한 몸이다. 지금 서로 나누어 생각하고 그로 인하여 불미함도
생기는데 이는 생각의 근간이 잘못됨에서 비롯된 것이다." 라고 선교
일체를 주장하며 고려말 불교계에서 가장 포괄적인 불교관을 보였다.
한편 앞서 백운 화상을 공민왕에게 주선한 나옹 화상 등과는 더불어
서 임제선(臨濟禪)의 법 맥을 이었으나 선풍은 나옹 화상과는 다른
바가 있다. 같은 석옥의 제자이면서 나옹은 간화선(看話禪)을 강조하
였고 간화선을 넘어선 구경지적(究竟地的)인 공부를 중요시하였으며
무념무상을 주장하였다.
　백운 화상은 제자들을 가르칠 때
"내 너희에게 누차 말하거니와 조주(趙州)의 무(無) 만법귀일(萬法
歸一) 그리고 부모미생전본래면목(父母未生前 本來 面目)을 항상 염두
에 두도록 하였다.

---

2) 문화원형백과 : 승려의 생활 2005. 문화원형 디지털콘텐츠

너희가 이 말들을 크게 의심한다면 반드시 크게 깨닫게 될거니와 그리고 이를 통해 궁극에 다다르는 가장 오묘한 방편은 무심 무념이니라."

무념무상의 참뜻을 깨달은 경한은 곧 마음에 맺혔던 의심이 얼음처럼 풀리고 무심 무념의 참뜻을 깊이 믿게 되었다.[3]

---

3) 문화원형백과 : 승려의 생활 2005. 문화원형 디지털콘텐츠

4.
백운 화상의 예지몽(叡智夢)

 이곳이 어디인지 알 수가 없었다. 보이는 건 온통 구름뿐이다. 구름의 한 무리가 뭉치는가 싶더니 흩어지며 눈발처럼 휘날리기 시작한다. 몸이 둥둥 떠서 어디론가 간다. 그저 많은 사람이 가는 곳을 놓칠세라 따라갈 뿐이다. 언덕이 보이고 바람이 불자 구름이 서서히 날아가고 눈앞에 펼쳐져 보이는 것은 팔만대장경판이 있는 곳이었다. 아! 부처님 말씀의 목판! 그 엄청나게 많은 목판이 그 넓은 터 큰 집 안에 있다. 같이 가던 많은 사람은 어디로 갔는지 안보이고 홀로 그곳으로 들어가 서서 구경을 하고 있었다. 나무아미타불 관세음보살이 저절로 입에서 나왔다. 이 많은 대장경판을 누가 만들었는가? 그 많은 대장경 중 경판 하나가 지붕을 뚫고 날아오른다. 아니? 이럴 수가! 대장경판을 보관한 서고에 지붕이 전부 다 열렸다. 그 광경을 물끄러미 쳐다보고 있었다. 그런데 그 엄청난 양의 팔만대장경 판이 한 개씩 지붕 위로 올라간다. 이게 웬일인가? 그것을 보려고 밖으로 나왔다. 지붕을 통과한 대장경판 하나가 꽃으로 변하니 지붕 위로 올라간 대장경판이 하나씩 전부 꽃으로 변하기 시작했다. 순식간에 하늘에 화려한 꽃동산이 생겼다. 믿을 수 없는 그 놀라운 광경을 눈으로 쳐다보고 있는데 나도 모르게 몸이 그 속으로 빨려 들어가고 있었다. 꽃천지인 그곳은 천당만 같다. 그런데 더 놀라운 것은 그 수많은 꽃이 금으로 변하며 꽃동산 가운데에 건물이 지어지기 시작하는데 그게 바로 꽃이 하나씩 금으로 변하면서 지어지는 것이었다. 너무나 놀라운 일이었다. 꽃동산 속에 더 화려한 금 궁전 하나가 지어졌다. 그것이 내는 빛은 황홀하고 눈이 부셔 쳐다볼 수가 없다. 상상해본 적도 없는 일이 눈 앞에 펼쳐지니 스승인 석옥 선사님에게 이 일을 알리고 싶었다. 석옥 청공 선사님을 불렀다.

스승님! 스승님! 이것 좀 보세요!

큰소리를 몇 번인가 부르다가 눈이 떠졌다. 꿈이었다. 숨을 크게 쉬고도 바로 일어날 수가 없다. 아! 이게 무슨 꿈인가? 알 수 없는 일이었다. 일어나시도 생생하게 다시 떠오르는 꿈. 이상한 일이었다. 팔만대장경이 꽃으로 변하고 그 판들 중에서 일부가 건물이 만들어지며 금으로 변하다니? 왜? 그런 꿈이 나에게 꾸어졌을까?

백운 화상의 머릿속이 너무나 복잡했다. 부처님 앞에 앉아 참선을 하기 시작했다. 며칠의 시간이 가자 광명이 비쳐왔다.

그렇다! 이 꿈은 미래 예측이며 미래 예견이다!

공부선(功夫選)인 백운화상은 승과에 최종 합격한 서른세 명에게 여주 취암사에서 만든 목판본 '직지'를 한 권씩 주려고 준비했다. 삼년에 한 번씩 보는 승과의 시험일인 그날은 공민왕이 지정하고 직접 참여도 하여 합격자에게 상을 주는 날이기도 하다. 공부선(功夫選)은 과거시험에서 승과 최종 합격자를 가리는 중요한 직책이다.

불조직 심체요절(직지) 그 책은 백운이 원나라 후저우를 다녀올 때 스승인 원나라 석옥 선사에게서 받아온 「불조직지심체요절」과 혜신 스님이 지은 「선문염송」과 「치문경훈」 등에서 발췌하여 그 내용을 고려의 백성이 쉽게 볼 수 있도록 보완하여 여주 취암사에서 상, 하권으로 만든 것이었다. 그 책을 줄 사람이 더 있었으나 책이 없었다. 더 찍어야 하는데 목판본을 확인해보니 문제가 발견됐다. 목판본 몇 개가 휘어지고 글자가 뒤틀린 곳이 있었다.

모든 불경책의 목판본을 만들려면 최소한 5년 이상이 걸려야 했다.

그것은 나무를 바닷물에 3년을 담갔다가 꺼내서 다시 일 년여를 그늘에서 말려야 하고 또 판을 만들어서는 몇 번을 솥에 삶아 말려야 한다. 거기에 또 글을 새기는 시간도 필요한 것이다. 그런데 그렇게 만든 '직지' 목판본이 문제가 생긴 것은 나무 숙성 기간이든 나무에서든 보관이든 어디에선가 문제가 발생한 것이다. 자주 검사하지 않은 것 또한 한 원인일 것이다. 또한, 쥐가 목판본을 갉아 목판본 몇 개가 못쓰게 되어 다시 만들어야 할 판이었다. 서고는 쥐가 못 들어오게 철저히 만들었는데 오히려 그게 더 쥐들을 키우고 쥐들이 살 집을 만들어 준 꼴이 됐다. 밤새워 지키지 않는 이상 쥐를 잡을 수는 없었다. 불교의 계율 중 살생 금지는 엄격히 지켜야 하는 게 아닌가! 많은 쥐가 서고 지붕 속에 집을 지어놓고 살림을 하는 것을 생각도 못 하였으니 할 수 없지 않은가! 다시 만들어야 했다. 승려에게 불경 책은 최고의 선물이었다. 또한, 승려가 되려고 공부하려는 사람들도 불경 책이 필요하다. 목판본으로 만든 게 없으면 필사를 해서 주어야 한다. 참으로 번거로운 일이다.

'안 돼, 어떻게든 용두사(龍頭寺)지 철당간같이 황동을 섞은 금속으로 직지를 만든다면 철당간에 새겨진 글씨같이 목판본의 단점과 쥐에게 피해를 볼 일은 없을 텐데….

고심하던 백운 화상이 부처님에게 백팔 배를 올리고 잠이 들었다가 과거시험일 전날 밤 꿈을 꾼 것이다.

5.
그렇다! 그렇구나!

목판본을 쇠로 만들어 글씨가 또렷하게 보이는 쇠판을 만들 수는 없는 것일까? 그 생각은 온 세상 사람들 중 지금까지 누구도 생각하지 못했던 것이었다. 온 세상이 깜짝 놀랄 일을 시작하게 하고 기어이 성공하게 한 백운 화상의 천재적인 발상이었다.

백운 화상은 깨우침을 얻고도 한동안 목판 인쇄의 번거로움 속에서 벗어나지 못했다. 그러나 목판본을 쇠로 만들어야 한다는 생각은 그의 뇌 속을 떠나지 않고 있었다. 백운 화상이 신광사에서 관리하던 불경 목판은 단점이 많았다. 여러 번 계속하여 찍을 수가 없었다.

목판에 글자 한 자 한 자를 써서 그것을 칼로 도려내 글자를 만든다는 게 그리 쉬운 작업이 아니다. 목판본 글자를 판에 새기는 숙련된 사람이라도 하루에 16자를 만들기 힘들었다. 0.01mm의 오차도 허용이 안 되는 것이다. 목판에 글자를 새기다가 한 자라도 잘못 새기면 그 판 전체를 다시 만들어야 한다. 그 힘든 일이라도 글자 모양도 정확하고 바르게 잘 써야 한다.

나무이기에 습도에 민감하여 썩고 곰팡이가 피면 글자는 형태가 없어진다. 날씨가 더우면 더 말라 판이 비틀어져 글자의 윤곽도 허물어진다. 또 한 쥐들이나 벌레들이 목판을 갉아 못쓰게도 했다.

그랬다. 목판본은 벌레를 방지하기 위하여 6개월에 한 번씩은 옻칠을 했다. 또한, 목판본은 보관하기가 참으로 까다롭다. 습기가 차면 썩고 너무 건조하면 휘어져 못쓰게 되고, 목판 어느 글자 한 자가 이상이 생기면 활자가 선명하게 찍히지 않았다. 그러면 많은 시간을 들여 판 전체를 다시 만들어야 했다. 그게 목판본의 가장 큰 단점이다. 쇠로 만든다면 책도 선명하게 찍을 수 있으니 참으로 좋을 것만 같다. 그러면 많은 중생이 보고 깨달음을 가질 것이 아닌가? 백운 화상은 불경을 많이 만들어서 중생들도 볼 수 있게 하려고 고심했다.

당시는 원나라에서 오는 목판 인쇄본도 그나마 귀한 터라 사람의 손으로 일일이 필사하여 책을 만들었다. 그 책은 만들 수 있는 게 한정되어 모든 신도에게 줄 수는 없다. 그러니 절에서 공부하는 스님들에게도 여러 권의 책을 줄 수가 없는 형편이었다.

용두사지 철당간처럼 쇠로 글자를 만든다면 될 것인데.

백운 화상은 끊임없이 머릿속으로 되뇌었다. "쇠로 만들 수만 있다면, 쇠로 만들 수만 있다면, 쇠로 만들 수만 있다면, 쇠로 만들 수만 있다면." 하고.

뿐만 아니라 목판인 팔만대장경이 꽃으로 변했다가 대장경판 일부가 금으로 변하던 꿈속의 정경도 뇌리에서 스러지지 않았다. 아무리 생각해도 그 꿈은 부처님의 계시만 같았다. 그것이 무엇일까? 늘 생각하며 그는 모든 사람 근접을 막고 선방(禪房)으로 들어갔다. 가부좌하고 앉아서 부처님께 꿈의 뜻이 무엇인가를 알려 달라고 수도 없이 기도했다. 아무리 불공(佛供)을 드려도 꿈속의 그 내용을 알 수가 없었다. 그림이 그려졌다, 그렇다. 그 꿈은 확실히 미래 예측이며 예지몽이다!

팔만대장경을 아주 자세히 검토하며 본 적은 없었다. 그냥 너무나 방대하기에 수박 겉핥기식으로 개경에서 수행 중 팔만대장경을 보았을 뿐이다. 그래서 당시에 몽골의 난을 피해 개경에서 강화도 선원사로 이전했다는 곳으로 가서 팔만대장경의 실물 판을 직접 가서 보기로 했다. 꿈을 찾기 위한 것이었다. 시작이 반이란다. 앉아서 불공만 드린다고 될 일이 아닌 것 같다. 시자 한 사람을 데리고 현장을 가보기로 했다.

황해도 해주의 신광사를 떠나 강화도에 있는 고려 2대 사찰 중의 하나인 강화도 선원사로 향했다. 시자는 당나귀를 타고 가자고 했지만 거절했다. 부처님이 깨달음을 얻은 것은 고행 끝이 아니던가! 고행해야만 꿈속의 내용을 알 것만 같다. 부처님의 고행을 생각하며 그 멀리 있는 길을 고행을 시작했다. 노숙을 마다하지 않고 가는 거지 탁발승쯤이라 생각하면 될 것이 아닌가! 꿈에 나타난 것을 알아내기만 할 수 있다면 어떤 어려움도 극복할 수가 있을 것 같았다.

그는 걸음을 걸을 때마다 관세음보살을 외며 이백 리가 넘는 길을 걷기 시작했다. 이레 동안을 걸어서 선원사에 도착했다. 백운 화상은 기진맥진했다.

선원사는 절의 규모도 신광사와 조계산 수선사(현 순천 송광사)와 함께 고려 3대 사찰 중의 하나라는 이름만큼이나 웅장했다. 시자가 절 입구에서 한 스님을 만나

"신광사 주지 백운 화상이십니다. 이곳의 '보조' 선사님을 뵈러 왔습니다. 뵙게 해주세요."

나무아미타불 관세음보살, 하자 의아한 표정으로 쳐다보던 스님은 다시 한번 두 사람의 행색을 쳐다보며 속으로 중얼거렸다.

'당나귀야 웬만한 절에는 다 있는 게 아닌가?' 백운 화상이라는 분은 당대에 이름있는 스님이신데 도보로 오셨나? 그 먼 길을 걸어왔다는 게 믿기지 않았지만 삿갓만을 푹 눌러쓰고 있어서 얼굴은 볼 수도 없었다. 그렇다고 자세히 살펴볼 수도 없을 정도로 눈앞의 두 스님은 일반 스님들과는 다른 품위가 느껴졌다.

"주지 스님이 어디 계신지 알아보고 말씀드리겠습니다."

하고는 절 입구 작은 방으로 그들을 안내했다.

"여기 잠시 앉아 계세요. 경내가 넓어서 지금 '보조' 선사님이 어디

에 계신지는 소승도 잘 모릅니다. 자주 경내를 돌아보시는데 그것은 팔만대장경의 상태를 자주 점검하시기 때문입니다."

"그러시군요. 그러면 여기 앉아서 기다리지요."

나무아미타불 관세음보살.

한참 후에 주지 보조 선사가 그들 앞으로 왔다. 보조 선사는 청공 선사님의 제자는 아니지만, 원나라에 가서 불법을 공부한 당대에 유명하신 스님이다. 고려의 왕족이었으나 직계가 아닌 왕손이었다. 그는 반갑게 손을 내밀며

"아! 백운 화상님. 신광사 주지 취임식에서 보고 처음 뵙습니다. 영광입니다."

보조 선사의 시자가

"신광사에서 도보로 오셨답니다."

그 말을 들은 선원사 주지 보조 선사도 깜짝 놀랐다. 어찌 그 먼 길을 도보로 왔다는 것이 믿기지 않는 눈치였다.

"아니 백운 화상께서 여기까지 도보로 찾아오시다니요. 이렇게 생면할 줄은 정말 몰랐습니다. 영광입니다."

"별말씀을요. 원나라 후저우(湖州)도 다녀왔는데 그보다는 아주 가깝지요."

나무아미타불 관세음보살.

"그렇군요. 그렇지만 여기까지 오시려면 이백 리도 넘는데 당나귀라도 타고 오셔야지 도보로 오시다니 믿기지 않습니다."

"부처님의 고행에 비하면 이것은 별것이 아니지요."

"참으로 대단하십니다. 우선 시장하실 테니 저 요사채 안으로 들어가셔서 공양하시고 차 한잔하시고 쉬신 후에 뵙는 게 좋을 것 같은데 백운 화상님은 어떠하신지요?"

"네 감사합니다. 그렇게 하도록 하겠습니다." 나무아미타불 관세음

보살.

선원사 주지 스님의 호는 '보조' 였다. 사람들은 그를 '보조 선사'라고 불렀다.

'보조 선사'인 주지 스님은 동행했던 총무원 스님에게 귀하신 분이니 정성껏 공양을 올리라고 하고는 절 안으로 들어갔다. 시자와 함께 공양한 백운 화상은 피곤하여 앉은 채로 깜박 잠이 들었다.

부처님이 환한 미소를 띠시며 구름 위에 계시는 모습이 보였다. 그는 깜짝 놀라 쳐다보니 두 눈을 번쩍 뜨고 쳐다보니 앞에는 아무것도 없었다. '헛것을 본 것일까?'

나무아미타불 관세음보살.

쇠 활자 그것을 어찌하면 만들까 하며 여기까지 고행을 하고 온 것이 아닌가? 참으로 꿈속으로 도로 들어가 부처님께 매달리고 싶었다. 그러나 눈을 비비고 보아도 아무것도 없는 허공이었다.

신광사에서 부처님의 꿈을 꾼 후 두 번째의 꿈이었다. 참으로 이상하다 싶다. 같이 온 시자는 피곤한지 깊은 잠이 든 것만 같았다.

앉아서 꿈을 생각하고 있는데 선원사 주지 보조 선사님이 여러 스님을 대동하고 나타났다. 일일이 인사를 하는데 총무원장 스님도 있고 수석부 주지님을 비롯하여 선원사의 고위직 스님들이었다. 선원사에서는 백운 화상에게 최고의 예우를 하며 인사들을 했다. 인사를 끝낸 다른 스님들이 다 가고 보조 선사와 단둘이 대좌를 했다. 시자는 대화의 기록을 남기려는지 지필묵을 꺼내놓고 대화를 쓸 준비를 했다.

그때 어디서 나타났는지 고양이 한 마리가 주지 스님 품으로 냉큼 뛰어 무릎 위로 올라간다. 뜻밖이다. 주지 스님은 얼굴에 미소를 머금고 고양이를 한번 쓰다듬어 준다. 그리고는 옷 소매 안에서 멸치 두어 마리를 꺼내 고양이에게 주고는

"보선아, 너는 다른 데 가서 놀아라."

하자 고양이는 알아들었다는 듯 멸치를 물고는 스님들을 한 번 쳐다보고는 다른 곳으로 간다. 백운 화상은 속으로 '귀한 멸치는 고양이에게 최고의 밥이겠지!' 보조 선사가

"허어, 저놈이 소승 친굽니다. 사람 말도 잘 알아들어요."

'참. 별일도 다 있다 싶다. 뭇짐승들을 아끼는 것은 불자들의 의무이지만 고양이를 친구라고 하다니?'

가는 고양이를 쳐다보며 허허 웃더니

"하온데 백운 화상께서 어쩐 일로 그 먼 길을 오셨나요?"

"네. 사실은 부처님이 예지몽을 안겨 주신 것 같아서 이곳까지 찾아왔습니다."

나무아미타불 관세음보살.

"부처님의 예지몽요?"

"네. 소승은 부처님의 예지몽이라고 생각합니다."

"아무 잡념이 없으면 꿈도 꾸지 않는다고 스승님한테 들었습니다. 어떤 집요한 상념이 있으셨던 것은 아닌지요?"

그럴지도 모른다!

"아하! 그렇군요! 소승도 미처 생각하지 못한 말씀이시군요. 아마 잡념이 있어 그런 꿈을 꾼 것 같기도 합니다."

나무아미타불 관세음보살을 뇌이며 손에 든 염주 알을 돌리기 시작했다. 염주는 백운 화상과는 떨어지지 않는 한 몸과 같은 존재였다.

"부처님의 어떤 말씀을 들으신 것인가요?"

"보조 선사님, 제가 여기 오게 된 이야기를 하기 전에 팔만대장경을 보여 주실 수 있나요?"

"그럼요. 이백 리가 넘는 길을 걸어오셨는데 당연히 보여 드려야요."

차를 마시며 환담한 후 보조 선사는 백운 화상을 경내로 같이 가자고 하여 그 장엄한 팔만대장경을 한 식경 이상을 다니며 구경시켜 주었다. 지난날 잠깐 보았던 것과는 다른 것 같았다. 사람이 이 많은 팔만대장경을 손으로 언제 다 만든 것인가! 감탄사가 연실 나왔다. 팔만대장경이 완성된 것은 고려 고종 때이다(1236-1251).

자세히 보니 일반 사찰에 있는 경판과는 사뭇 달랐다. 경판의 네 귀에는 누런 구리가 씌워져 있었다. 38년에 걸쳐서 만들어진 것이라고 했다. 참으로 대단했다. 백운 화상은 팔만대장경을 세심히 보면서 '저걸 어떻게 다 금으로 만든단 말인가?' 팔만대장경 앞에 서서 고개를 살래살래 흔들었다. 몇 번이나 고개를 흔드는 그 모습을 보고 있던 보조 선사가

"백운 화상님, 무슨 일이라도 있는 것입니까?"

"네. 꿈에 본 그것과는 사뭇 다르니 이상한 느낌이 들어서요."

"이상한 느낌이라니요?"

"네. 저 팔만대장경을 금으로 다 만들 수가 있을까요?"

"네에? 금으로요?"

"네. 순금으로요."

"그건 말도 안 되지요."

"그러니 이상한 느낌이 들었지요."

백운 화상이 생각해 봐도 말도 안 되는 일이니 보조 선사도 말도 안 된다는 표정을 지었다.

이야기하는 도중에 고양이 다섯 마리가 몰려왔다. 한 마리는 좀 전에 왔던 놈이 맞는 것 같은데 네 마리는 아니다.

"아니 웬 고양이가 이리 많습니까?"

"아마 보선이가 백운 화상님에게 인사를 드리라고 충복들을 데리고 왔나 봅니다. 하하하하."

백운 화상은 알 수 없는 눈으로 보조 선사님을 쳐다보았다. 보조 선사는 대답인 듯

"보선아, 그렇지?"

그러자 보선이라는 고양이가 "야옹" 한다.

"보선이가 맞다고 대답을 한 겁니다. 아마도 멸치를 달라고 온 것 같습니다."

"네에?"

보조 선사는 찾아온 고양이들에게 도포 자락에서 꺼낸 마른 멸치 큰 것을 두어 마리씩을 준다.

"부처님도 환생한 게 아닙니까?"

'환생! 맞는 말이었다! 동물로 태어났다가 인간으로 태어나고 또다시 죽어서 동물로 또 인간으로 태어난다고 믿는 게 불교 아닌가!'

"백운 화상님. 이 고양이가 얼마나 사람 말을 잘 알아듣는지 한 번 보시겠습니까? 한 번 보십시오. 여기 다섯 마리의 고양이는 다 이름이 있습니다. 보선이가 대장이고요. 우보와 일명이는 보선이 자식이고요. 저 둘은 지천, 효원입니다. 이름은 소승이 지어준 이름입니다."

그러더니

"보선아, 네 친구 다 데리고 가서 놀아라."

그러자 보선이라는 고양이는 "야옹" 하더니 다른 고양이를 쳐다보며 야옹야옹 몇 번을 하니 신기하게도 다른 고양이들이 다 보선이를 따라가는 게 아닌가! 눈으로 보고도 믿기지 않는다. 고양이들이 다 어디론가 사라졌다.

백운 화상은 알 수 없는 깊이의 공부를 한 것만 같은 보조 선사님 앞에서 몸이 오그라드는 그것만 같았다. 동물에 대한 것은 전혀알지 못하면서 지금까지 배웠다며 중생들 앞에 나가 설법을 했다는 게 너무나 부끄러웠다!

"보조 선사님, 그러면 저 여러 마리 고양이가 사람이 죽었다가 환생하여 고양이가 됐다는 말씀이시지요?"

"환생. 맞지요."

환생은 불교에서 인정하고 來世를 잘 살기 위한 기도로 바치는 게 아니던가! 영리한 개는 사람 말을 알아듣는다고 해도 몇 가지 반복되는 말만 아는 게 아닐까? 그런데 고양이가 사람 말을 알아듣는다는 게 참 별일 만 같다. 보조 선사는 한 수 더 뜬다.

"말귀를 알아듣는 동물은 뜻밖에 많습니다. 소, 닭, 돼지, 새 등도 사람 말을 알아듣지요."

다른 동물은 그렇다 치고 가만히 생각해보니 소가 밭을 갈 때를 떠올려보면 주인 말을 알아듣는 것도 같다.

"저 팔만대장경을 관리하시느라 정말 노고가 많으십니다. 보관을 저리 잘하시니 아마도 저 목판은 아주 오래도록 활자 노릇을 할 수 있을 것 같습니다."

"팔만대장경을 관리하는 일은 결코 쉬운 일이 아닙니다. 첫째 나무이니 불을 아주 조심해야 하기에 경판 100보 안에서는 불씨가 보여서는 절대 안 되지요. 그것을 돌며 지키는 스님이 따로 있습니다. 또한, 비가 오면 습하니 바람이 통하게 해야 합니다. 그 또한 환기를 시키는 담당 스님이 있습니다. 그리고 옻칠을 하였다고는 하나 육 개월에 한 번씩 옻칠을 해야 합니다. 그래야 나무가 썩지 않고 원형을 보존하지요. 또한, 쥐가 들어가서는 절대 안 되지요. 그것은 고양이가 해결합니다. 고양이가 얼마나 귀가 밝고 냄새를 잘 맡는지 쥐가 팔만대장경 내에는 얼씬도 하지 않습니다. 고양이 다섯 마리가 따로따로 지키는 구역이 정해져 있습니다."

고양이 다섯 마리가 저 넓은 건물을 지킨다니 놀랄만한 이야기이다. 신광사에서 쥐 소동을 보았으니 고양이가 꼭 필요할 것 같다. 얼굴이 믿어지지 않는다는 표정으로 보였는지 보조 선사는 일어나셔서 밖을 쳐다보며 다시 고양이를 부른다.

"일명아! 이리 오너라. 우보야! 이리 오너라. 이리 오너라."

두 번을 이야기하자, 진짜로 일명이 우보인지는 모르지만 두 마리 고양이가 왔다. 보조 선사는 고양이에게 또 멸치를 준다. 새로운 동물의 세상을 보았다. 짐승도 사람의 말을 알아듣는데, 사람이 못 할 일이 무엇이 있을까!

나무아미타불 관세음보살.

경내를 돌아다니며 강화도 팔만대장경을 본 후 백운 화상은 보조 선사에게 궁금한 점을 이야기했다.

"사실은 제가 여기 오기 두어 달 전 쯤 꿈을 꾸었습니다. 꿈속에 팔만대장경을 보았는데 그 대장경이 꽃으로 변했다가 일부 대장경판이 금으로 변하는 것이었습니다. 아무리 생각해도 그것은 부처님의 계시 같은데 꿈을 해석할 수도 없고 하여 답답하기만 했습니다. '나무아미타불 관세음보살', 그래서 팔만대장경을 보면 어떤 영감이 혹시 떠오를까 하고 찾아온 것입니다."

'나무아미타불 관세음보살.'

'나무아미타불 관세음보살.'

"정말로 대단한 꿈을 꾸시었습니다. 아마도 백운 화상께서 큰일을 벌이실 것 같습니다."

'나무아미타불 관세음보살.'

"글쎄요. 팔만대장경을 보니 인간이 이렇게도 대단한 대장경판을 만들었다는 게 이해가 되지를 않습니다. 그게 제 마음속에 느낀 전부입니다."

"이 팔만대장경은 38년이라는 시간에 걸려서 만든 것이니 아마 평생을 대장경으로 만들다가 죽은 사람도 많을 것 같습니다."

'나무아미타불 관세음보살.'

"이 대장경은 다시는 누구도 만들 수 없는 귀한 보물이 될 것만은 틀림없습니다. 나라에서 한 일이지만 이것을 만들 생각을 한 분들 정말 대단합니다."

'나무아미타불 관세음보살.'

"그렇습니다. 이 보물을 잘 보관하여 자손만대에 물려 주어야 할 것 같습니다."

'나무아미타불 관세음보살.'

이때 섬광처럼 백운 화상의 머리를 스치고 지나가는 것이 있었다. 그렇다!

'아무리 어려워도 만들기 시작하면 많은 시간이 지나가도 만들 수가 있는 것! 여기에 있는 팔만대장경을 만드는 데 38년이 걸렸다 하지 않는가!'

'그래 어떤 방법으로든 제자를 시켜 쇠 활자를 만들자. 시작해 놓으면 언젠가는 만들어질 것이야!'

'사람이 윤회의 길을 가는 것이니 현세에 안 되면 다음 세대가 있질 아니한가!'

백운 화상은 무릎을 탁 하고 소리 나게 쳤다. 그 행동을 보고 있던 보조 선사는 깜짝 놀랐다.

'아! 백운 화상이 무엇을 깨달은 것이구나!'

백운 화상은

"그렇다. 시작이 반이다!"

5일을 머물고는 '가자, 청주 흥덕사로!' 제자였던 연화문인 석찬을 추천하여 흥덕사 주지가 되었으니 석찬을 찾아가 상의를 해보자.'

"선사님, 이제 신광사로 돌아갔다가 청주 흥덕사로 갈까 합니다. 며칠 동안 보살펴 주셔서 감사합니다." 나무아미타불 관세음보살.

"백운 화상님. 아니, 먼 길에 노독도 아직 안 풀리셨을 터인데 금방 가신다니요. 아니 됩니다. 좀 더 쉬셨다 가십시오. 필요하시다면 당나귀에 스님을 한 분 딸려 드릴 수도 있습니다."

"아니요. 그것은 번거로운 일입니다. 팔만대장경을 보고 부처님의 뜻을 이제 알게 된 듯합니다. 시간이 가면 될 수도 있다는 것. 그것이 꿈의 답인 부처님의 말씀 같습니다." 나무아미타불 관세음보살.

"아! 깨달은 것이군요."

"팔만대장경은 38년이라는 세월 속에 만들어진 보물입니다. 금속으로 대장경을 못 만든다는 것을 반대로 생각해보면 될 것 같습니다." 나무아미타불 관세음보살.

"백운 화상님, 깊은 뜻을 이제야 알 것 같습니다." 나무아미타불 관세음보살.

"백운 화상께서는 꼭 큰일을 이루고 말 것입니다. 생각하신 대로 뜻을 이루시기를…."

나무아미타불 관세음보살. 보조 선사는 백운 화상에게

"당나귀를 준비해 드리겠습니다. 타고 가시지요."

백운 화상은

"그것은 번거로운 일이니 사양하겠습니다."

당나귀를 거절하자, 시자가

"스승님, 돌아가실 때는 당나귀를 딸려 주신다고 하니 그냥 그걸 타고 가시지요. 연세도 있으시고 너무나 피곤하셔서 그냥 도보로 가신다는 것은 무리입니다."

"백운 화상님, 그러시지요."

보조 선사도 재차 권하였다. 백운 화상은 더 이상 사양하지 않고 그의 말에 따르기로 하였다.

백운 화상은 흥덕사로 가기 전 신광사 법회를 하기 위해 신광사로 먼저 갔다. 법회를 하고는 신광사에서 깊은 상념에 잠겼다. '과연 내가 생각하는 것이 잘하는 것일까? 아무리 생각을 해봐도 답은 안 나오지만, 시작해 놓으면 언젠가는 될 것이다.' 그것을 강화 선원사에서 깨달은 것이 아니더냐! 그는 거듭 생각하며 청주 흥덕사로 갈 여정을 마련하고 삿갓을 쓰고 또 떠날 준비를 했다. 흥덕사에 가기 전 젊은 수행승 달잠을 불렀다.

　"달잠은 명필이니 청주 흥덕사에 가서 주지 석찬을 돕게. 내가 지금 흥덕사로 가서 석찬에게 큰일을 시킬 거야."

　"스승님, 제가 명필이라니 과찬이십니다."

　"그 명필의 글씨를 쓸 데가 있어. 내가 얼마 전 부처님의 계시를 받은 것 같다. 그게 꿈이지만 너무나 생생해 팔만대장경이 꽃으로 변했다가 일부의 대장경이 금으로 변하는 꿈을 꾸었네. 아무리 생각해도 그 꿈을 이해할 수가 없어 강화도 선원사에 가서 팔만대장경도 보고 왔네. 거기서 깨달은 게 있어. '시작하면 언젠가 만들어진다는 것.' 팔만대장경은 38년이나 걸려서 만든 거야. 그러니 달잠도 준비가 되면 청주 흥덕사로 가게. 달잠은 이제 겨우 삼십이니 석찬과 금속 활자를 만드는 작업을 시작하면 꼭 성공할 수 있을 것이다."

　"제가 가서 할 일은 무엇인가요?"

　"목판본을 만들듯 글씨만 쓰면 돼. 그리고 쇠 활자를 만드는 기술의 실패나 성공을 전부 기록하게. 그래야 후세 사람들도 금속 활자를 만들 수 있을 게 아닌가? 여기서 불경 필사본을 만드는 작업을 서둘러 정리하고 흥덕사에 가서 석찬을 돕게."

　"네 스승님 말씀에 따르겠습니다."

　백운 화상이 달잠에게 일을 시킨 것은 글씨를 잘 쓰는 부분도 있지만 언제 이루어질지도 모르니 젊은 달잠을 쇠 활자를 만드는 일에 동참시키려 한 것이다. 팔만대장경이 38년에 걸쳐 만들어졌다니 제자 석찬과 달잠의 생애와 결부시킨 것이었다.

백운 화상이 지금까지 배워온 일이라면 "세상의 모든 일은 그냥 생겨나지 않으며 깊은 생각과 노력에 의해 생겨나는 것이다." 그것이었다. 선구자란 생각에 의해 태어나는 것이다. 백운 화상 그는 나라의 보배였고 선구자였다. 그 발상이 세상에 최고 금속 활자 '직지'를 만들게 한 원동력이 되었다.

팔만대장경은 석가모니께서 평생 설법한 경전과 계율 즉 불교의 총 경서이다. 고려에서 팔만대장경을 만든 뜻은 11세기에 부처님의 힘으로 거란족의 침입을 막고자 함이었다. 그만큼 백성들은 외세의 침입에 항시 마음이 편하지 않았다. 팔만대장경은 몇 번의 소실 위기가 있었지만, 다행히도 잘 지켜냈다. 팔만대장경을 만든 시기는 고려 고종(1236-1437)때이다. 직지의 금속 활자보다 60년 앞선 것이다.[4]

팔만대장경을 만든 나무판은 81,258개이다. 나무를 3년간 바닷물에 담가 놓았다가 판자로 만들고 소금물에 삶았다가 그늘에 말렸다. 글씨를 새긴 뒤 검은 옻칠을 하고 네 귀퉁이를 구리판으로 감쌌다. 이렇게 특별한 방법으로 만든 대장경판은 천 년이 지나고서도 옛 모습을 지키고 있다.

인류 최고의 목판 예술이라 불리는 팔만대장경은 일반 백성부터 국왕까지 참여한 역작으로 평가됐다. 1962년 12월 20일 대한민국 국보로 지정되었고, 유네스코 세계문화유산으로 지정됐다.

---

4) 「세종실록」 19년(1437년). 완성은 1251년.

6.
시작이 반

황해도 해주 신광사에서 청주 흥덕사까지 당나귀를 타고 가도 십여 일이 걸리는 여정이다. 당나귀를 타고 시자 한 사람만을 데리고 출발했다. 그 길은 꿈을 찾기 위한 길이었다. 백운 화상을 본 흥덕사 주지 석찬 스님은 소스라치게 놀란 얼굴이 되었다. 스승님이 직접 찾아오시다니! 합장한 석찬은 허리를 90도로 구부리고 스승님을 맞았다.

"석찬 인사 올립니다." 나무아미타불 관세음보살.

"그래, 계속 정진하고 있겠지?"

"네. 우선 피곤하실 터인데 요사채로 먼저 가시지요."

백운 화상은 시자였던 석찬을 흥덕사 주지로 천거하여 흥덕사 주지가 된 것이다. 석찬은 백운 화상을 주지가 거주하는 요사채로 모셨다.

오래간만에 뵙는 스승님이지만 얼굴은 세월의 흔적이 없어 보이니 변함없는 것만 같았다. 요사채 안에서 큰 예의를 차리고는

"아니, 통문을 보내시면 제가 찾아뵐 텐데 직접 찾아오시다니요."

나무아미타불 관세음보살.

"아닐세. 내가 긴히 상의할 일도 있고 하여 찾아온 걸세."

"무슨 특별한 일이라도 있으신지요?"

"그렇지. 특별하다면 아주 특별하겠지."

"우선 노독을 좀 푸신 후 천천히 말씀하시지요." 나무아미타불 관세음보살.

"이 책은 내가 원나라 후저우(湖州)의 석옥 선사에게 받아온 「불조

직지심체요절」이다. 이것은 목판 인쇄로서 그 숫자가 많지 않은 원나라에서도 귀한 책이다. 또 이것은 「불조직지심체요절」과 혜신 스님이 만든 「선문염송」과 「치문경훈」을 다시 정리하여 글로 써서 다시 정리한 글이다."

백운 화상은 그동안 정리한 필사본 「불조직지심체요절」과 「직지심체요절」 두 권을 석찬에게 내밀었다.

"내가 생각하는 것이 내 생전에, 또는 석찬 생전에 완성된다는 보장은 없을 것이다. 그것은 팔만대장경을 만든 세월을 보면 알 수가 있지! 팔만대장경은 무려 38년에 걸쳐서 만든 것이다. 그러니 그동안 그 대장경을 만들다가 죽어간 사람이 얼마인지는 누구도 모른다. 이제 내가 정리한 이 직지 책을 쇠활자로 만드는 작업을 석찬에게 맡기려 한다. 그 작업은 절대 쉬운 작업이 아니다. 그러나 청주목 안에 있는 용두사 철당간에 새겨진 글을 보면 쇠활자를 만들 수 있다는 생각이 확실히 든다. 석찬 네 생각은 어떤가?"

"네 스승님, 저는 꿈에도 그런 생각을 가져본 일이 없습니다." 나무아미타불 관세음보살.

"이것을 쇠 활자로 찍어 내면 판본은 영원히 쓸 수가 있을 것이며 아무리 오래 찍어 내도 글자는 변하지 않을 걸세. 안 그런가?"

"스승님의 그 깊은 뜻을 제가 어찌 알겠습니까? 또한, 지금 말씀하신 목판을 쇠 활자로 만든다면 스승님의 말씀대로 되겠지요."

"내가 정리한 「불조직지심체요절」 목판본 이것을 쇠 활자로 찍어 중생에 또 모든 사찰에 배부하여 부처님의 길을 밝히려 함이니라. 쇠활자를 만든다는 일은 누구도 생각하지도 않았을 것이며 꿈도 못 꾸었을 것이다."

"그렇습니다. 스승님."

"내가 수개월 전에 꿈을 꾸었느니라. 그 꿈은 팔만대장경이 꽃으로 변했다가 일부의 대장경판이 금으로 변하는 꿈이었다. 한 달 이상을 생각해도 알 수 없는 꿈이었어. 정말 고민을 많이 했다. 그러다가 실제로 팔만대장경을 보면 어떤 묘안이 또 오르지 않을까? 그런 생각을 가지고 강화도 선원사로 가서 팔만대장경을 보고 느낀 게 있었다. 선원사에서는 그 부처님의 말씀을 새긴 팔만대장경을 보호하려 주지 스님인 보조 선사님은 항시 그 귀중한 대장경을 보관하시려고 매일 점검과 고심을 하시는 것을 내가 실제로 보고 왔다. 그곳에서 깨달은 것은 '시작하면 언젠가는 이룰 수 있다는 것. 시작이 반이야.' 내 생전에, 석찬 생전에 금속 활자가 만들어질지는 모르지만 금속 활자는 시작하면 언젠가는 이루어질 것이다. 그게 부처님이 내게 내린 계시가 틀림없어 보인다."

나무아미타불 관세음보살.

"스승님의 깊은 뜻을 제가 헤아리기는 어려우나 시작이 반이라는 속담이 있지 않습니까? 시작하면 언젠가는 이루어지겠지요."

"그러나 그것은 생각은 있지만 아무도 실행에 옮기려는 스님은 없었던 것이 사실입니다. 스승님은 우리의 생각보다는 한발 앞서가시는 부처님이십니다. 오랜 시간이 걸린다 해도 부처님의 뜻이라 생각하고 쇠활자를 만들어 보겠습니다."

"그러세. 내 꿈을 자네가 실현해 주게나. 달잠이 지금 작업을 하는 불경 필사본 만드는 것을 정리하여 마감하고 흥덕사에 와서 자네를 도우라고 했네. 달잠은 젊고 명석해 일하는 데 큰 도움이 될 거야.

아마 한 달이나 두 달 안에 이곳으로 올 걸 세. 달잠은 식견이 높고 글을 아주 잘 써 명필이야. 달잠이 쓴 필사본을 보면 정말로 잘 쓴 글씨야. 달잠과 이상으로 글을 잘 쓰는 사람을 아직은 본 적이 없어. 그래서 내가 명필이라고 부르지! 활자를 만드는 데 글은 아주 중요해! 함께 일을 해봐. 용두사 철당간에는 글이 있는데 그것을 펼쳐

놓으면 쇠활자가 될 것이 아닌가?"

"네, 그렇습니다."

목판 인쇄와 금속인쇄는 천지 차이의 기술력 차이가 있다.

백운 화상은 제자인 흥덕사 주지 석찬에게 금속 활자를 만들라고 일을 시킨 것이다. 팔만대장경을 만든 이유는 중생을 위함이었다. 금속 활자를 만든다면 중생에게 큰 도움이 될 것이다.

"네. 어떻게 시작해야 할지도 모르지만, 스승님의 뜻을 받들도록 하겠습니다."

'나무아미타불 관세음보살.'

7.
철 당간을 만든 후손 황필순

청주목 인근 충주목에는 고려 3대 철광산이 여러 곳에 있었기에 청주에 철당간을 세울 수 있었다.

당간이란 당(幢)이라 불리는 깃발을 달기 위한 깃대로 옛날부터 사찰의 앞에 세워져 절이 있음을 알리고 부처님의 위신과 공덕을 나타내던 것이다. 당간 구조는 양옆에 당간을 지지하는 당간 지주를 세웠다. 당간을 만든 재료에 따라 철당간, 석당간, 목당간 등이 있으며 간두(竿頭)의 모양에 따라 용머리 모양을 한 용두당이 있으며 여의주로 장식한 여의당, 사람의 모습을 한 인두당 등으로 분류한다.

용두사지 철당간은 고려 광종 13년(962년)에 조성되어 천년이 넘는 세월을 청주의 역사와 함께하고 있다. 애초 30단의 철통을 쌓아 20여m에 달하는 높이로 청주의 랜드마크 역할을 하였을 것으로 추정되나 현재는 20단만 남아 있다. 높이는 12.7m이다. 공주 갑사의 철당간 등과 함께 철제 당간이 남아 있는 귀중한 예이다. 용두사는 고려 초기에 창건되어 번영하였으나 고려 중기 수차에 걸친 거란과 몽고의 침입에 의해 폐사된 것으로 보인다. 철당간에 들어간 황동과 쇠는 충주목의 노은면 수룡리 2구 47-2 원모롱이 광산에서 채취한 것이다. 고려 3대 철광산은 충주목에 대소원 만정리 철광산, 금곡리 철광산, 연수동 철광산 등, 충주목 청주목에 집중돼 있었다. 청주목에는 괴산 불정 관정리 아래철산이 유명했다. 그 덕에 청주 용두사 철당간을 세울 수 있었다.

일찍이 당간을 만든 이유는 불문의 아름다운 표시이며 당은 신령스

러운 깃발이라고 들었기 때문이다.

철당간이 생기게 된 것은 이 고장의 호족이며 권세 있는 집안인 당대등 김예종이 갑자기 질병에 걸리자 경건히 철당간을 건립하여 사찰을 장엄하게 할 것을 부처님께 맹세하였다. 그러나 뜻을 이루지 못하고 김예종은 타계하였다. 이에 종형인 당대등 김희일 등이 30단의 철통을 주성하여 60척의 당간을 세웠다. 그리고 이 글을 썼다.

당간이 새롭게 서니 하늘 가운데 닿으며
정교한 형상은 불법을 장엄하게 하도다.
양가 형제가 영을 받아 선업을 닦는 마음으로
주 철당간을 세우니 끝없이 영원하리라.

당사 철 주관 석주 큰스님. 김희일 정조. 김수ㅇ 대등 김석회 대등 김관겸 대등. 감사 상화상 신학 ㅇㅇ 전시랑 손희 대말 전병부 경 경주 홍대말 학원경 한명식 나말, 전사창 경기준 대사 학원랑중 손인겸 주조자ㅇㅇㅇ. 준풍 3년(고려 광종 13년, 서기 962년 임술년 3월 29일 쇠로 만들다.

위 글은 철당간에 쓰여진 내용이다. 합금으로 만든 철당간은 수천 년이 지나도 변하지 않고 그 기록을 알릴 것이다. 00으로 표시된 부분은 흐려서 분간을 못하는 부분이다.

철당간을 만들 수 있었던 것은 청주 지역이 아홉 개의 군 현이 소속돼있는 철의 주산지단지였기 때문이다.

철통의 주조와 조립, 그리고 양각으로 글자를 넣은 솜씨는 그 당시의 기술 수준과 지혜를 알게 해준다. 또한 이러한 전통은 청주에서 현존 세계 최고의 금속 활자본·직지가 탄생한 것이 결코 우연이 아님을 시사해 준다.

청주 인근 지역은 청동기 시대부터 금속 문화가 매우 발달한 곳이었다. 삼한 시대를 거치면서 철의 대규모 생산지가 되었으며 금속 문화의 전통은 계속됐다. 그래서 철과 관련된 유적들이 많았다.

스승님인 백운 화상이 시자와 함께 흥덕사를 다녀간 후 주지 석찬은 상념에 빠졌다. 생전 듣도 보도 못한 쇠 활자라니 무슨 일을 어떻게 시작해야 할지 막막하기만 했다. 몇 날 며칠을 수없이 관음전 앞에서 절을 하며 어찌해야 할까를 마음속으로 물었다. 부처님께서 내게 무슨 꿈을 꾸게 해 주었으면 좋겠다. 고요한 절방에서 침묵의 정진에 들어가 기도를 해도 무슨 뾰족한 구상이 떠오르지 않았다.

주지 석찬은 자리에서 벌떡 일어났다. 방안에서 무슨 활자를 만든단 말인가! 나가자 밖으로.

한 가지씩 해결해 보기로 하자, 다짐하면서 그는 우선 가까운 청주목에 있는 금속에 글자를 써넣은 용두사 철당간을 보러 갔다. 그렇다! 둥근 철 당간에 양각 글자도 써넣었는데 평판에 글자를 쓴다는 것은 더 쉬울 게 아닌가! 하지만 어려운 게 너무나 많다는 게 눈에 보였다. 철 당간은 빛이 반짝거릴 정도로 동(銅)을 섞은 합금이다. 그 많은 구리를 어떻게 돈을 마련하여 구할 수가 있었을까!

풀뭇간에서 알아보니 청주, 충주목은 삼국 백제 시대부터 철의 주생산 단지였다. 충주목 노은 수룡리 원모롱이 야철지, 탑면철광산, 대소원 금곡철광산, 충주목 노은 일대에는 철광산이 몰려 있었다. 그리고 청주목은 괴산 불정 관정리의 어래철산 등이 있었다. 그래서 청주목에는 무쇠솥을 만드는 공장도 있고 풀뭇간도 여러 곳이 있었다. 전국에서 쇠를 사러 청주, 충주목으로 몰려 왔었다. 청주에서는 모두 농기구 괭이 소스랑 호미 낫 등을 만들고 말의 편자까지도 만드는 풀뭇간도 여러 곳이 있다. 그래서 그 높은 철 당간이 엄청난 무쇠와 동을 섞어 만들어진 것이 아닌가! 구(求)하면 될 것이다.

쇠 활자를 만든 사람도 없으니 막막한 생각이지만 시작해 보려고 하였다. 누구도 만들려는 생각을 못 하고 있을 때이니 그것은 과감한 도전정신이었다. 하루 이틀 걸려 만들 수 있는 쇠 활자가 아니다.

쇠 활자를 만들려면 철 당간을 만든 사람들의 기술이 꼭 필요할 것만 같다.

용두사 철당간을 만들 때의 내려오던 기술을 알려면 무엇보다 철당간을 만든 자들의 후예를 찾는 것이 중요하다는 생각이 들었다. 석찬은 무쇠솥을 만드는 곳이 영우리에 있다는 이야기를 듣고 찾아가 보기로 했다. 철당간 기술로 이어 내려오는 곳이 무쇠 솥 공장일 것 같다는 생각이 들었기에 그곳을 방문하였다.

청주목 무심천 부근에 자리 잡고 있는 영우리 솥 공장은 시커먼 모래 더미와 활활 타는 숯 위 용광로 안에 시뻘건 쇳물이 펄펄 끓고 있었다. 불을 때는 화부의 얼굴과 입은 옷은 검정 숯가루가 묻어 사람 같지도 않았다. 그 안에서 일하는 30여 명의 사람들은 거의 화부와 같은 옷을 입고 있었다. 그 뜨거운 쇳물을 시커먼 틀에 붓는 작업은 언뜻 봐도 엄청 힘든 일만 같다. 냉큼 들어서서 바쁘고 힘들게 일을 하는 그들에게 접근하기가 쉽지 않았다. 한참을 구경하며 기다리니 그들의 공양 시간인지 일을 중단하고 공양간으로 가는 사람이 있다. 얼른 쫓아갔다. 땀에 젖은 옷들이 까만색 물을 들인 것만 같았다. 가까이 오지 말라는 손짓을 한다. 옷에 검정이 묻을까 봐 그러는 것 같다. 공양간도 온통 검정칠을 한 목 의자와 식탁 또한 시커멓다. 그중 나이가 들어 보이는 분이 가까이 와서 인사를 했다. 자세히 보니 안면이 있는 사람이었다. 나이가 50세나 돼 보이는 노인이었다.

"아니, 주지 스님! 어쩐 일로 이곳에 오셨나요?"

"아! 저를 아시나요?"

"홍덕사 주지 스님 아니십니까?"

"네. 그렇습니다. 주물을 만드는 분들에게 요청할 게 있어서 찾아왔습니다."

대답을 하고서 바라보니 그는 검정 흙탕물을 뒤집어쓴 듯 땀 범벅이 된 노인이었다. 얼굴을 닦은 후 자세히 보니 홍덕사에서 황필순이라고 인사를 나누었던 노인분이시다. 내심 반갑다.

"누추하지만 앉으시지요."

"네. 나무아미타불 관세음보살."

급히 차를 가지고 나왔는데 보니 대충 씻었는지 목덜미에 시커먼 먼지가 보인다.

"여기에 볼일이 있으시면 저를 부르시지 여기까지 오시다니요."

"절에서 뵈온 적은 있었으나, 그동안 한 번도 찾아뵙지 못하다가 아쉬운 소리를 하려고 찾아 왔습니다." 나무아미타불 관세음보살.

"아이고! 주지 스님이 직접 찾아오시다니요. 절에서 부르시면 당장 달려갈 텐데요."

황필순은 불교 신자로서 홍덕사의 행사에 시주도 자주 하였기에 석찬도 안면이 있는 사람이다. 그분의 기술은 상당하여 당시에는 사람들은 그를 부를 때 황달쇠라고 부른다는 것을 알고 있었다. 풀뭇간의 대장장이와는 격이 다른 칭호였다.

"웬 별말씀을 다 하십니다. 지금은 제가 황달쇠 님의 협조가 꼭 필요합니다. 시간을 잠시 내어 주실 수 있는지요?"

"네. 방금 제 일은 끝났습니다. 나머지 일은 일꾼들이 각자 맡은 일을 합니다."

"지금 홍덕사에서 몹시 어려운 불사를 일으키려 생각하고 있습니다. 그 불사를 성공하려면 황달쇠 님의 협조가 꼭 필요합니다."

"무슨 큰일이 일어났나요?

"큰일도 보통 큰일이 아닙니다."

"무슨 일인지는 모르지만, 큰일에 제가 필요하다니 영광입니다. 우선 안 채로 들어가서서 차라도 한잔하시면서 말씀하시지요. 제가 몸을 좀 씻고서 뵙겠습니다." 나무아미타불 관세음보살.

"다른 게 아니고 그게 가능할지 모르지만, 불경을 쇠 활자로 만들려고 합니다. 그것 또한 주물을 만지는 작업이니 조언과 참여를 부탁드리고 싶어서입니다."

"그러시군요. 저는 무쇠솥만 만드는 작업을 하는데 활자를 쇠로 만든 적이 없으니 도와드릴 수가 없을 것 같습니다."

"제가 부탁하려고 하는 것은 용광로를 만들고 쇳물을 끓이는 작업을 부탁드리는 것입니다. 쇠 활자를 만들려면 그게 꼭 필요할 것 같아서요."

"다른 건 몰라도 용광로 만드는 것과 쇳물을 끓이는 것은 제가 도와 드릴 수가 있습니다."

"감사합니다. 우선 그것이라도 흥덕사에 오셔서 만들어 주셨으면 합니다."

"신자로서 그것 하나 못해 드리겠습니까?"

"수고비는 서운치 않게 해 드리겠습니다."

"그리 크게 생각하시지 마세요. 여기서 데리고 가는 인부 품삯이나 주시면 됩니다. 제가 일하는 것은 보시하는 것으로 하겠습니다."

"너무나 감사합니다. 쇠 활자는 만들어야 하는데 일차로 해야 할 것이 용광로이니 황달쇠 장인님께 부탁을 드리는 것입니다. 허락해 주셔서 너무나 감사합니다. 나무아미타불 관세음보살."

솥을 만드는 것도 상당한 기술을 필요로 하는 것이었다. 아무리 기술자라도 솥을 만들 때도 실패할 경우도 있고 그렇게 되면, 다시 실패한 쇠를 녹여 만들어야 했다. 실패해도 다시 무쇠를 깨여 끓여서 만들면 된다. 무쇠솥을 만드는데도 똑같은 기술로 해도 실패작이 나오는데 섬세한 활자를 만드는 일이 쉬울 리가 없었다.

무쇠솥을 만드는 공장의 주물장 황달쇠. 그의 이름은 원래 황필순이다. 그런데 쇠를 만지는 달인이 되었으니 사람들은 그를 황필순이라 하지 않고 이름을 황달쇠라고 높여 불렀다. 사람들은 그를 최고로 예우를 한 것이다.

금속 기술 문화의 상징, 용두사지 철당간을 만들며 이름을 남긴 사람 중 황필순의 선조가 있었던 것이 그가 족보를 보여줌으로써 확인되었다.

석찬은 황 달쇠에게 다시 부탁의 말을 하며 다짐을 받았다.

"저도 부처님을 믿는 사람인데 어찌 돈을 받고 일하겠습니까? 아까도 말씀드렸지만 제일은 부처님께 보시하는 것으로 생각하겠습니다."

나무아미타불 관세음보살.

"하. 너무나 고마운 말씀입니다. 소승은 황달쇠 님의 말씀을 믿고 일을 시작하겠습니다. 우선은 하나하나 일할 것을 생각하며 풀뭇간에 불 화덕은 필수일 터이니 그것부터 시작해 주셨으면 합니다." 나무아미타불 관세음보살.

"필요하실 때 연락을 주십시오. 달려가겠습니다." 나무아미타불 관세음보살.

"감사합니다." 나무아미타불 관세음보살.

황 달쇠를 만나고 흥덕사로 돌아온 석찬은 천군만마를 얻은 것만 같았다. 쇠 활자를 만드는 데 아주 중요한 쇳물을 끓여 붓는 과정이 있을 것 아닌가! 그것은 아무나 할 수 없는 일이었다!

이제는 무엇을 해야 할까? 여러 사람이 작업을 할 수 있는 작업장을 우선 만들어야 하고 고운 모래를 많이 확보해 놓아야 했다. 또한,

주형을 무엇으로 할지가 난제였다. 시작도 하기 전에 눈앞이 캄캄해졌다. 황필순 그 노인에게 혹시 철 당간을 만들 때의 기술을 적어 놓은 것이 있느냐고 물어보니 그런 서류는 없고 아버지에게서 구전으로만 들었다고 했다. 그 기술을 적은 서류만 있다면 금상첨화인데 참으로 아쉬웠다. 할 수 없는 일 아닌가!

철 당간을 만드는 데는 황동이 들어가야 녹이 슬지 않기 때문에 활자를 만드는 데는 황동이 꼭 필요할 것이다. 철의 주생산지인 충주목 노현리에는 황동이 많이 출토되지마는 그 가격이 만만하지가 않을 것 같다. 그 황동과 쇠를 구하기 위해 흥덕사 스님들은 동분서주하며 시주하러 다니기 시작했다.

지식은 한계가 있다. 그러나 상상은 한계가 없는 것이었다.

아무런 정보도 없이 또 기술도 없이 직지를 만드는 작업은 그렇게 시작되었다.

철당간을 만들 자의 후예인 황필순은 철당간에 사용된 철의 출처를 알고 있었다.

철당간에 들어간 황동과 쇠는 충주목에 노은면 수룡리 2구 47-2 원모롱이 광산에서 채취한 것이다. 고려 3대 철광산은 충주목의 대소원 만정리 철광산, 금곡리 철광산, 연수동 철광산, 충주목 청주목에 집중돼 있었다. 청주목에는 괴산 불정 관정리 아래철산이 유명했다. 그 덕에 청주 용두사 철당간을 세울 수 있었다. 또한 밀랍은 청주와 전주가 고려시대부터 주 생산 단지였으니 다행이었다.

주물장 황필순은 철당간을 만든 사람 중 한 사람의 자손이었던 것이다. 그를 만난 것은 직지를 만드는 데 큰 도움이 되었다.

8.
청주의 무심천과 직지(直指)의 관계

구석기시대에 청주에 도시가 생긴 것은 무심천이 있기 때문이다. 물이 없으면 물을 먹으러 오는 들짐승도 없다. 고대 도시는 전부 물을 끼고 발전했다.

무심천은 청주시 남일면과 낭성면의 경계에서 발원하여 황청리와 문주리 은행리까지 정 남류한 무심천은 동쪽의 보은군과 접경지에 있는 국사봉에서 시작된 내암천을 합하여 유로를 서쪽으로 돌려 문의면 남계리에 이르게 되면 물길이 90도로 꺾여 북쪽으로 흐르게 된다.

청주의 홍수 최고 취약 지점은 석교동 제방이었다. 물이 가덕을 지나오며 남이면과 문의 쪽에서 오는 물과 합쳐져 내려오며 S자 형으로 휘돌아 가는 석교동 제방이었다. 그리고 두 번째 취약 지점은 청주대교에서 다시 작은 S자를 그리며 운천동을 거쳐 까치내 쪽으로 흘러가고 있었다. 무심천 물이 석교동 제방을 무너지지 않게 다른 제방보다는 더 튼튼하게 쌓아야 했다. 그래서 매년 홍수에 금석교(현 석교동 육거리 시장안)가 육거리 시장 안으로 들어가 묻히게 되었다. 제방을 튼튼하게 쌓기 전에는 무심천의 홍수는 거의 매년 행사였다.

북쪽으로 대머리 평야(효촌·남계리·장성동·장암동·고은리)가 있고 살기 좋은 곳으로 알려져 있다. 그 기록은 동국여지승람 제15권에 기록되어있다. 용암동에 대머리라는 지명이 있는 곳에는 청주 한씨의 집성촌이 형성되었다.

1995년도에는 무심천 양안에 제방이 정리되어 거의 4차선으로 이용되고 있으며 하상의 고수 부지는 도로와 주차장으로 이용되고 있다.

지금의 청주 중간을 가로지르는 무심천, 양안의 하상도로 안에는 옥산을 경유하며 금강까지 가는 무심천 물이 흐르고 있다.

직지를 만든 흥덕사가 있었던 곳은 무심천 변이었으며 지명은 운천동(雲天洞)이었다. 천이 흐르고 있다는 지명이다.

지금은 무심천의 넓이가 둑을 쌓아 좁아졌지만 고려 시대에는 흥덕사 앞까지 물이 흐르고 있었다는 게 확인되었다.

직지를 만든 흥덕사지인, 현 고인쇄 박물관 자리는 무심천의 둑을 쌓기 전에는 무심천 바로 옆이라는 것을 운천동을 개발하던 토지개발공사가 확인한 것이다.

운천동은 지명 그대로 전부 모래밭이었다. 현 청주 공고(工高)에서 현 고인쇄 박물관 앞까지가 무심천 줄기였다. 그 폭이 무려 2km 이상이나 된다. 또한, 옛날에 기록을 보면 장마 때에는 금강에서부터 소금 배가 올라왔다니 옛날의 무심천은 넓고 물이 많았다는 증거였다. 또한, 무심천에는 군용 경비행기 장이 있었으며 말을 사육하는 곳도 있었다.

근대 산업이 발달하고 인구가 늘면서 제방을 쌓게 되었다.

제방을 늘리기 전의 무심천은 청주 시내 사람들이 여름내 멱을 감는 장소였으며 붕어, 잉어, 피라미, 모래무지, 미꾸리, 메기, 자라 등 물고기가 지천이었다. 장마 때면 금강에서 올라오는 고기 떼가 장관을 이루기도 했다.

1980년대 인구 팽창으로 오수(화장실)가 무심천을 오염시켜서 그 많던 물고기들이 다 죽어나가고 고기들이 사라져버렸다. 고기는커녕 냄새까지도 지독하게 나서 목욕은커녕 발을 담글 수도 없을 정도였다. 무심천 물에 발을 오래 담그면 피부병이 생길 정도였다. 정말 골칫거리였다. 1990년도에 들어와서 무심천의 오염을 막기 위해 오수를 무심천 양쪽 뚝 안에 시설을 하고 까치내 부근에 오수처리장을 만들고서 2010년부터 무심천이 수질이 좋아지기 시작하여 지금은 2급 하천으로 지명되고 붕어, 피라미, 미꾸리, 메기가 지천이다. 오염을 방지하기 위하여 낚시도 일절 금지했다. 수질을 바꾸는 데 30년이 걸린 셈이었다. 하천의 물은 한 번 오염되면 복구는 그만큼 어려운 것이다.

다시 청주시의 노력과 청주시민의 협조로 고기들이 되살아나고 그 많았다가 사라진 조개도 까치내를·기점으로 다시 생겨나고 있다.

청주시 남쪽에 있는 청남교 부근의 하도를 보면 왜정 초기만 하더라도 남문로 1가와 석교동 경계선 지점이었고 당시의 제방은 은행나무가 심겨 있어 은행로로 명명되어 있었다. 한 말까지의 인공제방은 은행로 자리의 석교동 제방과 모충동 입구에서 서문교까지의 직선 제방이 있었을 뿐 서문교 북쪽은 자연 제방이었다. 현 꽃다리라고 하는 남석교에서 모충동 사직동을 잇는 제방은 아주 미약하였다. 서문교 북쪽 제방은 1921년에 축조되었으나 제방 규모가 약하여 홍수 때 범람의 위험이 항상 존재하였다고 기록되어 있다.[5]

지금의 석교동의 이름이 된 석교는 현재 그 위치를 정확히 모르고 있다. 그러나 지금의 육거리 시장 안에 있는 것만은 확실하다. 구 석교동 파출소 앞으로 육거리에서 석교동 시장 안 네거리 있는 곳으로 길이가 33간이며 4칸 석재를 사용한 견고한 다리이다. 건조 형태는 화강암 석조로 교각이 2층으로서 그 양식이 간결하고 예술적 가치가 높았으나 1923년 청남교와 서문교를 놓고 제방을 축조할 때 지하에 매몰되었다고 한다. 1906년 시장터가 대홍수로 시장터가 매몰되고 무심천의 유로가 복잡하여 석교동 일대에는 3개의 하중도가 있었다고 한다.[6]

---

5) 청주시지(淸州市誌) 상권 38p 1997년 2월 10일 충북대학교 인문과학 연구소 편찬, 청주시 발행

무심천의 상류에는 구석기 시대부터 사람이 살았다는 증거가 발견
되었다. 청주시 상당구 문의면 노현리 두루봉에서 출토된 4만 년 전
에 살았던 일명 홍수아이가 증명했으며 그곳에서 발견된 동굴곰, 코
끼리 상아 등은 오래전 청주의 기후가 아열대성 기후였다는 것을 증
명한 것이다.

충북대 이융조 교수와 박물관팀이 청주시 상당구 문의면 두루봉을
발굴하고 조사하며 확인한 것은 병으로 사망한 5살 가량 된 아이의
뼈가 예를 갖추어 장례를 지낸 것이 그대로 보존되어 있었다. 또한,
동굴곰 뼈 코끼리 상아 등이 석회석 동굴이라 완벽하게 보존되어 있
었다. 그것을 박물관팀이 복원하여 전시 중이다.

충북대 박물관팀이 방사선 반감기로 그 아이의 뼈를 분석한 결과
그 아이는 4만 년 전에 살았던 것으로 조사되었다. 충북대 이융조 교
수와 박물관팀은 홍수 아이의 뼈를 복원하고 청동으로 만들어 보관
중이다. 또한, 그곳에서 출토된 동굴곰 뼈도 동시에 복원하여 충북대
박물관에 전시 중이다.

청주에서 직지가 만들어질 수 있었던 중요한 것은 청주목에서 가까
운 충주목 노은리 청주목 괴산의 일대에서 삼국시대부터 철광석의 주
생산 단지였다는 점이다. 그것은 백제가 칠지도를 만들어 일본에 하
사했다는 역사 기록이 일본 사기에서 증명한다. 또한, 청주는 삼국시
대부터 전주와 더불어 우리나라 밀랍의 2대 중요 생산지이기도 했다.

또한, 금속활자 주조에 빠질 수 없는 가는 모래이다. 수만 년을 흐
른 무심천의 가늘고 고운 모래는 세계만방에 지구 최초의 금속 활자
인쇄라는 것은 알리게 하였으니 제 몫을 톡톡히 했다.

---

6) 청주시지(淸州市誌) 상권 38p 1997년 2월 10일 충북대학교 인문과학 연구소 편찬, 청주시 발행

9.

비구니 묘덕의 탄생 비밀

묘덕의 어머니는 청주목에서 최고의 미모를 가진 기생 '홍화'였다.

기생들은 국가가 기생 청을 두고 관리하였다. 홍화는 관기 3패 중 2패 관기였다. 1패는 왕의 앞에서 춤과 노래를 부르는 사람이라 콧대 높은 권문세족들도 부르지 못했다. 2패는 그 아래 정승 반열의 사람들과 상대하는 기생들이며 3패는 일반 민간인들과 어울리는 목의 기생들이었다. 기생의 신분은 천민이었지만 아무나와 어울리지는 않았다. 때에 따라 상대를 골라 만났다. 그 사람의 명망과 집안 등을 보고 수준에 맞지 않으면 아무리 많은 재화를 준다 해도 쳐다보지 않았다.

당시의 기생은 미모도 중요하지만 장구 치고 북 치고 거문고도 탈 줄 알아야 하며 춤도 잘 추어야 하고 검무는 필수였다. 또 한 기타 잡기에도 능해야 하고 시도 짓고 글도 쓰고 읽을 줄 알아야 했다. 그래서 가난한 집에서는 예쁜 딸자식을 낳으면 기생 만들기에 온 정성을 기울일 때였다. 홍화뿐만 아니라 묘덕이 태어날 때도 그런 시기였다.

경제력과 재주가 뒷받침되지 않으면 일류 기생이 되기 쉽지 않았다. 홍화의 부모도 온 정성과 모든 재력을 뒷받침해서 기생 '홍화'를 만든 것이다.

묘덕의 어머니 홍화는 미인이었으며 명창이었고 시 잘 짓고 춤과 검무도 잘 추는 기생이니 인기가 있었다. 전주의 명창을 전국의 최고로 치지만 홍화는 청주목뿐만 아니라 충청도에 명창으로 소문이 나

있던 기생이었다. 전 목사가 다른 곳으로 가고 신임 목사가 부임하고
서 일 년이 될 즈음 묘덕이 태어났다. 홍화가 생각하기에 묘덕은 前
목사의 딸인지 신임 목사의 딸인지 구분을 할 수가 없는 묘한 시기
에 잉태하게 된 것이다. 묘덕의 아버지는 청주목의 목사가 확실하지
만, 어느 목사의 딸인지는 홍화도 알 수가 없었다. 그 당시에도 기생
들은 전해 내려오는 임신을 피하는 몸동작이 있었으며 피임기구가 있
었기 때문이다. 피임기구로는 닥종이라는 것을 사용했다. 또한, 달거
리가 있을 적에는 한약 조제사에게 찾아가 약초를 부탁하여 달여 마
셨다. 그래서 그런지 기생들에게는 자식이 거의 없었다. 개경에서 높
은 관리가 오면 주연(酒宴)은 필수이고 수청도 들었다. 수청은 기생
마음대로이다. 기생이 수청을 거절하면 강제로는 안 되는 것이다. 홍
화는 청주목 소속이고 기생들을 감독하는 사람은 이방이었다. 그래서
이방은 항시 기생 점고를 했다. 아기를 가진 것을 알게 된 홍화는 그
것을 이방의 눈에 안 띄게 하려고 부른 배를 감추기 위해 배를 옥양
목으로 잔뜩 조여 매고 다녔다. 이방도 홍화가 아기를 밴 사실을 전
연 눈치채지 못했다. 임신했다면 인기가 떨어지니 임신을 감춰야 했
다.

아기는 곧 태어날 것만 같았다. 홍화는 암암리에 자식을 기를 사람
을 물색했다. 출산한 아이에게 젖을 먹여 키울 사람이 있어야 하기에
거의 동시에 아기를 낳은 사람이 필요했다. 여기저기 사람을 놓아 찾
다 보니 청주목 변두리 봉명리에 너무나 가난한 집에 시집을 와서
아들을 낳은 사람이 봉명(鳳鳴)리에 있었다. 봉명(鳳鳴)이라는 지명은
봉황새가 울음을 울고 갔다는 이야기 때문에 봉명(鳳鳴)리라는 이름
이 붙은 곳이다. 청주목성에서는 십리(十里)도 안 되었으며 홍덕사에
서는 오리(五里)도 안 되는 아주 가까운 곳이었다. 아기 어머니는 불
과 이십 세의 여자였고 이름은 일녀(一女)였다. 그 집에서 첫 번째

낳은 딸이라는 뜻이다. 당시에 여자를 낳으면 이름을 짓지 않고 분(糞)이 큰애기, 작은 애기, 언년이, 일순이 이순이 삼순이 등 그렇게 부르고 여자들은 호적에도 올리지 않았다. 남존여비 사상이 너무나 뚜렷했던 시대이니 백성들은 그렇게들 살 수밖에 없었다.

홍화가 아기를 낳아보니 딸이었다. 글을 배운 홍화는 아이의 이름을 옥경(玉鏡)이라 정했다. 거울 속에 비친 옥이라는 뜻이다. 홍화는 극비로 아기를 길러주는 조건을 걸고 매월 육아 비용을 쌀과 보리로 넉넉히 주기로 약조하고 아기를 일녀에게 맡겼다. 너무나 어려운 시절에 먹을 양식을 걱정 안 하게 되었으니 일녀는 횡재를 한 셈이다. 아기를 일녀에게 맡긴 홍화는 이방에게 몸이 아프다며 한 동안을 기생 점고에 응하지 않았다.

홍화는 낳은 딸을 일녀에게 보냈지만 매일 매일 너무나 보고 싶다. 딸 옥경이가 보고 싶어 눈물이 솟구칠 정도였다. 그래도 맘대로 찾아갈 수도 없는 처지이고 보니 더욱더 분신인 옥경이가 보고 싶었다. 몰래 시간을 내어 자주 찾아가 보았다. 아기는 눈에 넣어도 안 아플 정도로 예뻤다.

옥경이를 맡긴 지 일 년이 지나자 일녀가 찾아와서 옥경이의 호적을 어떻게 해야 하느냐고 물어왔다. 참으로 어려운 일이다. 홍화의 딸이라고 호적에 올릴 수도 없으니 난처해졌다.

할 수 없이 일녀의 남편인 김해 김씨의 호적에 올리기로 했다. 그래서 옥경이는 성씨도 붙여져 김옥경이가 됐다.

옥경이가 여섯 살이 되었을 때 홍화는 일녀에게 돈을 대어주며 서당을 보내라고 하였다. 일녀의 집을 다니며 옥경이를 자세히 보니 직전 목사와 많이 닮아있어 그의 딸임을 확신했다. 직전 목사의 부친은 당시(공민왕 때)에 판도사(版圖司)라는 고려의 정책에 관여하는 중요 직에 계셨다. 거는 부친이 당시 청주목사였던 아들을 사헌부(司憲府)

로 발령을 내고 개경으로 부른 것이었다. 그 당시는 권문세족들의 세상이었기에 높은 벼슬자리는 권문세족들의 잔칫상이었다.

홍화는 옥경이의 아버지를 알았지만, 직전 목사가 인정해 주지는 않을 것 같았다. 목사가 떠나지 않고 있었다면 아기를 보여 줄 수도 있었겠지만 청주목을 떠난 그에게 기생으로서 그를 찾아갈 수도 없는 일이었다. 옥경이는 날이 갈수록 제 어미의 딸답게 너무나 예뻤다. 서당에서 배운 것은 시험해보니 잊어버리지 않고 읽고 쓰고를 뛰어나게 잘했다. 기생을 만들면 좋을 듯싶다.

기생 학교를 보내려면 당시에 이름있는 서경(평양)이나 전주목으로 보내야 한다. 그 비용도 만만치 않아 그 또한 어려운 일이었다. 걱정만 할 뿐 아무리 생각해도 묘안이 안 난다. 시간은 빨리도 흘러갔다. 옥경이가 아홉 살이 되자 걱정거리가 또 하나 생겼다. 그것은 원나라의 여자 공출 문제 때문이었다.

원나라의 지배를 받던 시절의 공민왕의 왕비는 원나라 공주였다. 그 시절에는 원나라가 고려인은 여자는 물론 남자도 공출하여 갈 때가 있었다. 홍화가 어릴 적 원나라로 붙들려가는 15세가량의 여자아이들을 본 것이다. 홍화는 그 생각이 난 것이다. 공출 여자로 지정되면 무조건 나라의 지시를 따라야 했다. 그래서 가짜로 신랑을 만들 때도 있었다. 공출 여자를 뽑으라고 지시하는 곳은 충주 관찰사일지 원나라 군인이 직접 할지는 모르는 일이었다.

당시에 충청도를 관장하는 관찰사는 충주에 있었다. 관찰사의 명이 떨어지면 청주목은 명령을 받아야 했다.

당시 청주의 무심천이라는 강은 여름비가 많이 올 때만 큰 소금 배가 드나들었다. 화폐보다는 소금은 물물 교환을 하는 데 없어서는 안될 귀한 물건이다. 소금장수 중에는 전문 보부상들도 있어 소금이 왔다면 소금을 사려고 난리를 폈다. 또한, 청주는 내륙이라 충주와 비교하면 인구도 적고 빈약했다. 충주가 번창한 이유는 한강에서 오는 길이 배편이 많았으므로 배가 잘 드나드는 충주가 사람이 더 많이 살았기 때문이다. 그래서 충주목에 관찰사가 있었다.

공출 여자, 그게 문제가 될 것 같았다. 소문으로는 공출 여자는 안 뽑는다지만 그것도 알 수 없는 일이었다. 홍화는 누구에게 물어보지도 못하고 무럭무럭 자라는 옥경이를 보면서 혼자서 끙끙 앓고 있었다. 언제가 될지도 모르지만 내 몸과 같은 옥경이를 나라에 바쳐야 할는지도 모르는 일이다. 소문만 가지고는 안심을 할 수가 없다. 정부 요직 분들에게나 들을 수 있는 정보인데 홍화는 일 년여를 고심해도 별 도리를 못 찾았다. 그렇다고 청주목사에게 옥경이가 홍화의 자식이라는 사실이 탄로날까 봐 직접 물어볼 수도 없는 일이었다. 또한, 개경으로 가서 높은 벼슬을 하는 옥경이 친아버지에게도 연락을 할 수 없는 처지이다. 그 목사에게 기생은 일개 노리개 감이었지 않은가!

원나라로 강제로 끌려가는 자식을 가진 부모는 얼마나 억울했을까! 원나라로 끌려가는 아이들은 여자는 물론이지만, 남자도 있었던 것을 홍화는 기억하고 있다. 원나라에서 남자아이는 거세하여 환관(내시)을 만들기도 한다고 했다. 공출되는 남자나 여자를 가진 백성의 원성은 높지만, 그것은 나랏님도 어쩔 수 없는 일이었다. 설령 어디로 도망을 한다고 해도 거의 붙들렸다. 그러면 그의 부모까지도 문초당하니 백성들은 금수 취급을 받을 수밖에 없었다. 나라의 임금은 원나라에서 인원을 요구하면 그들의 요구를 들어줘야만 했다. 없다고 하면 원나라는 군인을 동원하여 마을을 뒤지며 다녔다. 약소국의 설움이었다.

아이들을 반강제로 빼앗기다시피 한 부모들의 심정은 어땠을까? 홍화는 옥경이 생각에 잠이 오지 않을 정도로 깊은 고민에 빠졌다. 그렇다고 기생이 아이를 낳았다며 기를 수도 없는 형편이었다. 자식 걱정이 태산만 같았다.

그런 고민을 하던 중 흥덕사에서 백운 화상이 법회를 연다는 소문을 들었다. 그는 고려에서 아주 유명한 선사였다. 법회에 가서 좋은 말씀을 듣고 시주를 했다. 그리고 홍화는 그 고민을 백운 화상을 찾아 상의하게 되었다. 백운 화상님은 잠시 생각에 잠기셨다가는

"여자아이가 열 살이라 했습니까? 흥덕사로 보내실 의향은 있으신가요?"

"네에? 흥덕사요?"

"아이 나이가 열 살이라면 좀 늦었지만, 공부를 시켜야 할 것 아닙니까?"

"아니 제 말씀은 옥경이가 혹시 원나라에 공녀로 뽑힐까 봐 상의하러 화상을 뵈온 것입니다."

"그것은 걱정 안 하셔도 됩니다. 고려에서 공녀로 갔다가 원나라 제2 황후가 된 기황후께서 고려에서 원나라로 공녀를 뽑아 가는 것을 금지했습니다."

"네? 저는 전연 모르고 있었네요. 백운 화상님, 그게 사실인가요?"

"그렇다고 공민왕께서 말씀하시는 것을 들었습니다."

"그래서 근래에 여자나 남자아이 공출 이야기가 없었군요."

"그랬을 겁니다."

백운 화상은 정부의 요직에 있는 사람들과도 잘 알고 공민왕과도 연통이 잘 되니 원나라와 고려의 관계를 이미 잘 알고 있었다. 그러나 홍화는 원나라 공출녀에 대한 정보는 자세히 알지 못하고 있었다. 유명한 분인 백운 화상이 권하니 믿고, 옥경이의 공부를 부탁했다.

"그럼 옥경이는 확실히 원나라 공출은 안 가겠네요? 그렇다면 흥덕사에서 공부를 시켜 주실 수 있나요?"

"그것은 내가 홍덕사 주지 석찬에게 부탁해 볼게요."

옥경이가 공녀로 원나라는 안 갈 것이니 공부만 시킨다면 기생을 만들어도 될 것 같다. 홍화는 큰 걱정에서 단번에 마음이 풀렸다. 홍화는 옥경이를 기생 학교에 보내기 위하여 재물을 모으고 있었다.

"옥경이를 공부시키는 사례는 제가 시주로 대신하겠습니다."

"아직 어리니 공양간에서 일을 도우며 공부를 하는 게 우선일 것 같습니다."

"감사합니다. 감사합니다. 나무아미타불 관세음보살."

그러잖아도 옥경이를 계속 공부를 시켜야 하는데 참 잘된 것 같았다. 기생이 되려면 공부는 필수 여건이니 참으로 잘됐다 싶었다. 그러다가 기생을 만들면 좋을 듯도 싶다. 홍화는 속내를 감추고 백운 화상님의 말씀에 따르기로 하였다.

"네, 그렇게만 해 주신다면 결초보은하겠습니다."

"홍덕사 주지는 내 말을 들어 줄 겁니다. 그곳에서 하라는 대로 맡기세요."

"네 감사합니다. 가슴에 뭉친 것이 쑥 내려간 것만 같습니다."

탁. 탁. 탁. 탁. 나무아미타불. 관세음보살.

홍화는 봉명리 일녀를 찾아갔다. 옥경이는 홍화를 잘 안다. 그동안 계속 찾아와서 먹을 것도 사주고 꽃신도 사준 어른이기 때문이다. 일녀가 옥경이에게

"옥경아, 이분이 너를 절로 데리고 가서 공부를 시켜 준다는데, 가겠니?"

"그럼요, 어머니. 사람은 공부를 많이 해야 큰 사람이 된다는데요."

"그러면 이분이 이틀 후에 너를 데리러 오면 따라갈 수가 있겠니?"

"네. 어머니 그럴게요."

홍화는 며칠 후에 옥경이를 데리고 홍덕사 주지 스님을 찾아갔다.

"백운 화상께서 말씀하신 아이가 이 아이입니다."

"아! 정말 예쁜 아이네요."

주지 석찬 스님은 감탄사를 연발했다.

"나무아미타불 관세음보살."

"그래요. 스승님께서 제게 말씀을 하셔서 알고 있었습니다. 준비가 되면 흥덕사로 데려오세요."

"네 감사합니다. 백운 화상께서는 공녀 공출이 없다고 하시던데 그 말씀이 사실인가요?"

"스승님께서 거짓말을 하시겠습니까? 그것은 걱정 안 하셔도 됩니다."

한편 옥경이가 자란 일녀의 집에서는 난리가 났다. 당장 매월 받던 쌀과 보리쌀을 못 받을 것이며 또한, 한 집에서 같이 오빠라고 불리던 만덕이는 옥경이가 절로 간다니 너무나 아쉬워했다. 매일 같이 놀던 참으로 예쁜 동생인데 절로 간다니 마음이 좋을 리가 없다. 옥경이가 호박덩이만 한 짐을 꾸리고 홍화를 따라 집을 나서자, 만덕이는 울음보를 터트렸다.

"어머니 옥경이를 절로 보내지 않으면 안 되나요? 먹을 게 모자라서 그러는 거지요? 제가 밥을 조금만 먹을게요, 옥경이를 절로 보내지 말아 주세요."

울며 어머니에게 매달렸다.

"만덕아, 옥경이가 집에 있으면 공부를 못 하잖니? 그러니 절로 보내는 것이야."

옥경이가 사실은 네 친동생이 아니라고 할 수도 없었다. 울던 만덕이가 울음을 그치고

"옥경아, 우리 언제 만날 수 있을까? 말해주고 가. 그리고 약속을 지켜."

"오빠, 내가 올 수가 있으면 자주 올게."

"정말이야? 그럼 우리 약속해."

그렇게 함께 같은 밥을 먹고 자란 옥경이와 만덕이는 손가락을 걸면서 헤어졌다.

홍덕사로 들어온 옥경이를 주지 스님 석찬은 잔심부름을 시키며 글을 가르치기 시작했다. 옥경이는 천자문 명심보감을 배우는 중이었지만 놀랄 정도로 글을 빨리도 익혔다. 재능이 아주 특별해 보였다. 옥경이는 바로 불경 공부와 함께 사서삼경(四書: 논어·맹자·대학·중용, 三經: 시경·서경·역경)을 가르쳤다.

옥경이는 너무나 명석했다. 공양간에서 그냥 일만 시키기에는 너무 아깝다. 옥경이가 17세가 되었을 때, 홍덕사 주지 석찬은 홍화를 찾아갔다. 천재적인 옥경이를 공양간의 일만 시키기에는 너무 아까우니 비구니를 만들면 어떻겠냐고 물어보았다. 홍화는 펄쩍 뛰었다.

옥경이가 비구니가 된다는 것은 기생인 홍화도 펄쩍 뛸 정도로, 그것은 꿈에도 생각하지 못했던 것이기에 더욱 놀랐다.

"주지 스님, 그것은 안 됩니다. 사람은 한번 태어났다 죽으면 그만인데 어찌 사람 노릇도 못 하고 죽으라고 하십니까?"

"사람이 사는 것은 아무것도 아닌 거야. 사는 동안 보시하면서 살다 가는 게 가장 값진 인생입니다. 참선을 깨우치려고 공부를 하며 도를 닦은 사람은 큰 스님이 되지 않았습니까?"

"그래도 여자로서 여자의 행복은 남녀 관계가 중요한데 어찌 평생을 혼자 살라고 하십니까?"

"허어. 나도 혼자 평생을 살고 있고. 계를 받은 비구니들도 평생을 혼자 살지 않습니까? 그것 또한 중요한 인생인데."

"스님, 옥경이를 비구니로 만드는 것은 생각 좀 하겠습니다."

"옥경이가 지금까지 배운 것은 그냥 버리기에는 아깝습니다. 옥경이는 정말 공부를 잘합니다. 한문 선생님이 될 자격도 충분합니다. 그렇다고 여자인 옥경이가 후학을 양성하려고 서당을 열 수도 없는 게 아닙니까?"

옥경이가 공부하여 글을 알면 기생을 만들려던 것이 홍화의 본마음인데 욕심은 마음을 어지럽혔다. '옥경이를 비구니가 되어 평생을 혼자 살게 한다는 것을 허락하고 싶지 않다.'

그동안 옥경이와 친어머니 홍화는 여러 번 만났다. 가난한 일녀 집에 먹을 양식을 사라고 돈을 주러 자주 간 것이다. 어려운 시절이라 그때마다 일녀는 고맙다며 눈물까지 흘렸다. 옥경이는 홍화가 친어머니인 줄 정말 모르고 있었다. 다만 백운 화상은 옥경이를 제자 석찬에게 맡기기 위하여 석찬에게만 비밀 이야기를 해 준 것이다.

옥경이가 19세가 되자 흥덕사 주지 석찬 스님은 옥경이를 강화도 선원사로 일 년 동안 비구니 공부를 시키려 보내려고 홍화를 찾아갔다. 홍화는 주지 스님에게 옥경이가 비구니가 되는 것을 반복하여 거절하였다.

"주지 스님께서 그 애를 키워준 고마움을 모르는 게 아닙니다. 제가 그동안 번 돈을 전부 절에 시주할 터이니 옥경이가 기생이 되도록 제게 보내 주십시오."

그동안 어려운 살림인 흥덕사에 홍화는 적지 않은 보시를 계속해준 불교 신자이다. 그 고마움을 석찬이 모르는 것은 아니었다.

"보살님의 뜻이 정 그렇다면 소생이 한번 옥경이와 이야기를 해보겠습니다. 그러면 어떨는지요."

"예, 주지 스님의 뜻이 정 그러시다면 그 애의 뜻에 따르겠습니다."

"사람은 살면서 자기가 하고 싶은 것을 한다는 것은 보람이며 또한 본인의 인생 설계일 수도 있습니다."

"주지 스님, 무슨 말씀인지 잘 알겠습니다."

홍화의 허락을 받은 주지 석찬은 옥경이를 불러 앉혀 놓고 비구니에 대한 것을 자초지종 설명을 하였다. 많은 불경을 이미 읽은 옥경이는 비구니의 기능이며 역할을 너무나 잘 알고 있었다.

세상만사를 이야기하고 불경을 배우며 정진하고 남에게 진정으로 보시하며 사는 세상. 그것이 부처님의 세상이 아닌가! 나의 욕심을 버린 세상 그것이 바로 나를 보는 것이 아닌가! 그동안 백운 화상의 여러 차례의 불법과 법회를 들으면서 옥경이는 느낀 게 너무나도 많았다.

주지 스님은 옥경이를 불러 앉히고

"내가 너에게 짐을 지우는 것 같은데, 네 생애를 비구니로 살 생각은 없느냐?"

옥경이에게 주지 스님 석찬은 먹여주고 공부시켜주니 아버지이며 스승님 같은 존재였다. 주지 스님의 말씀은 앞으로 살아가는데 덕이 되는 고마운 말씀뿐이었다. 더군다나 존경받는 비구니를 시켜 준다는데 그보다 더 큰 은혜가 있을까! 싶었다. 또한, 부모님 집으로 간다고 한들 그 가난한 집에서 무엇을 할 것인가? 결혼이라도 하면 남존여비 세상 속에서 고된 시집살이를 하며 산다는 것도 쉬운 일은 아닐 것이었다. 이제 성년이 다 돼가니 어떤 결정이든지 내려야 한다.

"주지 스님, 저는 이제부터 모든 것을 버리고 그저 보시하는 마음으로 살까 합니다. 출가라는 것은 가정을 떠나는 것이지만 따지고 보면 나를 버리는 게 아닌가요?"

그것은 비구니가 되겠으니 도와 달라는 말이었다.

"참으로 영특한 생각이다. 부처가 따로 없느니라. 나를 버리는 것 그게 바로 부처이니라."

스님의 대답은 바로 깨달음의 표현이었다. 얼마나 정진하고 마음에 道를 닦았으면 그런 말씀이 그냥 술술 나올까! 싶었다. 너무나 존경스럽고. 부처님을 만난 것만 같았다.

"스님, 저는 벌써 혼자 살기로 했습니다. 욕심을 버리려면 우선 물욕에서 벗어나야 한다고 봅니다. 저와 인연이 있어 혼인한 사람과 자식이 있다면 물욕을 없앨 수가 없을 것 같습니다. 그러면 진정으로 보시를 할 수가 없겠지요."

"참으로 장하다. 내가 너를 정말 잘 보았구나."

주지 스님 석찬은 홍화를 다시 만나 옥경이가 비구니가 되는 것을 허락했다고 이야기했다.

"옥경이에게는 백운 화상님이 비밀에 부치라고 하여 친모에 관해 이야기는 하지 않았습니다. 보살님! 옥경이가 비구니가 되면 어차피 속세를 떠나는 자리이니 옥경이에게 탄생의 비밀을 말해줘야 하는 게 도리가 아닙니까?"

그렇게 묻자, 홍화는 눈물을 흘리며 고개를 끄덕이는 것으로 허락했다.

흥덕사 주지 석찬은 옥경이를 앉혀 놓고

"옥경아, 이제 네가 최종적으로 결심을 한 것이 맞다는 것을 확인하고 싶다. 내가 네 탄생의 비밀을 이야기해도 네 마음에 동요가 없을 것이지 궁금하구나."

"네에? 제 탄생의 비밀요?"

주지 스님의 전언에 옥경이는 깜짝 놀랐다. 아버지 어머니가 다 있지 않은가! 무슨 탄생의 비밀? 주지 스님의 얼굴을 뚫어지게 쳐다보았다.

스님의 얼굴에는 동요가 없었다. 사실이라는 표정이었다. 다시 믿을 수 없는 말씀이 귀를 후비고 들어왔다.

"그렇다."

옥경이는 놀라 앉은 자세에서 눈을 감았다. 그리고 양손을 모아 합

장했다. 내 탄생의 비밀이라니! 앞에서 봐도 그는 눈을 감고 떨고 있었다. 한참을 앉아있던 옥경이는

양손을 맞잡고 고개를 숙였다.

"스님, 제 마음에 동요는 없을 것입니다. 말씀해주세요."

"그래 말해주마. 놀라지 말아라. 너를 길러준 어머니 아버지는 네 친부모가 아니니라. 자주 찾아와 너를 만나고 가는 청주목의 최고 미녀 홍화가 너의 친모이다. 친부는 너의 어머니도 누구라고 말을 안 하니 나도 모르겠다. 다만 청주목사이거나 그보다 더 높은 분일 수도 있다. 그래도 너는 비구니가 되겠느냐?"

옥경이에게 친어머니 이야기는 금시초문이다. 깜짝 놀랐다. 가슴이 두근거려 숨을 쉴 수가 없었다.

"친어머니가 따로 있다니 처음 듣는 이야기에 너의 가슴이 뛸 것이다. 조금만 진정하고 하루 동안만 참고 있거라."

옥경이는 정말로 놀랐다. 스님 앞을 물러 나와 법당으로 들어가 부처님상 앞에 앉았다. 법당에 관세음보살님이

"너의 친어머니는 너를 이곳으로 데리고 온 청주목에 있는 기생 '홍화'라는 분이다."

하늘에서 계속 내려오는 소리만 같았다.

옥경이는 두근거리는 가슴을 지긋이 눌렀다. 어렸을 적부터 곡식을 가지고 찾아와 어머니가 그리 고맙다고 하신 분이 아니신가! 또한, 절을 찾아와 힘들 것이라며 각종 노리개와 돈도 주고 가신 그분이 나의 친어머니라니! 옥경이는 큰 스님이 말씀하시는 게 거짓이 아닐 것이라는 것은 믿었지만, 홍화라는 기생이 왜 그리 날 찾아와 돈이며 노리개를 주고 간 이유를 이제 알 것만 같다. 친자식이 아니라면 그 비싼 노리개를 주고 가지는 않을 것 같았다. 그 이튿날 주지 스님의 목소리가 하늘에서 내려오는 것만 같았다.

"그래 네가 깊이 생각해보았느냐? 네 친어미가 네가 비구니가 되는 것을 찬성하지 않는다면 어떻게 할 셈이냐?"

"스님, 출가하려고 마음먹은 사람이 어찌 변할 수가 있나요."

옥경의 이야기를 들은 주지 석찬은 옥경이가 확실히 비구니가 되기로 마음을 굳혔다는 것을 느꼈다.

비구니가 되면 어떠하냐는 주지 스님의 물음에 옥경이는 단번에 비구니가 되겠다고 했다. 불경과 불법을 배우면서 불교에 대하여 많은 것을 배웠기 때문에 주지 스님의 권유 단 한 번에 비구니가 되기로 한 것이다. 비구니가 된다는 것은 남자가 과거 시험을 보듯 열심히 공부하고 승과에 시험을 보아야 했다. 쉽지는 않은 일이다. 절에서 공부하며 지낸 지가 9년이나 되었다.

이제 절 공양간에서도 모든 일을 책임지고 하게 됐으니 절에서는 없어서는 안 될 사람으로 바뀌었다. 9년여 동안 불법을 배우고 쓰고 공양간에서 일하니 만덕이 오빠도 보고 싶고 부모님을 보고 싶어도 집에 한번 간다고 말할 수도 없었다. 이제 친모를 알았으니 옥경의 마음은 산란하기만 했다.

한 사람의 일생을 좌지우지할 수는 없지만, 인간의 마음은 바람 같은 것 이리저리 흔들릴 수가 있는 것이 아닌가?

한참을 말없이 있던 옥경이 입을 열었다.

"주지 스님, 제게 이틀간만 시간을 주세요. 그리고 밖으로 나가게 허락해 주세요."

"그래, 그렇게 해라. 공양간 관리는 다른 스님이 너 대신 하면 될 것이다."

밖으로 나온 옥경이는 길러준 양부모를 찾아갔다. 어릴 적부터 쌍둥이같이 컸던 오빠는 집을 나갔다고 한다. 참 보고 싶었던 오빠인데 약속을 못 지켜 항상 마음속으로 미안했었다. 큰 스님에게 들은 이야기를 했다. 길러준 어머니인 일녀가 소스라치게 놀란 얼굴이 되었다.

죽을 때까지도 비밀을 지키라고 했던 홍화와의 약속인데 옥경이가 먼저 말을 하니 거짓말을 할 수가 없었다. 사실대로 이야기를 들려주었다. 옥경이는 그동안 친모가 가져다준 돈과 각종 노리개를 양부모님 앞에 올렸다. 길러줘서 고맙다고 절을 했다. 그리고 하룻밤을 자고는 친모 집으로 향했다. 친모는 이제 나이가 들어 기생 점고에는 빠지고 청주목에 특별한 일이 있을 때만 명창으로 참석한다고 했다.

옥경이가 친모를 찾아가자 친모는 옥경이가 왜 왔는지를 짐작하고 있었다. 그러나 집으로 찾아 왔다는 것은 좀 의외였다. 주지 스님과 비구니 이야기가 있었을 것 같다. 무슨 결심을 하고 온 것이 분명했다. 모녀는 서로 말을 꺼내기가 어려웠다. 옥경이는 비밀을 알았기에 달려들어 끌어안고 싶었지만 두 사람은 한동안 말없이 쳐다보고만 있었다. 홍화가 옥경이의 손을 잡아 이끌며 방으로 데려갔다. 홍화는 옥경이가 비구니가 되려는 것을 알고는 있었지만, 옥경의 입으로 나오는 그 소리를 듣고 싶지는 않았다. 차를 한 잔 따라 주고는 친모는 아무 말 없이 밖으로 나갔다. 친모가 다시 방으로 들어올 때까지 그 시간은 참으로 길었다.

옥경이가 먼저 말문을 열었다. 불러 보지도 않던 어머니 소리가 금방 나오지를 않았다.

"어-어-머니 큰 스님한테 이야기를 들었어요. 큰 스님 말씀이 사실인가요?"

"그래. 이야기를 들어서 잘 알았겠지. 아마도 스님은 너에게 거짓말은 안 하셨을 것이다."

"네."

"그래, 네 결정은 무엇이냐?"

"어머니 말씀부터 해 주세요."

"그래, 나는 분명히 네가 비구니가 되려는 것을 반대한다. 그 이유는 사람은 감정의 동물이고 남자나 여자는 함께 살을 대고 살아야 인생을 안다고 생각하기 때문이다. 시집갈 좋은 자리를 만들어서 네가 시집을 갔으면 좋겠다. 내 욕심으로는 너를 기생으로 만들어 호의호식하며 살기를 바랐다."

"어머니, 일리가 있는 말씀입니다. 하지만 호의호식이라는 것은 나만 잘 살자는 이야기 아닌가요? 제가 공부하면서 느낀 것은 남에게 베풀면서 사는 게 좋다는 것이었습니다."

그때에서야 비로소 친모인 홍화는 옥경이에게 아버지가 사헌부감찰(司憲府監察) ○○○이라고 비밀을 가르쳐 줬다. 놀라운 사실이었다. 어머니는 암암리에 아버지의 행방을 알고 있었다.

홍화의 허락도 얻고 옥경의 찬성을 받은 주지 스님 석찬은 옥경이가 19세가 되자 비구니가 되게 가르치는 강화도 선원사로 가서 일 년간을 공부하고 오라고 했다. 만 20세가 되면 비구니가 될 수 있기 때문이다.

옥경이는 강화도 선원사에 가서 계를 받을 준비를 하던 중 중생을 위해 살아야겠다는 각오를 하게 되었다. 그리고 다시 흥덕사로 돌아와 공양간 책임자 일까지 맡았다. 생명이 소중한 만큼 공양은 정성을 들여 만들게 했다.

그리고 일 년 후 백운 화상 스님이 들를 때를 맞추어 계를 받고 정식 비구니가 되었다.

[비구니(比丘尼)란 '걸식하는 여인'이란 뜻의 비쿠슈니(bhiksuni) 비쿠니(bhikhuni)를 한자로 번역하여 비구니라고 하였다. 법을 구걸하고 음식을 구걸한다고 하여 걸사(乞士)라고도 하였다. 인도인 마하파자파티라고 하는 사람이 최초의 비구니가 된 분이다. 비구니란 절에서 정진도 하며

탁발도 하는 여승으로 256계율을 받은 사람을 말한다. 256계를 받는다는 것은 보통 어려운 일이 아니다. 정식으로 계를 받은 사람은 그 당시 생각지도 못할 힘든 일이었다. 부처가 되기로 또 중생에게 보시하기로 하지 않는 한 정말로 어려운 결정이다. 더군다나 처녀의 몸으로….]

10.
명필 달잠이 흥덕사로

스승님의 큰 뜻과 명령에 거역이라는 것은 있을 수 없다. 흥덕사 주지 석찬은 쇠 활자를 만들려면 글을 잘 쓰는 사람도 여러 명이 필요하고 그 글을 새기는 사람도 필요했다. 백운 화상이 다녀간 후 이 개월 후에 스승님께서 명필이라고까지 하신 달잠이 스승님의 명에 따라 청주 흥덕사로 왔다. 그동안 달잠은 불경 필사본을 써서 책을 만드는 작업을 하고 있다가 정리를 하고 흥덕사로 온 것이다. 고민에 빠져있던 주지 석찬은 달잠이 온 것이 너무나 반가워 두 손으로 달잠의 손을 냉큼 잡았다.

"고맙습니다. 천군만마를 얻은 것 같습니다." 나무아미타불 관세음보살.

글 쓰는 스님들이 흥덕사에도 있지만, 책임자는 달잠 스님에게 맡기면 되겠다. 같은 자 수백 수천 개를 써야 하는 작업도 보통 일이 아니다. 또한, 달잠은 글 쓰는 것뿐만 아니라, 쇠 활자를 같이 연구하며 만들 사람이 아니던가!

"뵙게 돼서 반갑습니다. 소승은 스승님의 명을 따라오기는 했으나 쇠 활자를 만들어 본 적도 없으니 걱정이 많이 됩니다." '나무아미타불 관세음보살.'

"스승님이 이곳에 오셨다가 가신 후 상념을 많이 했습니다. 아무리 생각해도 그게 가능할지 두렵기만 합니다. 그래도 우선 시작해 보려고 주물을 만드는 주물 장인 황달쇠님을 찾아갔었습니다. 그분도 부처님을 믿는 분이고 이곳 흥덕사도 자주 오시던 분입니다. 청주목 용두사는 불타 없어지고 그 자리는 철 당간이 높이 위용을 나타내고 있습니다. 그 철 당간 또한 큰 불사였습니다. 이야기를 듣다 보니 황달쇠님은 용두사 철당간을 만든 분의 후손이었습니다. 그래서 그분에게 우선 쇠 활자를 만드는 데 도와달라고 사정했지요. 그분은 그 자리에서 승낙하셨습니다. 시작해봐야 알겠지만 어쩌면 일이 순조롭게 될 것도 같습니다. 그러나 문제는 철 당간을 만든 기록이 하나도 전해 내려오지 않았다는 것입니다. 그 기록만 있으면 참 좋을 텐데 걱정입니다. 지금 그분의 도움으로 풀뭇간을 만들고 용광로도 만들었습니다. 이제 시작한 지 2개월 정도 되었으니 하나하나 차근차근히 해나가려고 생각하고 있습니다. 스승님이 원나라 후저우(湖州)의 석옥 선사에게 받아오신 「직지심체요절」 상, 하권 두 권의 글씨를 쓰는 데 힘을 써 주세요. 쇠 활자를 만드는데도 서로 연구를 해야 하겠지만 스승님이 달잠 스님의 글이 최고라며 명필이라고까지 하셨습니다."

"별말씀입니다. 글은 쓰지만 아주 잘 쓴다고는 생각하지 않습니다. 노력해 보겠습니다."

나무아미타불 관세음보살.

석찬은 절에서 일하는 사람들을 전원 한 자리에 모이라고 하고 달잠을 인사시켰다.

"오늘 오신 달잠 스님은 식견도 높으시고 백운 화상 스승님께서 명필이라고까지 소개해 주신 스님입니다. 신광사에 계신 것을 백운 화상께서 쇠 활자 만드는 것을 도우라고 보내신 분입니다. 쇠 활자라는 것은 만들어 본 사람들도 없으니 쉽지는 않을 것입니다. 그저 부처님께 소원을 빌며 하다 보면 될 것입니다. 시작이 반이라는데 이제 시작했으니 반을 했다고 생각하세요. 일체유심조(一切唯心造)라고도 했습니다. 모든 일은 마음먹게 달렸다는 말씀입니다."

30여 명의 홍덕사 스님들은 손뼉을 치며 환호했다.

"달잠 스님! 우리 가족 같은 스님들입니다. 함께 협조하실 분들입니다. 한 말씀 해 주시지요."

달잠이라고 소개를 받은 그는 두 손을 합장하고 나무아미타불 관세음보살 하며 머리를 숙였다가는 입을 열었다. 목소리가 쩌렁쩌렁했다. 법회에서 불법을 말씀하시는 스님만 같았다.

"만나 뵙게 된 것은 인연입니다. 사람이 서로 만나는 건 인연이라고 합니다. 사람은 만났다가는 헤어지고 헤어졌다가는 다시 만납니다. 오늘의 만남이 소중한 만남이 되기를 기원합니다. 최초로 쇠 활자를 만드는 데 여러 스님께서 큰 도움이 됐으면 합니다. 그러나 거기에 대하여 아는 것은 하나도 없습니다."

말하는 것도 조리 있고 미남인데 젊음이 그를 한껏 돋보이게 했다.

스님들이나 일반 공양간 사람들은 그저 입에 밴 나무아미타불 관세음보살을 하고 그의 말을 경청했다. 모여있던 사람들 틈에 끼어 있던 묘덕(妙德)이 달잠 스님을 보니 흥덕사에 계신 모든 스님 중에서는 제일 미남이고 젊어 보였다. 학식이 높은 스님이라니 그분에게 모르는 것은 배울 수도 있을 것 같다. 웬일일까? 달잠 스님을 처음 본 묘덕(妙德)의 가슴은 두방망이질 치기 시작했다.

묘덕(妙德)은 이제 계를 받은 비구니에 불과하지 않은가? 이래서는 안 되는데 하지만 연정이 불길같이 일어났다. 처음 느낀 이성이었다. 마음이 진정되지를 않는다. 다른 사람들은 자기의 이름을 대며 인사를 하는데 묘덕(妙德)은 가슴이 떨려와 그의 앞으로 갈 수도 없다. 인사도 안 하고 얼른 공양간으로 도망치듯 달아났다.

달잠도 인사를 하면서 수많은 사람을 보아왔지만, 언뜻 보았어도 그리 예쁜 미인을 처음 보았다. 머리를 깎았으니 비구니가 틀림없어 보이는데 인사도 없이 그 비구니는 어디론가 사라졌다. 달잠도 달뜬 마음은 처음 계를 받았을 시 이성을 보면 냉철했던 감정이 갑자기

흔들리며 마음에 괴로움을 느꼈었다. 예상치 아니한 곳에서 도드라진 미모의 비구니를 보니 마음이 다시 요동친 것이다.

그리 크지 않은 사찰에 비구니는 거의 없다. 그런데 홍덕사에 비구니가 있다니 아무래도 스님들에게 인기도 있고 분위기가 좋을 것 같다. 비구니가 된다는 것도 쉬운 일이 아니다. 큰 사찰인 신광사에 있었다 해도 그곳의 비구니는 나이들도 많았지만 서로 부딪힐 일도 없었다. 그분들의 시간은 따로 있기 때문이다. 비구니가 되려면 공부를 하여 어려운 한문도 읽을 줄 알아야 하고 또 쓸 줄도 알아야 한다. 그 긴 불경을 읽는 것도 일이 년 배워서는 될 일이 아니다. 스님이 되기 위해서도 그리 공부해야 계를 받을 수 있다. 그런 생각이 스치고 지나가자 그 비구니의 법명이 궁금하기도 하다.

비구니 역시 계를 받고도 불경 공부를 게을리해서는 안 된다. 아마도 젊으니 한참 정진 중일 것 같다. 그렇지만 홍덕사로 오자마자 웬 이성 생각이란 말인가! 30세가 된 달잠의 마음속은 어지럽기만 했다. 정진 중이지만 그는 남자였고 인간이었다.

쇠 활자를 만드는 데 없어서는 안 될 쇠는 충주목이 고려 삼대 철광산이 있는 곳이니 돈만 있으면 쇠 구입에는 문제가 없다. 좋은 모래는 필요할 것 같은데 바로 앞이 무심천이니 지천이었다. 준비는 된 셈인데 어떻게 해야 쇠 활자를 만들 수 있을까? 석찬과 달잠은 상의 후에 큰 글자 한 개를 우선 만들어 보기로 했다. 그게 성공하면 점점 작게 만들면 될 게 아닌가? 두 사람은 그렇게 결론을 내렸다. 용광로를 만든 황달쇠 노인을 꼭 붙들고 사정하여 그분의 도움도 시작됐다. 무쇠솥을 만드는 것이 아니니 구리와 철을 섞어서 철 당간을 만들었으니 그리 첫 시험이 시작됐다. 동을 섞은 쇳물을 끓여 주형틀에 넣고 식혔다. 그리고 주형틀을 깨보니 그것은 글자가 아니라 쇠뭉치였다. 그럴 수밖에, 무쇠솥을 만드는 기법을 사용했으니 그게 활자가 될 리 만무했다. 기대가 크면 실망이 크다더니 실패는 큰 실망을 주고 눈앞을 캄캄하게 했다. 실패의 요인을 분석하고 재도전하였다. 합금을 만드는데 그 배율도 문제인 것 같고 주형틀을 잘못 만든 것 같다. 연구하여 다시 준비하는 데만도 1개월이 걸렸다. 주물장 황달쇠 노인이 평소 해오던 기술을 다시 활용해 더 섬세히 글자 틀에 다시 배합한 황동을 섞은 쇳물을 붓고 식혔다. 그것도 무쇠솥을 만들 때와 비슷하게 진행되었다. 식힌 후 틀을 벗기고 모래를 깨고 보니 그것도 쇠뭉치일 뿐이다. 두 번째도 실패하니 실망감은 컸다. 왜 그랬을까? 석찬도 달잠도 황달쇠 노인도 실패 원인을 몰랐다. 황동의 배합이 잘못된 것인가? 몇 번이고 철 당간을 만들 때의 입으로 전해내려온 무쇠와 황동의 비율로 쇳물을 끓여서 넣어서 해보아도 글자가 나오지를 않았다. 그것은 글자의 획이 전연 나오지 않기 때문이다. 철 당간을 만든 기술의 기록을 본 적이 없기에 몇 개월에 걸친 작업도 또 실패했다. 상의 끝에 아연과 청동 납 준금속인 비소를 더 첨가하기로 했다. 주먹구구식으로 실험을 할 수뿐이 없었다. 비소는 철 당간을 만들 때 사용되던 광물이며 장군들의 검인 환도를 만들 때 사용하던 것이다. 그것은 쇠를 단단하게 하려고 검인 환도에만 들어가던 것이었다. 그것 또한 주먹구구식이니 쇠 활자가 될 일이 없다. 글자가 솥 크기라도 획이 전연 안 나올 것만 같다. 실패만 거듭했다.

달잠은 연구를 하기 위해 무쇠솥을 만드는 곳에 직접 가서 솥 만드는 것을 직접 황달쇠 어른에게 배우기도 했다. 그러나 무쇠솥은 크기 때문에 아주 작은 흠은 그냥 쓸 수도 있다. 그렇지만 작은 인쇄 글자는 그것과는 상대도 되지 않을 만큼 섬세해야 했다. 무쇠로 솥을 만드는 기술도 쉽지는 않다. 그래도 그것은 암·수 틀을 만들고 두 번만 하면 되지만, 철 당간을 만든 기술은 비소 청동 납, 주석, 아연 철을 함께 넣어서 쇳물을 만드는 작업인데 그 기술에 성공하여 당간이 완성된 것이다. 그리고 지금까지 변함없이 서 있는 것이다. 솥을 만드는 과정과는 상대도 안 될 만큼 철 당간을 만드는 것도 어려웠을 것이다. 활자를 만드는 일은 더더욱 어려울 것만 같다.

쇳물로 작은 글자를 만들 생각을 하다니 참 그걸 보고 언감생심이라고 하나 보다. 계속 실패하자 달잠도 석찬처럼 용두사지 철당간을 제조했던 후손들을 찾아다니며 그 기술 이야기를 들었다. 그러나 들은 그 기술은 황달쇠 노인이 말하는 것과 거의 비슷했다. 기술을 적은 글이 없기에 활자를 만들기에는 무리이고 글자 한 자도 못 만들었다. 그러나 포기할 수는 없는 일이다.

쇠 활자를 만들기 시작한 4년 동안 계속 실패만 했다.

백운 화상이 입적(入寂)하셨다는 소식이 와서 석찬과 달잠, 묘덕은 여주 취암사를 다녀와야 했다. 다비식을 할 때 스승님이 지시하신 쇠 활자는 꼭 만들겠다고 달잠은 다짐했다.

① 홍덕사의 봄

청주의 무심천 변 홍덕사 그곳은 경계가 불분명한 산자락이다. 홍덕사의 앞은 훤히 트인 무심천이 흐르고 있고 무심천의 폭은 2km가량 넓었다. 무심천의 물은 금강 줄기이니 서해 바다로 갈 것이다. 좌·우측은 야산이지만 근동은 다 산으로 둘러싸여 있다. 한밤중에 무심천의 물소리가 돌돌거리면 부엉이 우는 소리와 늑대의 울부짖음이 합창을 하고 이름 모를 야생 동물의 울음소리도 귀를 기울이게 한다.

여름 장마철에 비가 오면 벌건 황토가 산에서 탈출하여 절 마당을 차지하려고 떼거리로 밀려든다. 이에 질세라 무심천을 범람한 물과

한바탕 힘내기가 벌어진다. 그럴 때는 홍덕사 사찰에 비상이 걸린다. 누런 황토를 동반한 흙이 이긴 것 같은데 재차 쳐들어오는 무심천 물이 황토의 멱살을 낚아챈다. 그러면 황토는 나뭇가지들에 구원을 청하고 또 한 번 힘겨루기를 한다. 그러나 햇볕이 내리쪼이는 한낮이 되면 가래를 들은 스님들이 모여들어 땀을 흘리면 그 싸움은 무승부이다.

대처(大處)와 가깝다고는 해도 산속은 해지면 바로 밤이다. 밀랍 촛불을 켜 든 사찰도 밀랍 사용 금지가 시행되고 나서 온 세상을 캄캄하게 만들었다. 사찰이라도 개경 정부 방침에 따라 큰 행사를 하는 날 외는 불을 켤 수가 없다. 하늘에 총총히 박힌 별들만이 소근거린다.

늑대가 울부짖고 부엉이가 부엉부엉 하는 밤이면 가장 어려운 것은 여자들이 변소를 가는 일이었다. 그게 어려운 여자들은 도자기 요강을 방에 놓고 사용하고 해만 뜨면 그걸 가지고 밭으로 간다. 대변이든 소변이든 그것은 아주 중요한 보물이었다. 일 년의 양식을 풍요롭게 하는 비료이기 때문이다. 던지듯 밭에 뿌린 요강의 대소변은 밭을 기름지게 하고 풍성한 채소를 줄 것이며 한 해의 양식에 보탬이 될 것이었다. 모든 사람은 먹어야 살기에 먹을 것이 있어야 한다. 먹을 것이 없어 굶어 죽은 사람들을 본 적도 있다. 먹는다는 것은 사느냐 죽느냐의 갈림길이다. 사람은 먹지 않으면 바로 죽음과 연결되지 않는가?

봄이 되어 가장 먼저 밭에서 나는 작물은 감자와 보리, 옥수수이다. 그것은 홍덕사 식구들을 먹여 살리는 데 가장 필요한 식량이다. 그런데 그 심어놓은 감자나 옥수수밭을 망치는 것은 홍수이다. 무심천 물이 범람하면 제일 곤혹스러운 사람은 사찰에 먹을 것을 만드는 공양간 책임자이다. 법회 때에 신자들의 식사까지 책임지려니 그들이 가장 힘들었을 때다.

연례 행사처럼 닥치던 홍수가 안 오는 해는 그야말로 대 풍년이 든다. 그것이 무심천 주변의 한 해 풍경이다. 가을이 되면 낙엽은 몸을 던져 인간에게 맡긴다. 그 희생의 삶은 인간의 아궁이에 불을 때게 하여 방을 따뜻하게 하고 음식을 만들게 하고 겨울에 인간을 따뜻하게 살게 한다.

묘덕은 공양간 책임자가 되었을 때 황당하고 어이없던 지난날이 떠올랐다. 아침 공양 준비를 하려고 공양간에 갔는데 쌀 뒤주가 텅텅 비어 있었다. 그해에는 가뭄이 들어 곡식을 반타작도 못 한 때였다. 굶어죽는 사람도 있다는 소리가 들리는 해인데 참으로 큰일이 난 것이었다. 그 공양 통인 뒤주에는 흥덕사 스님들의 양식이며 신자들이 방문하면 공양을 할 양식이었다. 금방 어디서 구할 수도 없는 것이다. 묘덕은 자신이 큰 죄를 지은 것만 같았다. 총무 스님이 계시는 요사채로 허겁지겁 뛰어갔다. 총무 스님이 공양간에 오셔서 보고는 배고픈 중생들이 밤손님이 되어 곡식을 가져간 것 같다고 하신다. 총무 스님이라도 무슨 뾰족한 수가 있을 리 없다. 아침 공양할 것이 없자 총무 스님은 스님들 전원에게 탁발하여 오라고 시켰다. 그분들이 들어와야 공양을 할 수 있을 것이다. 가뭄이 심하면 사찰에도 그런 일이 일어난다고 하시며 크게 걱정을 말라고 하신다. 하루 정도는 굶을 것 같다. 마음에 안정은 왔지만, 사람이 먹을 것이 없으면 도둑이 된다는 것을 본 것이다. 이 세상 누구나가 마찬가지일 것 같다. 열흘 굶어 남의 것을 훔치지 않는 사람은 없다고 하지 않았던가! 배고플 적이라면 밥을 먹기 위해 누구든 어떤 일이라도 했을 것이다. 내가 먹고사는 데 지장이 없게 된 것은 부처님의 뜻이었는지도 모른다.

묘덕은 계를 받아 먹고 사는 일이 해결되니 다음 욕심이 마음속을 뒤집고 들어왔다.

이상한 것은 내가 나를 통제하지 못한다는 사실이다. 아무리 마음을 굳게 먹었다 해도 인간은 인간의 한계를 금방 벗어날 수 없다는 그런 느낌이다. 먹고 사는 문제도 중요하지만 가슴속에서부터 우러나오는, 인간의 몸 속에서 나오는 인체의 소리는 처치 곤란이다.

왜일까? 부처님과 약속은 내 마음으로 한 것이고 계를 받을 적에는 백운 화상님과 불사음계 약속을 하고 그 말씀을 잘 따르고 있었다. 그런데 웬일일까? 마음속에서 일어나는 반항심. 내 마음속의 동요라기보다는 내가 살아 있는 동물이라는 느낌이 태풍과 함께 몰려왔다. 그것은 처녀인 묘덕 자신이 젊은 달잠 스님을 보고서부터였다.

생각해보면 백운 화상님의 말씀이 틀린 게 없어 보인다. 사람의 마음은 늘 한자리에 있지 않고 항시 변한다는 것. 나도 똑같다고 본다.

부처님! 번개 치는 날 하늘이 수시로 변하듯 변하는 인간의 마음이란 정말 무엇인가요?

하늘이 항상 푸를까? 비구름과 천둥이 함께하면 언제나 푸를 것만 같은 하늘은 같은 것 같으면서도 같지 않은 하늘이다. 인간의 마음도 그와 같은 것 같다.

일 년 중 어느 때보다도 마음을 산란하게 하는 것은 여자들의 봄이다. 그것은 내 마음에 쳐들어온 봄이 말을 하니 안다. 짝사랑하는, 봄의 달잠과 여름의 달잠은 확실히 느낌이 다르다. 그러면 가을 여자와 겨울 여자도 똑같지는 않을 것 같다.

부처님, 제 마음 아시지요? 어찌하면 될까요? 저는 동물인 인간입니다. 그 마음의 메아리는 어느 곳에 부딪쳐 흩어질지는 모른다. 그러나 확실히 느끼는 것은 내 마음을 내 마음대로 할 수 없다는 사실이었다.

만약이지만 이런 마음이 요동을 칠 때 달잠 스님이 앞에 확 나타난다면 나는 어떤 행동을 했을까?

글을 배웠다고는 하나 불사음계이니 그 마음을 표현하여 글을 쓸 수가 없다. 내 잘못을 감출 수 있는 것은 없을까? 묘덕은 맹자의 성선설을 떠올렸다. 그것은 내 마음에 평화를 갖기 위함일 수도 있고 불사음계를 빠져나가려는 핑계일지도 모른다. 성선설이 지금 이 시대에 맞는 이야기일까? 선과 악이 공존하는 인간에게 부처님의 자비는 선이겠지만 맹자의 성선설이 분명한 것은 인간 본성에 관한 모든 것이 선일 수 없다는 사실이다. 그러하니 성선설은 가설이지 꼭 맞는 것은 아닐 것 같았다. 공자 맹자에는 왜 연모 사랑에 대하여는 한마디도 없는 것일까?

묘덕은 끊임없이 사유(思惟)했다.

맹자가 추구하는 세계는 정치가들을 위한 학문이었을 뿐이며 맹자가 꾼 꿈인 성선설은 이상 세계였을 뿐이다. 그렇다고 맹자가 제시한 인간상과 인간 본성은 지금의 사회에도 유효한 것도 있다고 본다. 호연지기(浩然之氣)와 양지양능(良知良能)과 왕도정치(王道政治)에 관한 학문은 틀린 이야기는 아니다. 더 소화하지 못해 설사를 한다 해도 그것은 더 큰 세계를 그리고 대장부(大丈夫)를 만드는 요인일 수도 있으니까.

불교 경전에는 베풀라는 자비라는 말뿐이다. 진정 내 마음을 홀떡 뒤집어 알 수는 없는 것일까?

묘덕은 이렇듯 마음이 산란한 날이면 불러도 대답 없을 아버지 생각이 난다. 그것 또한 이중성인지도 모른다. 아버지 생각이 나면 밖으로 나왔다. 하늘의 별을 바라보며 아버지, 하고 소리쳐 불러도 보고 싶다. 그리고는 어머니에게 미안합니다. 이야기해야 할 것 같다. 배를 채운 뭇 동물도 나와 같을까? 아니라고는 말할 수 없을 것 같다.

주머니 속에 들어있는 대추 두 알과 밤 한 개는 달잠 스님이었다.

그것을 수도 없이 손으로 조몰락조몰락하였다.

달잠 스님을 연모하는 마음은 글로서는 표현할 수 없으니 답답했다.

그 마음도 시간이 가면 지금과 똑같은 마음일까?

② 비구니의 짝사랑을 108배로 삭이며

비구니계를 받기 위해 해주 선원사로 가서 일 년여를 배우면서 비구니 선배님들에게 들은 이야기.

"사람은 동물이야! 동물인 근성이 마음속에 깊이 배어 있고 뇌는 동물의 짓을 하라고 명령하지. 그러면 몸과 마음이 남자는 여자를 찾고 여자는 남자를 찾고, 이성만 생각하게 되는 거야. 그게 동물의 습성이고 몸에 가지고 태어난 것이야, 그러니 수행하지 않고는 동물의 범위에서 벗어나는 게 불가능하다."

그 이야기를 듣고는 내가 결심하면 문제는 없을 것 같았다. 그러나 현실이 바뀌니 생각이 달라지기 시작했었다.

계를 받은 지 1년이 되었을 때 해주 신광사에서 온 달잠 스님을 보게 된 것이다. 그것이 문제였다.

묘덕은 해주 신광사에 있다가 직지를 만들기 위해 흥덕사에 온 달잠 스님을 보고 첫 이성을 느꼈다. 첫사랑이었다. 그러나 불사음계(不邪淫戒)를 분명히 지켜야 하니 살아 움직이는 동물의 습성이 묘덕의 가슴을 짓누르고 있었다.

달잠 그는 보통 사람이 아닌 것만 같다. 잘생긴 용모 하며 자태에서 풍기는 매력은 호감이 가기에 충분했다. 달잠 스님에게 정신을 빼앗겼다. 정말 그럴 줄은 생각지도 않은 일이었다. 달잠 스님을 보기만 하면 가슴이 울렁거리고 볼이 붉어졌다. 그것이 바로 연모라는 것을 모를 나이가 아니다.

묘덕이 처음 이성을 느낀 것이다. 계를 받기 전 그 이성을 누르는 것을 비구니 선배님들에게 배웠지만, 마음이 요동치는 것은 어쩔 수 없는 일이었다.

"여자이니 남자 생각이 안 나는 것은 아니다."

"그 유혹을 물리쳐야만 비로소 비구니가 되는 것이다."

그 소리가 귓속을 맴돌아도 달잠 스님을 보고 싶으니 그가 머무는 방을 기웃거리기도 했다.

수행 중 이성이 생각나면 선배 비구니는 바늘로 허벅지를 찌르며 참고 찬물에 몸을 담그라고 하였다. 그것은 아픔을 느끼면 이성의 생각에 머물지를 않을 수 있으며, 찬물에 몸을 담그면 이성을 생각하며 달아올랐던 몸의 체온을 내려 주기 때문이라고 말해주었다. 그래도 낮에는 공양간 일 빨래 또 매일 바치는 염불 또 신자들과의 설법 이야기 등으로 이성을 느낄 시간도 없지만, 밤이 되면 제일 괴로운 게 그 이성 생각이었다. 선배 비구니에게 들은 대로 겨울에도 찬물에 몸을 담그고 춥지 않은 날에는 바늘로 허벅지를 찌르며 참아 냈다.

달잠 스님은 정말로 잘생기고 불도를 착실히 행하는 스님이었다. 젊고 잘생긴 남자에게 나이가 찬 여자가 호감을 안 느꼈다는 것은 어불성설이다. 그를 보면 항시 마음이 울렁거려 그를 마주치지 않으려고 노력했다. 그래도 달잠 스님이 보고 싶기만 했다.

묘덕의 마음을 비구니가 되게끔 도와준 것은 주지 스님 석찬이었다. 또한, 열한 살부터 길러준 것도 주지 스님이었다. 256계율을 지켜야 한다고 배웠지만, 그 계를 꼭 지키겠다고 수계를 받는 것은 백운 화상께 받고 싶었다. 그게 이루어져 옥경이는 묘덕이라는 법명을 받고 주지 스님의 입회하에 백운 화상으로부터 머리를 깎았다. 그리고 법명을 묘덕으로 받고 조계사에 비구니로 정식 등재를 했다. 그리고 얼마 후에 공무원에 준하는 농사짓는 토지를 받았다.

"이성의 욕구를 불태우는 데 좋은 것은 백팔번뇌를 외우며 깊은 명상에 돌입하는 것이다."

그 또한 수행이리라. 이성이 생각나는 밤이면 백팔 배를 하러 관음전으로 갔다.

백팔 번의 절을 하며 외는 경을 묘덕은 누락하지 않고 외웠다.

1. 나는 어디서 와서 어디로 가는가? 를 생각하며 첫 번째 절을 올립니다.
2. 이 세상에 태어나게 해 주신 부모님께 감사하며 두 번째 절을 올립니다.
3. 나는 누구인가? 를 생각하며 세 번째 절을 올립니다.
4. 5. 6. 7. 8. 9. 10. 11. 12. 13. 14. 15. 16. 17. 18. 19. 20.
21. 나로 인해 상처받은 사람에게 용서를 빌며 스물한 번째 절을 올립니다.
22. 진실로 자신을 생각하며 나쁜 짓을 하지 않기 위해 스물두 번째 절을 올립니다.
23. 유리하다고 교만하지 않으며 스물세 번째 절을 올립니다.
24. 불리하다고 비굴하지 않으며 스물네 번째 절을 올립니다.
25. 남의 착한 일은 드러내고 허물은 숨기며 스물다섯 번째 절을 올립니다.
26. 27. 28. 29. 30. 31. 32. 33. 34. 35. 36. 37. 38. 39. 40.
41. 모든 탐욕에서 절제할 수 있는 힘을 기르며 마흔한 번째 절을 올립니다.
41. 42. 43. 44. 45.
46. 참는 마음과 분한 마음을 이겨 선행할 수 있게 하며 마흔여섯 번째 절을 올립니다. 47. 48. 49.
50. 행복 불행 탐욕이 내 마음속에 있음을 알며 쉰 번째 절을 올립니다.
51. 52. 53.
54. 소유하되 일체의 소유에서 벗어나기 위해 쉰네 번째 절을 올립니다.

55. 인내는 자신을 평화롭게 하는 것임을 알며 쉰다섯 번째 절을 올립니다.

56. 57. 58. 59. 60. 61. 62. 63. 64. 65. 66. 67. 6. 69. 70. 71. 72.

73. 누릴 수 있으나 절제하는 자발적 가난을 모시며 일흔한 번째 절을 올립니다.

74. 75. 76. 77. 78. 79. 80. 81. 82. 83.

84. 맑고 고운 새소리를 들을 수 있음에 감사하며 여든네 번째 절을 올립니다.

85. 86. 87. 88. 89. 90. 91. 92. 93. 94. 95. 96.

90. 모든 생명을 키워주는 하늘에 감사하며 아흔 번째 절을 올립니다.

91. 92. 93. 94. 95. 96. 97. 98. 99.

100. 가진 자와 못 가진 자와의 손잡음을 위해 백번째 절을 올립니다.

101.

102. 배운 자와 못 배운 자의 손 잡음을 위해 백 두 번째 절을 올립니다.

103. 104. 105. 106. 107

108. 이 모든 것을 품고 하나의 우주인 귀하고 귀한 생명인 나를 위해 백 여덟 번째 절을 올립니다.

나무아미타불 관세음보살을 계속 뇌이면서 절을 하다 보면 이성의 생각은 잠시 잊어버린다. 자주 하다 보면 그 괴로움에서 벗어날 수가 있다고 생각했다. 그러나 그것은 순간의 생각이었다.

염불을 하면서도 다른 생각이 나는 것은 왜일까? 나만의 생각일까? 부처님의 생각일까?

108번뇌 하나하나를 뇌이면서 부처님께 절을 하고 일어나서도 뒤돌아서면 생각나는 달잠 스님. 아! 어찌해야 옳단 말인가?

다시 108번의 절을 시작했다. 이성이 사그라질 때까지 몇 번이고를 했다. 무릎이 아파와 못 일어날 때가 되어 일어나면 새벽닭이 홰치는 소리를 들은 게 한두 번이 아니다.

나무아미타불 관세음보살.

연례행사인 무심천 물의 범람은 홍덕사 마당까지 올 때도 몇 번 있었다. 그러면 밭작물은 전부 휩쓸려 나가니 스님들은 전원 읍내로 가서 시주를 받아와야만 홍덕사의 식구들을 공양할 수 있다. 그런 때는 불경 필사본을 만드는 스님들까지 모두가 시주를 받으러 다녔다. 한 해는 법당 바닥에까지 물이 들어온 적도 있었다. 그러면 밭작물은 온통 흙탕물에 쓸려 가거나 수확도 할 것이 없다. 그럴 때가 공양간이 제일 어려울 때이며 하루 두 끼를 한 끼로 줄여 공양해야 했다. 힘들게 겨울을 나고 5월 보리가 나와야 두 끼를 공양할 수가 있다.

장마에 쓸려나간 곳에 가끔 보이는 감자 한 알은 소중한 보물만 같았다. 공양할 것이 모자라면 묘덕은 고깔을 쓰고 꽹과리를 가지고 시내로 공양하러 갔다. 선녀 같은 묘덕이 나타나 꽹과리를 두드리며 천수경을 읽으면 사람들은 묘덕을 보러 모여들기도 하고 서로 공양을 후하게 했다.

금속 활자 직지를 만드는 시간은 실패를 거듭하면서 흘러가고 있었다.

묘덕은 계율을 지키려 애를 쓰지만, 마음속에 달잠은 없앨 수가 없었다. 달잠이 경주로 떠나던 날부터 묘덕의 머리는 하얗게 변한 것만 같았다. 과연 좋은 소식을 가지고 돌아오실까? 무릎이 아프도록 매일 부처님께 달잠 그의 안녕을 빌기 시작했다. 그 쓸쓸함을 달래려 108배를 하고도 무언가 허전함이 누르면 달잠 스님이 거처하던 방 앞에 있는 소나무를 끌어안고 있어 보기도 여러 번 했다. 밤이면 뜨겁게 달아오르는 주체할 수 없는 감정을 천수경 속으로 밀어 넣으려 캄캄한 밤 밖으로 나갔다. 이 마음을 아는 이만이 내 괴로움을 알 수 있으리라! 그렇다! 이것을 두고 고뇌라고 했나 보다! 하늘에는 수많은 별들이 눈을 깜박이는 것만 같다. 하늘에 별은 이 마음을 알까?

"잊자, 이성을 잃어버리자. 내 마음은 불사음계(不邪淫戒)를 범하는 것이다." 새벽이 쫓아오면 공양간으로 향했다. 그러면서도 과연 나는 동물의 근성을 버릴 수 있을까……. 중얼거렸다.

11.

달잠 쇠활자의 비밀을 찾아 경주로

쇠 활자 만들기가 4년 이상이나 계속 실패만 하니 지금까지 하던 방식으로는 안 될 것 같다는 생각이 들었다. 달잠이 주지 스님 석찬에게

"글씨는 쓰면 되지만 청주에는 철 당간을 만든 기록이 없으니 아무래도 경주를 찾아가 에밀레종을 만들었다는 그분들의 후손도 만나보아야 할 것 같습니다. 그러면 쇠 활자를 만드는데 필요한 어떤 도움이라도 받을 수 있을 것 같습니다."

"기록을 못 찾아도 어떤 영감을 받을지도 모르지요. 그러나 그곳을 다녀온다는 것은 보통 일이 아닙니다. 생각 좀 해 봐야 할 것 같습니다."

"아닙니다. 대사를 벌리려는데 어떤 일이라도 배워야 할 것 같습니다."

달잠은 고심 끝에 석찬 주지 스님과 상의하고 경주에 가기로 결심을 했다.

신광사에 있을 때 소문만 듣던 신라 경덕왕(771년) 때 만든 에밀레종을 만든 제작 과정이나 기술을 알고 싶었다. 청주 용두사지에는 그 기술의 전수가 된 것이 없었다. 경주에 가면 에밀레종을 만든 기술을 전수한 사람들을 만날 수 있을지도 모른다. 에밀레종을 만든 그들의 후손들 중 그 기술을 적은 글만 있다면 그 기록을 적어와 직지에 응용하고 싶었다. 그러면 성공할 수 있을 것 같다는 생각이 들었다.

주지 스님의 허락이 떨어졌다.

"좋습니다. 서두르지는 않을 테니 다녀오세요. 이곳에서는 스님들이

글자는 계속 쓸 것이며 주물장 황달쇠 노인과 함께 일은 계속할 겁니다."

달잠은 1376년 탁발을 하며 신라 제35대 왕 때 에밀레종을 만들었던 곳인 경주를 찾아 나섰다. 승려가 된 후 장거리로 처음 나서는 탁발승이다. 길도 좋지 않을 터이니 당나귀를 타고 가면 좋겠지만 고행 중 무언가가 떠오를지도 모른다는 생각에 걸어가기로 했다. 주지 석찬 스님이 당나귀를 타고 가라는 것을 굳이 사양하였다. 당나귀 먹이가 문제가 될 것 같았기 때문이었다. 스승님도 도보로 신광사에서 해주까지 가셨다고 하지 않았나! 젊으니까 큰 문제는 없을 것 같았다. 초여름 더위가 시작되려는 청주에서 경주로 출발을 한다고 하니 사찰 사람들이 전부 나와 사찰 마당으로 모였다. 그 이야기를 들었는지 공양할 때만 잠시 보이던 묘덕이 주먹밥을 만들어 가지고 와서 고개를 숙이고 두 손으로 내민다. 달잠은 두 손으로 받아 들고서는

"감사합니다. 그동안도 고마웠는데 주먹밥까지 만들어 주시니 고맙습니다." 했다.

몇 년 동안 흥덕사에서 같이 살면서 여름에 재배한 참외나 수박을 가져와서 붉은 얼굴로 마주할 때와는 또 다른 느낌이 왔다. 달잠은 묘덕을 보면 어릴 적 소꿉 친구가 생각나기도 했다. 해맑은 얼굴을 볼 때마다 기분이 좋아 밝은 웃음을 보내기도 했다. 쇠 활자를 만들어야 한다는 사명감에 정신없이 연구에만 몰두했다. 눈을 감으나 뜨나 오직 어떻게 하면 쇠 활자를 만들 수 있을까? 가끔 묘덕을 보면 잠시 접었던 이성이 살아났는지 다시 한번 묘덕을 쳐다보게 되었다. 아니 벌써 여기에 온 지 4년이 넘었네! 그때야 글쓰기에 또 쇠 활자에 집념하느라 시간을 모르고 산 것만 같은 느낌이 들었다. 매일 묘덕을 봐도 역시 미인이다. 무슨 사연을 써 준 적도 없지만 달잠의 가슴에는 묘덕을 처음 본 순간부터 묘덕이라는 비구승이 가슴 한쪽 구

석으로 들어와 자리하고 있었다. 달잠은 묘덕과 같이 있는 홍덕사를 떠나면 보고 싶을 것 같기도 하고 무언가 허점 함이 있을 것 같았다.

솔직한 심정이라면 묘덕을 한번 꼭 끌어안아 주고 가고 싶다. 그러나 그것은 아니 될 행동이었다.

"어려우신 선택인데 잘 다녀오세요."

"스승님의 지시에 성공하려면은 어떠한 어려움도 감내해야겠지요."

"잘 다녀오시기를 기도드리겠습니다."

새색시가 과거를 보러 가는 서방님에게 인사를 하는 것만 같다.

주지 석찬 스님은 경주에 가면 꼭 에밀레종을 만든 기록을 꼭 찾아보라고 신신당부하였다. 사찰 승려와 황달쇠 노인 또 일하는 사람들도 떠나는 달잠에게 손을 흔들어 주며 격려하였다. 마치 전쟁터에 나가는 장군을 격려하는 것만 같다. 막상 홍덕사에서 몇 발짝 뛰지도 않았는데 본인도 모르게 뒤를 몇 번이고 돌아보았다. 혹시나 묘덕을 한 번 더 보고 싶은 마음에서였다.

청주 홍덕사에서 경주 봉덕사까지 탁발승을 하며 가는 데는 빠르면 이십 일 천천히 가면 한 달 이상이 걸릴 것을 예상하였다. 모르는 길은 물어물어 가면 되겠지!

청주목에서 경주로 가려면 같은 충청도인 공주 목의 회덕군을 지나 진잠현 유성현을 지나가야 한다. 공민왕 이전에는 이 지역을 하남도 (河南道)라 부르다가 공민왕 5년(1356년)에 충청도라 칭하였다.

군이나 현 아래에는 복수소(福守所)가 있다. 복수는 지명이고 소는 행정 단위이다. 복수는 군, 현 아래의 행정 단위이면서 30리(약 12km)마다 설치된 소(所)는 관리들이 거주하는 역이 있다. 그곳은 나라의 위급함이 생겼을 시 연락을 하는 연락처의 파발 말이 쉬고 있다가 다음 소(所)를 향해가는 곳이다. 탁발승들이 아주 중요하게 여기는 곳은 바로 소(所)와 사찰이다. 그곳을 찾아가면 잘 곳도 있고 큰 사찰 부근의 소(所)이면 스님들은 먹을 음식도 제공받았다. 고려의 국교가 불교이기에 그런 법이 있다.

회덕군에 들려 '불믓간(야장간冶匠間, 대장간)'에 들러 쇳물을 다루는 불믓간 장인들을 한나절을 눈여겨보았다. 그들은 청주에서처럼 농기구를 만들고 있었다. 칼을 만들어 숫돌에 갈으니 빛이 난다. 칼은 뭉텅이 쇠를 달구어 망치로 두들겨 만들었다. 쇠 활자를 만드는 것과는 아주 판이하나. 불믓간 장인들과 이야기를 해도 쇠로 글자를 만든다는 것은 상상할 수 없다고 한다. 실망이 크다. 청주를 떠나 하루종일 걸어온 길은 구불구불하고 우마차나 겨우 다닐 만한 좁은 길이다. 어둡기 전에 보문사에 가서 하룻밤을 지낼 참이다. 한참을 가니 길가에 안내판인지 돌에 보문사라고 쓰여 있다. 물어물어 찾았는데 잘 찾아왔다. 반갑다. 처음으로 온종일 걸었기에 힘들다. 보문사 스님들이 반갑게 맞아 주었다. 탁발승이 제일 좋아하는 곳이 사찰이다. 보문사에 들러 무거운 몸을 하루 동안 쉬며 쇠 활자에 대한 무슨 정보나 있을까 하고 스님들과 대화도 나누었다. 그들은 전연 생각지도 못한 일이라고들 했다. 그럴 것 같다.[7]

청주목에서 회덕까지는 그래도 무난히 온 길이었다. 그런데 보문사를 지나니 바로 문제가 생기기 시작했다. 사찰에서 운영하는 소(所)가 어디에 있는지도 알지 못하지만 구불구불한 좁은 길과 다리도 없는 하천이 있어 길을 재촉하기가 쉽지 않다. 길을 물으며 가도 하루 30리를 가기가 힘들었다. 먹는 것도 구걸해야 한다. 저녁때가 되면 부근에서 잠자리를 구해야 하는데 그것을 미리 알아야 했다. 그러지 않으면 밤에 꼼짝없이 산에 갇히고 마니 그것은 더 큰 일이다. 밤에

---

7) 고려 시대인 1370년대는 대전이라는 지명이 없었다. 조선 시대에 들어와서야 충청도 대전이라는 지명이 생겨났다. 1481년(조선 성종 12년)에 발간된 동국여지승람에 대전이라는 지명이 나타난다. 그것을 보고 대전은 뿌리가 없는 도시라고도 했다.

는 호랑이도 있다 하니 어두워지면 길을 갈 수가 없었다. 산행은 낮에도 동행을 찾아서 가야만 안전하다. 동행을 만나려면 소(所)엘 가야 한다는데 소(所)가 어디에 있는지 알 수가 없었다. 탁발승으로 가면 무슨 문제가 있으랴 했지만 길을 나서보니 그것은 그리 쉬운 일이 아니었다. 진퇴양난이었다. 왜 출발 전에 생각하지 못했을까? 보문사에서 들은 큰 산밑의 주막집은 술만 팔고 잠만 잘 수 있으며 밥은 손수 식량을 준비하여 먹어야 한단다. 어렵사리 주막집을 찾았다. 탁발승이 술을 먹을 리는 없지만, 침구가 없는 것도 문제였다. 여름에 출발했으니 망정이지 정말 큰일이 날 뻔한 일이다. 그런데 초여름인데도 산밑의 주막은 모기들이 극성이다. 훌훌 벗으면 좋겠지만 모기들의 잔칫상이 될까 봐 승의는 그냥 입고 잔다. 정 어려우면 밖으로 나가 모깃불을 놓고 그 옆에서 쭈그리고 자는 둥 마는 둥 하며 밤을 보내야 했다. 엉거주춤하게 있다가는 모기들의 잔칫상이 될 판이었다. 주막집은 말들의 먹이인 풀들을 팔고 있다. 길옆에 천지인 풀은 마른풀이 아니기에 잘 안 탄다. 동행들이 그 풀들을 사서 모깃불을 피워야 잠을 잘 수가 있다. 돈을 좀 만들어서 당나귀를 타고 올걸 그냥 터벅거리며 온 것이 후회가 되었다. 닷새 동안 유성현을 지났으니 달구벌(대구부)을 지나 큰 산을 넘어 경산을 통과하여야 경주로 갈 수가 있는 것이다. 달구벌은 닭의 벌판이라는 뜻이다. 대구현, 경산부(성주군)달구화, 달벌이라는 이름으로 불리기도 하였다. 대구란 큰 분지를 말하는 것이다. 달구벌까지 가는데도 열흘이 걸렸다.

큰맘을 먹고 출발했는데 굶고서 소(所)를 찾아가는 길은 배도 고프고 멀기만 하다. 처음 탁발승을 해보니 경험이 없어서 어렵기만 했다. 동리를 지나가다 참외밭을 보면 군침이 돌고 묘덕이 생각났다. 묘덕은 잘 익은 참외를 가지고 와서 새참으로 주기도 했다. 그러나 보이는 밭의 참외는 임자가 있는 것이니 그냥 배가 고프다고 따 먹을 수는 없는 것이다. 물어물어 소(所)를 찾아가야 했다. 그곳은 사람 냄새가 나는 곳이었다. 말들도 쉬어가게 준비되어 있고 관리인도 있다. 소(所)마다 관리인은 파발 말에 먹일 풀들도 준비해 놓고 있었으며 개인에게는 풀을 팔았다. 승려에게 주는 식사는 간단하지만 그것도 최고의 만찬이었다. 그저 하늘에다 대고 관세음보살님을 외쳐댔다. 밥을 얻어먹고는 지체할 수가 없었다. 배부르면 배가 고프기 전에 빨리 목표지점을 향해가야 한다. 물어물어 삼 일을 걸어 경산에 도착했다.

경산 한 소(所)에서 들은 이야기는 경산은 고대 압독국(押督國)이라고 불렸단다. 신라의 고장이기도 하였으니 고승들의 이름이 사찰 곳곳에 적혀있다. 경산은 열반하신 삼국유사를 쓴 일연 스님의 고향이기도 하다. 경산 한 소(所)의 여름밤의 방은 한증막이었다. 가만히 있어도 땀이 줄줄 흘렀다. 옷은 물에서 건진 것만 같이 젖었다. 온몸이 모기 잔칫상이 됐어도, 그래도 먹을 것을 주니 천국이었다.

경주는 동경이라 불리었고 서경 남경과 함께 삼경의 하나이다. 신라 경순왕(935년)이 고려에 항복하자 경주라 하였다가 그 지위를 다시 올려 대도독부(大都督府)로 삼았던 것을 987년(성종 6년)에 동경이라 개칭하고 유수(留守. 관직)를 둔 곳이다. 1202년(신종 5년) 동경 야별초가 신라를 다시 일으킨다는 구실로 난을 일으키자. 군대를 보내어 토벌하였고 다시 경주로 격하시킨 곳이 바로 경주였다.

드디어 험한 길을 다 걸어 이십여 일 만에 경주에 도착했다. 합장을 하고 나무 관세음보살을 외며 감사의 기도를 드렸다. 중간에 포기하지 않고 왔다는 것은 절대 포기하지 않은 끈기였다. 청주 용두사지에서 발견 못 한 그 만든 기술을 알아보고자 그 먼 길을 걸어온 것이 아닌가!

경주에 도착하여 제일 먼저 찾은 곳은 기록을 찾기보다는 에밀레종이 있는 곳이었다. 그 실물을 보고서 봉덕사를 찾아갈 셈이다. 종은 누각 안에 들어있었다. 그 크기는 13척 높이의 장대한 크기였다. 보고도 믿어지지 않을 만큼 큰 종이었다.

종에는 아름다운 모양이 종 외벽에 그려져 있다. 아름다운 문양을 종 위에 어떻게 그렸을까? 구름 속의 아름다운 선녀 그림은 살아서 날아갈 것만 같았다. 이 종은 771년 만들어진 것이었다. 종탑을 뱅뱅 돌며 보아도 용두사지 철당간과는 상대도 안 되게 정말로 정교했다. 흥덕사에서 쇳물을 끓이며 시험을 해보았기에 한꺼번에 여러 생각이 떠올랐다.

어떻게 이런 종을 만들었을까? 이 큰 에밀레종의 쇳물을 끓이는 용광로는 어떻게 만들었을까? 대형 용광로라도 한두 개 가지고는 불가능해 보인다. 여러 개의 용광로를 만들고 동시에 쇳물을 끓인다? 그것 또한 쇳물의 배합 문제와 또 한꺼번에 쇳물을 부어야 하는데 그게 불가능해 보였다. 주철장들은 그런 것들을 어떻게 해결했을까? 의문점은 한두 가지가 아니었다.

상단부의 종 고리는 용 한 마리가 종을 물고 있는 형태였고 용은 살아 있는 것만 같았다. 장인들은 어떻게 종 위에 섬세한 그림을 그릴 수 있었을까?

종에 새겨진 1000자 가량의 글도 너무나 정교하고 용두사지 철당간 보다도 더 선명하다. 종 자체의 글과 그림이 용두사의 철 당간과는 비교도 되지 않을 만큼 정교하다. 아! 감탄사가 절로 나왔다. 한참을 쳐다보다가 해를 쳐다보니 이제 곧 저녁 공양이 시작될 것 같았다.

스님들이 공양 시간에 맞추어 종을 치며 시간을 알리는 종소리는 수십 리에서도 들린다고 했다. 시간이 되었는지 스님 한 분이 종을 치려고 나왔다. 에밀레종을 치는 시각에 맞춰 구경을 온 사람들이 몰려오기 시작했다. 종소리는 웅장하고 큰 여운을 남기며 작아졌고 이어 다시 다시 종을 치고는 한다. 에밀레종 소리는 신의 소리만 같다. 감탄사가 절로 나온다. 종은 스물네 번을 치고 끝났다. 가까이 있었으니 귀가 먹먹하여 좀 앉았다가 일어났다.

달잠이 에밀레종을 다시 자세히 보니 그것은 놀랄만한 기술이었다. 30년간 연달아 수도 없이 실패했어도 드디어 성공한 에밀레종, 쇠 활자를 만들려는 1370년대보다 600여 년 전에 만든 것이다. 쇠 활자가 안 될 일은 없을 것 같다. 구경을 온 사람에게서 에밀레종에 관하여 물어보니 그들 중 한 사람이 에밀레종의 전설을 들려주었다. 믿을 수 없는 이야기였다. 시내에서 하룻저녁을 묵으려고 민가에 들어갔다. 시내에서 무슨 정보를 들을 수 있을까 하여 낮에 다녀보기로 한 것이다. 그곳에서 에밀레종에 대한 구체적인 이야기를 들었다. 시내로 다니면서 들은 에밀레종에 관한 이야기는 전설 같은 이야기가 사실이라고 말들을 했다. 에밀레종의 전설, 그것은 불가에서는 있을 수 없는 내용이었다. 하룻저녁을 민가에서 자고 일어났다.

공양 시간에 맞추어 종을 치는 에밀레종 소리를 들으니 그 소리는 웅장하고 은은하다. 어쩌면 전설처럼 종소리가 어미를 원망하는 구슬픈 소리가 들리는 듯도 했다. 참으로 신비스럽기만 하다. 달잠은 더 많은 사람이 있는 경주의 대처로 나갔다.

전해 내려오는 에밀레종의 구체적인 이야기가 민가에도 퍼져 있었다. 듣고는 귀를 의심하였다. 내가 들은 말이 사실인가? 산 사람을 끓는 쇳물에 넣다니! 전설이라고는 하지만 그것을 사실로 믿을 수가 있을까? 너무나 가슴에 와닿는 슬픈 이야기였다. 그 아픔의 전설이 달잠의 가슴속에 깊이도 새겨졌다.

에밀레종의 전설

신라 34대 왕인 경덕왕(742-765, 청주에서 962년 흥덕사 철 당간이 만들기 200년 전이다) 34대 경덕왕은 선왕인 신라 33대 왕인 성덕대

왕을 업적을 기리기 위해 세상에서 가장 큰 종을 만들라는 지시를 봉덕사 주지 스님에게 내렸다. 봉덕사는 경덕왕이 죽을 때까지 계속 만들었다. 만들었다가 실패한 걸 확인하고 부수고를 반복하며 수많은 실패를 하면서도 좋은 소리가 나는 종은 만들지 못했다. 신라 34대 경덕왕의 뒤를 이어 신라 제 35대 왕이 된 혜공왕이 봉덕사를 찾아와 아직도 비어 있는 종루를 보며 34대 왕인 아버지 효성왕께서 소원이셨던 성덕대왕 종을 다시 만들기 시작하라고 주지 스님에게 지시하였다.

달잠이 들은 에밀레종에 관한 이야기는 구체적으로 이랬다.

스님들은 종을 만들기 위해 주지 스님까지 나서서 전국으로 시주를 받으러 다녔다. 주지 스님이 한 집에 들러 시주를 부탁하니 한 젊은 여인네가 나와서

"집이 가난하여 드릴 것이 없습니다. 드릴 것이라고는 이 아이뿐이 없습니다. 이 아이를 시주로 받으시렵니까?"

살생을 금지하는 스님으로서는 받아들일 수 없는 이야기였다.

"어찌 아이를 시주로 받겠습니까?"

그날 밤 시주 승은 너무나도 선명한 꿈을 꾸었다. "봉덕사의 종을 울리려면 그 아이가 필요하니 어서 데려오라는 선몽을 꾸었다." 스님은 밤새 고민했다. 그러다가는 다음날 아이를 시주하겠다는 집을 다시 찾아갔다.

"부인, 정말로 아이를 시주로 내어 주시겠습니까?"

"제가 한 말이니 꼭 원하신다면 보내 드려야겠지요."

여인은 눈물을 흘리며 아이를 스님에게 안겨 주었다. 산 사람을 스님들이 종을 만드는 쇳물에 넣는다는 것은 살생 금지의 계율을 어기는 행위이니 참으로 난처했다.

"모든 것이 부처님의 뜻이니 슬퍼하지 마십시오."

아이를 품에 안은 스님도 눈물을 흘리며 울었다. 아이를 종으로 만드는 쇳물에 넣자는 데는 스님들의 반발도 있었다. 그러나 어떻게 하든 봉덕사의 주지 스님은 종을 만들어야 했다. 국운을 좌우한다는 임금의 명이 지엄한지라 고심에 고심했다. 반대를 물리치고 주지 스님이 아이를 종을 만드는 끓는 쇳물에 넣기로 결단을 내렸다.

얼마 후 봉덕사의 새로운 종을 만들 때 봉덕사의 스님들은 전부가 경을 외우면서 그 아이를 끓는 쇳물에 넣었다. 그리고 전 스님이 염불을 외우는 가운데 그 쇳물을 틀에 부었다.

오랜 세월 동안 만들면 깨지고 찌그러지고 소리도 나지 않던 종이 녹여지고, 아이를 쇳물에 넣은 종이 마침내 만들어졌다. 기다리던 종이 만들어지자 스님들은 종을 종루에 달고 혜공왕 앞에서 힘껏 종을 쳤다. 그런데 종소리는 놀랍게도 엄마를 간절히 부르는 아기의 소리 같았다. 종소리를 듣고 많은 사람이 놀라워할 때 그 아이를 바친 어머니도 군중 속에 있었다. 그 여인은 통곡하였다.

그 소리는 "어미 때문에, 어미 때문에"를 반복하는 소리로만 같이 들렸기 때문이다.

어미를 부르는 듯 슬픈 소리를 내는 이 종을 사람들은 에밀레종(어미 때문에, 어미 때문에)이라 불렀다.

에밀레종의 전설이었다.

저녁 공양 시간이 다가오자 시간을 알리는 에밀레종 소리가 어김없이 들려온다. 에밀레종 소리는 신의 소리처럼 신비롭고 구슬펐다. 감탄사가 절로 나온다.

달잠은 이틀 동안을 돌아다니며 에밀레종에 대한 구체적인 자료를 얻고자 했으나 손에 쥔 것은 아무것도 없었다.

이제는 봉덕사로 가보면 무슨 정보를 들을 수 있을 것이다. 민간인들에게 에밀레종에 관하여 묻는 것을 중지하고 에밀레종을 만든 봉덕사로 향했다.

봉덕사에서 종을 만들었으니 봉덕사에는 무언가 있을 것도 같았다. 봉덕사에서 자료를 못 구하면 별 수가 없으니 다시 민가로 내려가 조사할 참이다. 봉덕사 총무 스님에게 인사를 했다. 우선 에밀레종 전설에 대하여

"총무 스님, 대처에 나가보니 에밀레종에 관한 이야기에 아기를 끓는 쇳물에 넣었다는데 그 이야기가 사실인가요?"

"하하하하, 스님 그 말이 믿어지시나요?"

"여기 스님 한 분도 그렇다고 말씀하시던데요?"

"그건 불가에서 있을 수 없는 이야기입니다."

달잠은 그 이야기를 듣고 안도의 한숨을 푹 쉬었다. '그러면 그렇지!' 혼자 중얼거렸다.

"그러면 어째서 그런 이야기가 대처에 퍼졌을까요?"

"그런 전설은 아마 불가에서 지었는지도 모릅니다. 에밀레종은 수십 년에 걸쳐서 만든 것입니다. 그것은 엄청나게 어려운 불사였기에 혜공왕을 아기로, 혜공왕의 외숙을 스님으로, 혜공왕의 어머니를 아기 어머니로 묘사하여 그런 이야기가 만들어졌을 가능성도 있습니다."

"네에? 확실히 전설이란 말씀이시지요?"

"그렇지요. 그 에밀레종을 만든 모든 과정을 기록한 문서가 다 만들어졌고 그것이 여기 봉덕사에 지금까지 있습니다."

달잠의 눈은 크게 벌어지고 입술도 벌어졌다. 그 말은 놀람과 희망의 메시지였다.

"네에? 그 기록이 있다고요?"

"네. 있습니다. 이 기록은 왜구의 침탈에서도 지킨 보물입니다. 종을 만든 비법은 2대 왕에 걸쳐 실패만 하다가 드디어 성공을 기록한

문서가 봉덕사 안 지하에 문서로 보관돼 있습니다."

달잠은 귀가 번쩍 띄었다. 멍하여 하늘을 쳐다보았다. 지금 총무 스님이 한 말이 사실이라면 그 기록은 종을 다시 똑같이 만들 수 있는 아주 중요한 문서일 것이다. 그것은 청주 용두사지 철당간에서 볼 수 없었던 기록일 것이며 직지를 만들 중요한 자료일 것이었다.

"그 문서를 보여 주실 수 있으신지요?"

"특별한 경우가 아니면 주지 스님이 허락을 하시지 않을 것입니다."

말만 들었어도 천군만마를 얻은 것만 같다. 백운 화상께서도 열반 전에 쇠 활자를 만들면 그 기록을 잘 보관하라고 유언으로 남긴 말이 생각났다.

달잠은 봉덕사 주지 스님께 인사를 드리고 경주에 오게 된 동기를 정중하게 얘기했다.

그 문서를 지하에서 꺼내 쉽게 보여주지는 않을 것 같았다. 당대에 백운 화상을 모르는 이는 없으니 백운 화상의 이름을 팔았다.

"제가 여기에 온 것은 글자를 쇠 활자로 만들라고 백운 화상님이 열반하시기 전에 지시하신 것을 이행하기 위함입니다."

주지 스님이 반문했다.

"백운 화상께서 글자를 쇠 활자로 만들라?"

"네, 열반하시기 전에 흥덕사에 오셔서 그리 지시하셨습니다."

"그러면 글자를 쇠 활자로 만들고 계신다는 말씀입니까?"

"그렇습니다. 지금 청주목 흥덕사에서 쇠 활자를 거의 5년째 만들고 있으나 계속 실패하여 실패의 원인을 찾으려 이곳까지 온 것입니다."

"그렇군요. 에밀레종도 30여 년 동안 계속 실패를 하다가 성공한 것입니다."

"에밀레종을 만든 기록이 확실히 여기 있는 것은 맞는 말씀이지요?"

"그렇습니다."

달잠은 믿기에 힘든 일이라 다시 물었다.

"기록 문서가 확실히 있지요?"

"네. 그런데 그것은 비밀로서 지하 서고에 보관돼 있습니다. 그것은 왜놈들의 노략질로 그 문서가 불에 탈까 봐 그리 보관한 것입니다."

백운 화상님의 이름을 판 것은 효과가 만점이었다.

주지 스님은 새삼스레 다시 물어보았다. 문서를 보여 주시기 전에 다시 확인하시는 것 같았다.

"확실히 청주목 흥덕사에서 왔다고 했습니까?"

"네, 그렇습니다."

"총무 스님, 그 서류를 이 스님에게 보여 주세요. 쇠 활자를 만드는 것도 큰 불사가 아닙니까."

"네, 그리 하겠습니다."

"총무 스님, 도와주십시오."

"주지 스님! 에밀레종을 만든 문서의 열람을 허락해 주셔서 감사합니다."

"문서를 총무 스님과 가서 열람하시오. 그것 외에는 도와줄 게 없네."

"감사합니다. 감사합니다."

① 직지를 만들 답은 경주 봉덕사에 있었다

주지 스님을 만나 간청하여 에밀레종을 만든 기록 문서 열람을 허락받은 것이다. 쇠 활자를 만든다고 하니 기꺼이 허락하신 것이다. 그것 때문에 고행하고 이곳을 방문한 게 아닌가! 그 감사함을 어디에

다 이야기할까. 달잠은 나무아미타불 관세음보살을 수십 번이나 되뇌었다. 지하 서고는 2중 삼중으로 출입문이 잠겨 있었다. 정말 누구도 그곳을 들어갈 수 없게 환기창 외에는 철저히 봉쇄돼 있었다. 다른 스님들까지 동원하여 그 문을 열고 들어갈 수가 있었다.

지하 서고에는 많은 문서가 쌓여 있었다. 종이 특유의 냄새와 지하의 냄새가 코를 간지럽혔다. 지하에는 하늘로 향한 환기창도 있고 공기가 들어오는 창도 있고 나가는 창도 있었다. 그러나 그 안은 약간 어두웠다. 문서는 두루마리에 겹겹으로 말려있었다. 수십 년의 기록이니 참 분량이 많았다. 어떤 것을 보아야 할지 막막했다. 지하에서는 두루마리 글씨가 선명하게 보이지 않았다. 두루마리 한 개를 가지고 밖으로 나와보니 두루마리 겉에는 날짜가 쓰여 있다. 옳다 됐다! 만든 날짜를 보면 될 것 같았다.

총무 스님의 허락을 얻어 두루마리 몇 개만 가지고 밖으로 나왔다. 그 당시 종을 만든 그림을 그린 사람들과 글씨를 쓴 사람들의 이름도 다 쓰여있었다. 바로 이것을 알려고 한 것이 아니더냐! 수십 년 동안의 기록 중 어떤 문서에 핵심 기술이 쓰여 있는지 그 문서를 찾기가 쉽지 않았다. 몇 개를 들고 글이 보이는 밖으로 나왔다 들어갔다를 하며 조사하기 시작했다. 저녁 공양 시간까지 핵심 문서는 찾지 못했다. 내일을 기약하고 요사채로 갈 수뿐이 없다. 요사채에 있으면서 긴장되고 달뜬 마음은 밤잠을 이룰 수가 없었다. 하룻밤이 그리 긴 줄은 정말 몰랐다. 이번에는 철저히 준비하고 안전한 촛불을 들고 들어갔다.

오정을 알리는 에밀레종 소리가 울리고서야 겨우 핵심 문서를 찾을 수가 있었다. 그 문서를 읽어 보던 달잠은 무릎을 팍 소리가 나게 크게 치며 아! 소리까지 나왔다.

에밀레종의 제작 과정 핵심은 쇳물의 배합에서부터 거푸집을 만드는 상황까지 상세하게 기록되어 있고, 무엇보다 종의 크기만큼 20개의 용광로가 동원되었음을 확인하면서 저절로 탄성과 함께 무릎을 쳤던 것이다. 그랬다. 그 큰 종을 만드는데 아무리 큰 용광로라도 한두 개 가지고는 안 되리라 생각했지만, 생각보다도 엄청난 용광로 규모에 놀람을 금치 못했다. 그것은 그림으로 자세히 그려져 있었다. 그리고 핵심인 종 겉의 문양과 글씨를 넣는 기법이었다. 몇 년 동안이나 실패를 했기에 그 문서를 읽어 보고는 단번에 알아볼 수가 있었다. 5년여 동안이나 쇳물을 끓이며 연습했던 쇠 활자 만들기가 아니었던가! 그 정교한 글과 그림을 종에 그려 넣은 것은 바로 밀랍이었다. 먼저 종의 형태를 미세한 모래로 단단히 다져 만들고 그 위에 밀랍을 종의 두께로 두툼히 발라 종 형태가 나오게 만든 다음 그 위에 오목밀랍으로 그림과 글씨를 그려 붙이고 다시 그 위에 모래를 다져 넣어 바깥 거푸집을 만든 것이었다. 종 상단에 구멍을 뚫어 쇳물이 들어갈 곳을 만든 다음 종 걸이 용은 최종 단계에 붙이고 종 걸이 바로 밑에는 종소리에 종이 깨지지 않게 조그만 구멍을 뚫어 놓은 것이었다. 뭐 종이에 적고 할 필요도 없었다. 쇠 활자를 만들려고 수없이 실패했으니 그 문서를 보고는 단번에 알아챌 수가 있었다.

핵심은 글자를 밀랍으로 만들면 된다는 것을 그 문서를 보고 단번에 알아낸 것이다. 그것은 환희였다.

아! 나무아미타불 관세음보살.

기록은 너무나도 자세히 적혀있었다. 그 엄청난 크기의 종을 수십 년이나 실패해가면서 만든 것이니 그것을 만든 스님들의 노고를 알만도 했다. 쇠는 합금까지 합쳐서 190만 근이 들어갔다고 한다(18.9t). 완성된 시기는 왜구의 침입이 잦았던 771년이었다.

달잠은 이날 대 수확을 거둔 것이다. 쇠 활자 또한 그렇게 하면 될 것이 아닌가! 밀랍이 뜨거운 쇳물에 다 녹고 타 없어지면 원형이 남을 것이다. 금속을 배합하는 양까지 자세히 적혀 있어 어려울 것 같지 않았다.

종을 만든 그들도 그 비밀을 알아내는 데 수십 년이 걸린 것이다. 에밀레종의 전설에 아이를 쇳물에 넣었다는 기록은 없었다. 금속을 배합한 자료를 글자로 필사하여 가지고 가면 될 것이다. 그런데 보니 하도 실패를 했으니 그 서류를 보자마자 머릿속으로 어찌하면 된다는 그림이 그려졌다. 그래, 실패는 성공의 어머니이다.

에밀레종 겉에는 만든 사람의 이름 중에는 원구라 쓴 글이 있다. 그것은 혜공왕 외숙의 이름이다. 외숙의 세속 이름은 김홍기였다. 에밀레종은 전설은 그 힘든 불사하는 어려움을 전설로 만들었을 것이라고 총무 스님은 설명했다. 아이를 끓는 쇳물에 넣었다는 것을 총무 스님께 다시 한번 묻자, 수십 개의 용광로에서 쇳물을 끓이는데 어느 용광로에 어린아이를 넣는다는 말인가? 설명하는 봉덕사 총무 스님은 웃고 만다.

재삼 에밀레종을 신비롭게 하기 위한 전설을 만들었을 것이라고 말씀하신다.

혜공왕을 아이로, 혜공왕의 어머니는 어머니로, 종장은 스님인 외삼촌으로 전설을 만들었다고 보면 된다는 말씀이셨다. 혜공왕의 이름은 국수 천운이라고 적혀있었다.

에밀레종의 모든 비밀을 알아낸 달잠은 한시가 급했다. 이제 쇠 활자를 만드는 방법은 쇠 활자는 밀랍으로 만들고 거푸집 안에 밀랍가지 글자를 넣고 쇳물을 부은 다음에 식히면 될 것 같다. 그 비밀을 왜 용두사지 철당간에서는 발견하지 못했을까? 그것은 시간도 오래 경과되었지만, 철 당간을 만든 사람들이 기록을 안 해 놓았기에 그 비밀을 풀 수가 없던 것이다. 경주로 올 적에는 이십여 일이 걸렸으나 청주목으로 올 때는 보름 동안에 도착했다.

그동안 종을 여러 번 만들었지만 종 소리가 안 나, 다시 부수고 한 것이 30여 년이니 큰 종 하나 만들기도 그리 어려운데 작은 글자를 쇠 활자로 만든다는 게 얼마나 시간이 가야 할지도 가늠하지 못할 정도가 아닌가! 그러나 이번에는 쇠 활자를 만들 수 있다는 확신을 가졌다.

깊은 시름을 안고 청주목을 떠났던 달잠은 쇠 활자를 만들 수 있는 기술을 알고는 흥덕사로 뛰듯이 다시 왔다.

흥덕사로 오는 길은 묘덕이 너무나 보고 싶어 재촉도 했다. 경주로 갈 때보다는 경험 때문에 수월하게 온 편이었다. 묘덕을 생각하지 말아야지 하면서도 생각이 나는 것은 어찌 막을 수가 없다.

흥덕사로 돌아오자 주지 석찬은 안전하게 돌아온 달잠을 끌어안고 등을 두들겼다.

흥덕사 식구들도 모두 나와 대환영을 하였다. 그래서 사람은 자기가 거처하는 집이 제일 좋은가 보다.

흥덕사 주지 석찬에게 그동안의 결과를 보고하였다.

에밀레종을 만들었던 이야기와 종 하나 만들기도 엄청 어렵고 30여 년이나 걸려 종을 만들었다고 보고를 했다. 또한, 에밀레종을 만든 문서를 다 보고 일부는 써서 왔다며 보여드리고 일부는 다 기억하고 있다고 했다. 이제는 확실히 쇠 활자를 만들 수가 있을 것 같다고 말씀을 드리니 석찬의 얼굴에 꽃이 피는 그것만 같다. 그럴 수밖에 그 어려운 실패를 딛고서도 성공을 못 했으니 그 반가움의 표현이 얼굴로 온 것 같다. 그 실패의 어려움 속에 활력소 같은 묘덕 스님을 보고 달잠은 마음에 안정을 찾았다. 달잠에게 쇠 활자 만드는 것만큼이나 묘덕을 보는 것은 한 줄기 빛 같기도 했다.

효성왕이 아버지인 성덕왕을 위하여 종을 만들기 시작한 것은 효성왕(737-742) 때 시작하였다. 그러나 만들고 보면 소리가 나지 않았다. 그 큰 종은 구리 합금이 12만 근이나 들어간 큰 종이었다. 계속 만들고 부수고를 하다가 성덕왕의 손자인 혜공왕(765-780)이 소리가 나는 종을 만들었다. 신라는 국력을 기울여 종을 만들었어도 소리가 나지 않아 계속 실패만 한 것이다. 에밀레종이 완성되고 소리가 났을 때는 약 30여 년이 걸렸다. 서기 740년 효성왕 때 시작한 것이 서기 771년 혜공왕 때에 완성됐으니 삼십여 년이 걸렸다는 이야기이다.

12.
묘덕의 짝사랑 달잠

나를 젖 먹여 길러준 어머니가 친어머니가 아니라고 할 때의 충격은 가슴을 멍하게 만들었었다. 또한, 어머니 외에는 친척이 없으니 정말 허전함 속으로 빨려 들어갔었다. 또한, 쌍둥이 친오빠라고 믿고 자란 어린 시절의 동갑 오빠 만덕이도 친척에서 제외된 것이 아닌가! 그런데 십여 살이나 나이가 많은 달잠을 처음 보았을 때 첫눈에 반해 버렸으니 이 어쩐 일인가. 그토록 불경 공부를 하며 수행도 했거늘 마음속에서부터 나오는 그리움과 사랑을 어찌 버릴 것인가….

출가를 했으면 당연히 다 버려야 할 것이거늘 두 마음이니 어찌하오리까? 캄캄한 밤에 슬그머니 일어나 마음속을 뒤집어 놓는 그리움 나보고 어쩌란 말인가. 피가 나도록 바늘로 허벅지를 찔러도 하루도 지나지 않아 떠오르는 달잠스님. 찬물에 몸을 담가 식혀도 그때뿐인 마음. 백운 화상님과 약속은 어디로 간 것일까? 그랬다! 그것은 사랑이었고 괴로움이었고 내가 동물임을 내 몸이 망각하지 않고 있음이었다.

소리치고 싶다. 이 마음의 동요를….

묘덕은 달잠 스님만 보면 너무나 좋다. 공양간에서 일도 하니 주자소를 자주 갈 일도 없으면서 하루 두 끼의 공양인데 중간에 새참이라며 주자소로 일부러 간다. 여름에는 재배한 참외나 수박. 감자 등을 가지고 가고 늦가을에는 감자를 구워서 식을세라 뛰어가 드리고는 얼굴이 빨개지기도 했다. 달잠 스님이 활자를 만들기에 계속 실패하면서 경주에 가서 기술을 배워 오겠다면 떠나던 날 묘덕(妙德)은 온 세상을 잃은 것만 같았다. 밤이면 법당으로 들어가서 그가 무사히 다녀오기를 나무아미타불을 외우며 무릎이 아파져 오도록 절을 했다. 그를 기다리는 하루하루는 복날 얼굴에 땀이 송송 흐르듯 그리움이 솟아났다.

부처님만 믿어온 묘덕인데 달잠을 만나면 내가 아닌 나로 생판 다른 사람으로 변했다. 부처님은 어디론가 가고 달덩이같이 생긴 달잠만 눈앞에 있으니 말이다. 묘덕 자신도 감내하지 못할 묘덕의 또 하나의 영혼과, 내가 본 세계와 다른 상상의 세계가 있는 두 영혼의 결합이 내 안에 있다는 게 묘덕은 신기하기도 하고 두렵기도 하다. 누가 그리 만들었는가?

홍덕사로 돌아온 달잠은 스승님을 생각하며 사찰을 거닐며 이제는 성공할 수 있다. 깊은 생각을 하며 있을 때 선녀 같은 사람이 어른거린다. 이게 꿈인가? 생각하며 자세히 보니 그 사람은 비구니 묘덕(妙德)이었다. 경주로 떠날 때도 주먹밥을 싸서 주며 인사를 할 때 꼭 끌어안아 주고만 싶던 묘덕이었다. 몇 년 동안 서로 마주쳐 이런저런 이야기를 나눈 적은 없었다. 그저 스쳐 가는 바람일 뿐이었다. 이성을 자제하며 수행승의 모범을 보이고도 싶은 달잠이었다. 고개를 꾸벅하고 합장하며 인사를 하는데 자세히 봐도 그는 선녀와도 같이 예쁘게 생겼다. 달잠도 처음에 묘덕이라는 비구니를 보고 마음에 혼란이 왔던 것은 사실이었다. 불사음계(不邪淫戒)를 지키려면 여자를 생각해서는 안 되는 것이다. 이성을 밝히는 음식도 가려 먹었다.
그래도 달잠에 머릿속에는 처음 묘덕(妙德)을 본 날부터 묘덕(妙德)이 마음속에서 떠나지 않았었다.
예불하러 오는 사람들은 많이 보아 왔지만, 묘덕(妙德)의 자태를 따를 사람은 없을 것 같다. 인간은 동물이 아니던가? 눈을 감고 고개를 숙였다 들었다 하며 나무아미타불을 외웠다. 계율을 지키기 위해 될 수 있는 한 그와 마주치지 않으려 노력했다. 그러나 묘덕(妙德)은 묘덕대로 달잠을 사모하는 마음에 항시 그가 보고 싶어 그의 처소를 기웃거렸었다. 그런 이유로 절에서는 공양하는 음식에도 이성을 밝히게 하는 채소인 마늘이나 음식을 넣지를 않는다. 몇 번의 여름 동안 묘덕(妙德)이 새참이라며 여름 내내 가져오는 제철에 참외 수박은 정말로 맛이 있다. 경주로 가며 참외밭에서 침을 흘리던 생각이 난다. 양심적으로 말하자면 새참이 그리운 게 아니라 묘덕(妙德)이 그리웠을 때도 있었다. 한밤중에 묘덕이 보고 싶으면 나무아미타불을 외며 그 연정을 삭이기를 반복하기도 했다.

묘덕 또한 달잠 스님이 해주의 선원사에서 흥덕사로 와 첫인사를 할 때 도망을 쳤지만, 그 잘생긴 젊은 스님에게 마음이 안 갈 수가 없었다. 그것은 처음으로 가져보는 마음의 동요였고 짝사랑이었다. 아무리 나무아미타불을 외워도 그리움은 달잠 스님 생각만 난다. 묘덕은 이제껏 공부만 하느라 이성을 만난 적도 없었고 상대할 만한 비슷한 나이의 이성도 없었던 게 사실이다. 묘덕보다는 나이가 많지만, 묘덕이 처음 느낀 이성이 달잠 스님이다.

달잠 스님 또한 경주로 떠나면서 몇 번이고 묘덕(妙德)을 쳐다보며 떠났다. 언제 돌아올지 기약 없는 이별이 가슴을 조여 들어왔다. 그래도 달잠은 大事인 '직지'를 만들어야 한다는 사명감으로 경주로 발걸음을 떼어 놓았다. 스님이라고 특별한 것은 없다. 다만 동물의 근성을 참아내는 데 정진을 하는 것이지 인간은 똑같다. 남자인 스님이 여자 생각이 안 난다는 것은 거짓말이다.

묘덕(妙德)도 아무리 마음의 단련을 한다 해도 달잠을 그리워하는 마음은 지워지지 않았다. 잊어버리려 해도 달잠을 보기만 하면 무언가 모르는 게 다시 머릿속으로 기어들어온 것만 같다. 그것은 여자가 남자를 그리워하는 연정(戀情)이었다. 가위로 끊어질까, 칼로 끊어질까! 그것은 묘덕(妙德)의 마음을 계속 어지럽혔다. 그에게 달려가 안기고도 싶었다. 밤에 그가 생각이 날 때는 계를 받기 전에 배운 바늘로 허벅지를 찔러 피를 내보기도 하고 무심천 차가운 물에 달아오른 몸을 담가 식히기도 해보았다. 솟아오른 가슴 봉우리와 온몸을 꼬집어 보기도 했다. 그러나 해가 뜨고 날이 훤하면 다시 보고 싶은 달잠이었다.

달잠 그가 경주로 떠나던 그날 마음은 허공 속으로 붕붕 떠다니는 것만 같았다. 어디에 안주해야 할 것인지 법당으로 뛰어 들어가 절을 하다가 자칫하면 공양 시간을 늦출 뻔도 하였다. 공양간으로 들어서는 본인이 너무나 부끄러웠다. 어디론가 떠나고도 싶다!

아! 이게 괴로움이구나! 한밤중에는 그가 잠을 자던 요사채 앞으로 가서 서서 있는 자기를 발견하고는 얼굴이 붉어져 스스로 놀래기도 하였다. 묘덕(妙德)은 아! 달잠이 없는 세상은 무의미해 보인다. 그러면 관음전으로 쫓아가서 108번의 절을 하며 이성의 생각을 지우려 노력했다.

달잠이 경주에서 돌아오자 묘덕은 살판이 난 사람이 되었고 흥덕사에는 다시 활기가 돌았다.

달잠에게는 계속 실패만 거듭하는 그 어려움을 견디게 한 것이 묘덕(妙德)인지도 모른다. 그러나 에밀레종을 직접 가서 보고 느낀 것은 오랜 시간이 해결해 줬다는 것을 듣고 왔지 않은가! 지난날은 실패를 계속 해도 더 열심히 더 꼼꼼히 기록해가며 쇠 활자를 만드는 데 온 힘을 쏟았다. 그런 마음속에서 두 사람은 쇠 활자를 만드는 데 포기하지 않은 서로가 큰 의지였을 것이다.

묘덕은 달잠이 보고 싶어서 주자소를 가서는 하고 싶은 말은 쏙 들어가고 엉뚱한 말이 입 밖으로 나왔다.

"스님, 지금까지 너무나 고생을 많이 하셨는데 틀을 깰 때마다 실패작이니 너무 안타깝습니다. 꼭 성공하시기를 기도드립니다."

달잠 스님 앞에서 달달 떨면서 그 말을 했다. 사실은

'스님, 저를 한 번만 안아 주시겠습니까?' 그렇게 말하고 싶었다. 그를 보기만 하면 맘속으론 그 말을 되뇌고는 있었다. 달잠도 묘덕의 이야기에 신경을 안 쓰는 듯했으나 달잠도 묘덕을 보면 마음이 산란해지기는 마찬가지였다.

달잠은 젊은 혈기의 남자이다. 한껏 부푼 묘덕은 너무나 예쁘고 품에라도 안아보고 싶은 사람이다. 그러나 수행하는 승려로서는 탐할 수는 없는 것이다. 속으로는 내가 이중인격자야 하면서 자책을 한 것도 한두 번이 아니다. 그저 입에 밴 나무아미타불 관세음보살 하며 합장을 하는 것으로 탐욕을 가라앉히며 쇠 활자의 글을 쓰기에 힘을 기울였다.

묘덕이 법당에서 수도 없이 절을 하고 일어나던 어느 날 고개를 들어 부처님을 쳐다보니 아니? 깜짝 놀랐다. 부처님이 달잠 스님이기 때문이다. 고개를 흔들며 정신을 차려보니 부처님은 언제나 똑같은 웃는 모습으로 묘덕을 쳐다보고 계셨다. 아! 환상이었구나! 이성이 눈을 뜬 것이다. 이러면 안 되는데….

바로 앞에 있는 무심천으로 간 것도 한두 번이 아니다. 그것은 계를 받기 전에 선배 비구니들에게 들은 이야기를 실천하기 위함이었다. 한밤중이라 사람은 하나도 없었다. 실오라기 하나 걸치지 않고 찬물 속으로 들어갔다. 자신이 만져봐도 솟아오른 봉오리가 너무나 탱탱하다. 가슴이 떨려 오던 게 찬물에서 사그라들었다. 마음을 잡고 방으로 들어가는데. 아니? 새벽닭이 홰치는 소리가 들린다.

아! 새벽까지 그리 무심천 물에서 있었구나!

흥덕사에 달잠과 묘덕 두 사람은 서로 이루어질 수 없는 사랑을 하며 나날이 그리움을 쌓아갔다.

두 사람의 사랑은 직지를 만들며 실패를 이기는 큰 힘이 됐는지도 모른다.

13.

홍화는 당시 세도가 주부공 이극우의 서녀(庶女)였다

고려 시대 기생은 3패가 있었다. 1패는 오직 임금 보는 앞에서만 노래와 가무를 하는 기생이라 기생 청의 고급 공무원이었다.

2패는 관기와 민기로 나뉘고 관기는 문무백관 외교사절 등을 상대하는 기생이며 2패 중 민기는 일반 백성이나 부자 등을 상대하는 데 노래와 가무를 하지, 성을 대놓고 팔지는 않았다.

성은 오직 거래에만 의하여 이루어졌다.

3패 기생은 민간과 성을 자유롭게 팔고 했다. 그렇다고 관기가 아닌 3패들은 남편들이 있는 사람들이 많았기에 성이 값싸게 거래된 것은 아녔다.

홍화는 당시 세도가의 종이품인 주부공(정부의 재정을 담당하는 부서의 장) 이극우의 서녀(庶女)였다. 본 이름은 이 홍으로 기생이 되고서 가명으로 홍화라는 이름을 사용했다.

홍화의 어머니는 설도(薛桃)라는 개경의 유명 2급 기녀였다. 주부공 이극우는 그녀를 차지하기 위하여 여러 고위직 관리들과 쟁탈전을 벌였으나 주부공 이극우가 성공했다. 당시에 국고를 만지는 주부공이니 금력으로서 설도를 차지했었다. 설도는 딸을 낳자, 그 딸도 기녀를 만들기 위해 어릴 적부터 서경(평양)으로 보냈다.

당시에 기생은 역시 서경(평양)에 기방의 행수로부터 배워야 제대로 기생을 하는 것이었다. 홍화는 아버지의 금력과 어머니의 덕으로 평양 기생 행수로부터 가무를 익힌 기생이다. 그래서 가무에 능하여 청주목뿐만 아니라 전주 목에서도 이름이 나 있는 기생이 되었다. 청주목은 이름 그대로 맑은 고을이라는 이름이다. 청주목으로 승격하기 전에 청주목은 낭성현이었다. 청주가 목으로 승격을 하자, 목에 배치된 기생 모집이 계속 있었다. 그때 홍화의 어머니는 딸을 청주목 2급 기생으로 보낸 것이다. 기생은 국록을 받는 사람이니 요즈음의 공무원이다. 그러니 기녀라도 대우를 받고 살았다.

기생들은 자기들의 출생이나 출신지를 비밀에 부친다. 그것이 그 기생의 신비이고 기생들의 몸값을 올리는 구심점이었다.

청주목에 있으니 기생 홍화를 모르는 청주 일대의 한량은 없다. 그러나 홍화는 이제 기생 행수 노릇을 하려고 기생을 그만둔 것이다. 당시 기생과의 거래는 돈만 가지고 되는 건 아니기에 홍화의 몸값은 상당했다.

14.
불법을 따르리까? 어머니를 따르리까?

① 묘덕(妙德)과 문하사인(門下舍人) 한소(韓昭)

청주목이 고향인 한소(韓昭)(청주한씨)는 15세에 문과에 장원 급제하고 문하부(門下府) 산하 기거랑(起居郞)이 된 사람이다. 그가 다시 문하사인(門下舍人)으로 승차하자, 조상님께 인사를 드리고자 고향 청주목을 방문해 대머리에 있는 조상님의 묘를 찾아온 것이다. 문하사인(門下舍人)한소(韓昭)는 성묘 후 목사의 환영연에 참석 후 흥덕사를 방문하였다. 불교가 국교인 고려에서 절을 방문하고 주지 스님께 인사를 드리는 것은 예의이기 때문이다.

한소(韓昭) 그의 자는 맹운(孟雲)호는 유항(柳巷) 본관은 청주이며 평간공(平簡公), 공의(公義)의 아들이며 중찬(中贊) 악(渥)의 손자이다. 하늘을 찌르는 세도가의 아들이다.

그가 흥덕사에 인사차 주지 스님을 뵈러 왔다가 공양간에서 차를 들고나오는 비구니 묘덕(妙德)을 본 것이다. 그 미모에 홀딱 빠진 문하사인(門下舍人) 한소(韓昭)는 가슴이 덜덜 떨려왔다. 저런 미녀가 다 있다니… 마음이 요동치니 주지 스님의 축하 인사도 듣는 둥 마는 둥 그가 지나간 자리만 쳐다보았다. 그리고는 주지 스님께 비구니의 이름을 물었다. 법명이 묘덕이라는 이야기를 들었다. 저런 미녀가 비구니가 되다니! 첫눈에 홀딱 반했다. 결혼하여 자식이 있는 문하사인(門下舍人) 한소(韓昭)는 어떻게 하든 묘덕과 단둘이 만나보고만 싶었다.

고향 집으로 와서는 개경의 부모님에게는 몸이 아프니 고향에서 좀 쉬었다가 간다고 통발을 보내고는 묘덕(妙德)을 만날 궁리를 하고 있었다. 생각다 못한 한소(韓昭)는 청주목청에 가서 형방을 만나 홍덕사의 비구니 묘덕(妙德)이 누구의 자손인가를 알아봐 달라고 청하였다. 청주목사에게 직접 할 말이 아니기에 형방을 만나본 것이다. 형방은 사령(使令)의 대장이지만 목사가 임명한다. 형방은 문하사인(門下舍人) 한소(韓昭)보다는 벼슬도 없는 잡급에 불과하지만, 그의 위세는 대단했다. 형방은 한소의 말을 거절할 수가 없으니 홍덕사에 사령(使令)을 보내 묘덕(妙德)을 조사할 게 있다며 형방 근무처로 들어오라고 하였다. 주지 석찬은 형방이 묘덕(妙德)을 부르는 것은 분명 이유가 있으리라 판단을 했다. 무슨 일일까? 사령(使令)을 붙들고 그 이유를 물어도 자세히는 모른단다. 홍덕사 주지 석찬은 난감했다. 청주목사가 부르지는 않았을 것 같다. 목사가 부르면 어김없이 가야 한다. 그러나 형방이니 다행스럽기는 하다. 관에 지시를 따르자니 묘덕(妙德)이가 걱정되고 안 보내자니 관의 명령을 반한 것이 되니 걱정이었다. 절에 주지를 청주목에서도 마음대로 이래라저래라 하지는 못하겠지? 묘안은 없을까를 생각하다가 묘덕(妙德)이 몸이 아프다는 핑계를 대고 주지 스님인 석찬이 직접 형방을 찾아갔다. 형방은 청에 앉아 있다가 주지 스님을 보고는 급히 일어나 예의를 차리고 앉으시기를 청하였다. 절에 주지 스님은 형방이 넘보지 못할 큰 산이었다.

"아니, 어찌 주지 스님께서 여기까지 오셨나요?"

"나무아미타불 관세음보살. 형방께서 홍덕사에 묘덕(妙德)을 찾으시니 무슨 이유인지를 알고자 왔습니다. 묘덕(妙德)은 지금 몸이 좋지 않아 소승이 대신 왔습니다. 나무아미타불 관세음보살."

형방은 주지 석찬에게 거짓말을 할 수가 없었다. 사실대로

"아! 네. 사실은 제가 무시하지 못할 사람으로부터 부탁을 받았습니

다. 그곳에 묘덕(妙德)이라는 비구니가 있지요?"

"네 있습니다마는 무슨 일로 그러시나요?"

"그 비구니의 이력을 알고 싶어서 한 번 와달라고 전한 것입니다."

무시 못 할 사람이라? 그게 누구일까? 목사? 그는 아니다. 머리에 번쩍하고 감이 왔다. 아하! 며칠 전에 흥덕사에 인사차 왔던 그 젊은 사람? 장원 급제하여 두 번이나 승차한 사람! 문하사인(門下舍人) 그래? 그가 확실하다! 그렇다면 그가 묘덕(妙德)을 만나려는 것이 아닌가!

"그것은 불법에 반한 일로 알려줄 수가 없는 것입니다. 양해하여 주십시오. 비구니는 속세를 떠난 스님입니다. 나무아미타불 관세음보살."

'무슨 말을 해도 주지 스님이 그 비구니를 청으로 보내지는 않을 것 같다.' 형방은 뒤로 한발 물러섰다. 답답하고 몸은 달지만 어찌할 도리가 없다.

"뭐 특별한 것이 아니니 주지 스님의 말씀을 따르겠습니다."

"나무아미타불 관세음보살."

그 이야기는 바로 묘덕의 어머니 홍화에게 바로 들어갔다. 홍화는 한소(韓昭)가 어떤 사람인가를 알아보려고 청에 들러 이야기를 들어보니 깜짝 놀랄만한 높은 분의 자제가 아닌가! 한소(韓昭)는 평간공(平簡公) 공의(公義)의 아들이며 중찬(中贊) 악(渥)의 손자이다. 또한 한소(韓昭)는 문하사인(門下舍人)이었다. 홍화는 "얼씨구나"였다. 장원 급제를 한 사람이니 앞날이 창창할 게 아닌가? 옥경이가 비구니로 사는 것보다는 후처로 살아도 그게 백번 더 나을 듯싶다. 옥경이가 공부도 많이 했으니 후처라 해도 본처보다 똑똑할 수도 있다. 그러면 실권은 옥경이가 쥘 수가 있을 것이다!

홍화의 속셈은 비구니가 된 옥경이를 한소(韓昭)의 후처로 보내고 싶은 것이다. 한소(韓昭)가 후처로 받아만 준다면 금상첨화일 것만 같다.

수소문하여 한소(韓昭)가 묵고 있는 청주 대머리 고향 집엘 찾아갔다. 한소의 집은 청주한씨 종손 집이니 대궐같이 크고 넓었다. 그는 청지기에게 대문에서 청주목에 전직 기생이라고 신원을 밝히고 한소(韓昭)를 만나기를 청하였다. 청지기의 답은 바로 들어오란다. 안으로 들어가자 한소는 사랑채에서 나와 들어오라고 손짓을 한다. 그를 쳐다보니 너무나 젊은 미남이다. 저런 사람이 사위가 된다면 하늘로 날아갈 것만 같다. 기생이니 하대를 해도 될 터인데 그는 높임말을 썼다.

"어떻게 저를 찾아오셨나요?"

"네, 지나가는 소문을 들으니 홍덕사 비구니를 만나 보려고 하셨다는데 그게 사실인가요?"

그러잖아도 몸살이 날 정도로 보고 싶은 여인의 이야기를 하니 한소(韓昭)는 귀가 번쩍 띄었다. 이것저것 가릴 것도 없이

"네, 사실입니다. 그 비구니를 꼭 만나보고 싶습니다."

"비구니를 만나면 무슨 말씀을 하실 건데요?"

"그런 건 묻지 마세요. 만날 수 있나 없나만 말씀해주세요."

정부에 관직을 가진 사람들은 기생이라면 반말들을 지껄이는데 예의를 차리는 그가 성실해 보였다. 마음이 더 간다.

"만나게 해 드릴 수는 있습니다."

"정말입니까?"

"제가 누구의 안전이라고 거짓말을 하겠습니까?"

한소(韓昭)는 그 전직 기생의 말이 사실일까? 반신반의하며

"어떻게 만나게 해 주실 수 있나요?"

홍화라는 기생이 말을 안 하고 가만히 있자, 한소(韓昭)는 생각했

다. 그것은 돈이 아닌가? 그는 벌떡 일어나 안채로 들어가 돈주머니를 가지고 사랑채로 왔다. 그리고 귀한 순은(純銀)삼환중보 다섯 개를 홍화 앞에 내놓았다. 많은 돈이다. 그걸 보고 홍화는 별것이 아닌 척하며,

"제가 하라는 대로만 하시면 만나게 해 드릴 수 있습니다."

"그래요? 그 비구니 만나는 게 그리 어려운 건가요?"

기생을 하면서 남자의 속을 꿰뚫어 보는 안목을 가진 홍화는 능청을 떨었다.

"생각해보세요. 비구니는 출가한 사람입니다. 아무나 만나겠습니까?"

생각해보니 기생의 말도 맞는 말 같다.

"그 비구니와는 어떤 사이인가요?"

"그런 건 모르셔도 됩니다. 거기에 대해서는 더 묻지 말아 주세요."

"말씀해 보세요. 어떤 묘수가 있는지요?"

"제 집에서 만나게 해 드리겠습니다. 다만 두 사람만 있어서는 안 됩니다. 제가 입회를 해도 되겠는지요?"

"네에? 그러면 속에 있는 말도 못 하겠네요?"

"만나기만 하게 해달라시는 게 아닌가요?"

'참 사람 환장하겠다! 둘이 만나야 마음속에 있는 말을 할 게 아닌가! 그래도 일단 한 번 만나 그 미모로 왜 비구니가 되었는지도 알고 싶고 그와 어떤 말이라도 한번 하고 싶다. 생각해봐도 형방도 못 데려오는 비구니인데, 기생의 말을 듣지 않는다면 만나는 것은 물 건너갈 것만 같다.'

"좋습니다. 제가 관직 때문에 개경엘 가야 하니 이른 시일 안에 만나게만 해 주십시오."

그리고는 순은(純銀)삼환중보 두 개를 다섯 개 위에 얹어 놓는다. 가져가라는 표시이다. 홍화는 돈도 돈이지만 최고 권력자 열에 있는

사람의 아들이니 마음이 흡족했다. 그래도 행여 옥경이가 눈치를 못
채게 해야 하는 어려움도 있지만 일단 만남을 주선해 볼 것이다. 만
약에 추진하려는 일이 잘못되면 홍화는 큰일에 시달릴 것이 분명하
다. 딸의 삶을 위하는 일이니 두려울 게 없었다. 그것은 공양 시간이
끝난 후 시간을 잡아 집으로 오라면 올 것이라고 확신했다. 그것은
이제까지 집으로 오라고 한 적도 없고 또한 친어미가 부르는데 오지
않을 수는 없지 않겠지! 그동안 하나뿐인 딸인 옥경이에게 준 돈과
재물도 꽤 많이 줬다. 돈을 집어넣고는 한시가 급하니 그냥 홍덕사로
향했다. 옥경이는 비구니계를 받은 후 홍덕사 공양간 책임자까지 겸
하며 저녁 공양 준비를 하고 있었다.

친어머니를 본 묘덕은 함박웃음을 웃으며 얼싸안았다. 모든 일은
숨긴 채, 홍화는 무턱대고

"내일 무슨 특별한 일이 있냐?"

"뭐 늘 하는 일이지요. 아침 공양 후 불경 공부와 강의. 그리고 저
녁 공양 준비. 저녁 공양 후에는 기도 후, 내일 아침 공양 준비… 매
일 그렇지요. 뭐, 그런데 왜 그러세요?"

"그렇다면 내일이나 모레 저녁 공양 후에 내 집으로 잠깐 왔다 갈
수 있느냐?"

"왜 그러시는데요?"

"그냥 묻지 말고 올 수는 없는 게냐?"

"어머니 집인데 못 갈 일이 있겠어요? 다만 주지 스님에게는 말씀
드리고 가야 합니다. 외출 외박에는 허락받아야 합니다."

"알겠다. 허락을 받고 내일 저녁 공양 후 집으로 오거라. 와보면 안
다. 네게 나쁜 일은 아니다."

"네, 알겠습니다. 그리하도록 하겠습니다."

홍화는 마음이 날아갈 것만 같다. 집으로 와서는 그 이튿날 사람을

불러 대청소를 하고 관에 주방을 불러 음식을 최고급으로 장만하게 하고는 한소가 묵고 있는 집으로 갔다. 대문을 두드리자 청지기가 나와 홍화를 알아보고는 문을 얼른 열어준다. 점심을 먹고 마루에 앉아 먼 산을 쳐다보던 한소(韓昭)는 이게 무슨 일이냐는 듯 벌떡 일어나다가 비틀한다. 그는 쓰러질 뻔했다. 너무나 반가움의 표시이며 놀랐다는 게 아니던가! 얼른 오시라는 듯 양손을 들어 안방으로 안내를 한다. 앉자마자 약속은 했는가? 하고 말을 하려다가 높임말을 썼다.

"그래 약속은 했습니까?"

홍화는 네 속을 알았다는 듯 미소를 띠고

"어떻게 된 것 같습니까?"

오히려 되물었다. 은전 일곱 냥이나 주었으니 온몸이 단 것은 한소(韓昭)였다. 재차 물었다.

"만나볼 수 있게 된 거지요?"

"글쎄요. 말은 했는데 좀 있다가 저녁에 보아야 할 것 같습니다."

몸살이 나게 할 참이다. 기생 노릇에 뼈가 굵었는데 남자를 모를까?

"으흠. 흠. 확실히 말씀해주셔야지요."

"하여간 날이 어둑어둑하면 우리 집으로 오세요."

"그럼 약속이 됐다는 게 아닙니까?"

고개를 끄덕이며 미소로 대답했다. 그는 퓨우! 하며 한숨을 크게도 쉰다. 밖을 보니 날이 저물려면 아직도 한참은 있어야 하겠다. '일각이 여삼추라' 뇌이며

'그랬을 거야, 기생인데 돈 앞에 장사 있나!'

홍화의 속셈을 한소가 알 리가 없다.

묘덕은 어머니가 다녀간 후 바로 주지 스님을 찾아갔다.

"주지 스님, 제가 내일 저녁 공양 후에 어머님을 만나러 다녀올까

하는데 허락하여 주십시오."

'무슨 일이 있습니까?' 물어보려다가 스님은 벌써 눈치를 챘다. 분명히 홍화가 부른 것은 한소 때문일 그것이라는 게 눈에 보인다. 그 일 때문에 청주목에 들러 형방을 만나고 온 게 아니더냐!

석찬은 눈을 감고 잠시 생각에 들었다. 한소(韓昭)를 만나러 간다면 그것은 안 된다고 해야 하겠지만 어머니를 만나러 간다는데 그걸 못 가게 막을 수는 없지 않은가! 입에서는 다른 소리가 나왔다.

"저녁에 혼자 가려면은 무서울 텐데 괜찮겠냐?"

젊은 비구 스님을 딸려 보내려는 속셈이었다.

"주지 스님 괜찮습니다. 밤에 다니기 어려우면 내일 아침 공양을 다른 분에게 맡기고 하룻저녁 자고 오면 되지 않을까요?"

'모친을 만나겠다는데 안 된다고 할 수는 없는 게 아닌가!'

"그렇게 해라."

하루 저녁잠까지 자고 오게 했으니 말로 주고 되로 받은 꼴이 됐다. 다른 이야기를 꺼낸다면 묘덕의 마음에 어떤 다른 생각이 들을지도 모를 것 같기도 하다.

스승인 백운 화상도 묘덕의 미모가 출중하니 관심을 두고 지도하라고까지 하였다. 허락했어도 석찬은 마음이 편치 않다. 묘덕이 외출 허락을 받고 간 후. 스님 중에 몸이 가볍고 날샌 효수 스님을 불렀다.

"효수야! 너는 지금 내 말을 잘 들어라. 소문나게 하지 말고."

"네? 무슨 일인가요?"

"내일 저녁에 묘덕 스님이 외출하는데 묘덕 스님의 뒤를 밟아라. 밤에 혹시나 무슨 일이 있을까 하여 너에게 묘덕의 신변을 보호해 달라고 부탁하는 것이다."

"네, 그런 일이라면은 염려 놓으세요."

"한 가지 더 부탁하는 것은 묘덕이 네가 따라온다는 것을 절대 눈치를 채게 해서는 안 되고 묘덕의 행동에 절대 관여해서도 안 된다. 알겠느냐? 먼발치서 신변만 보호해 주라는 말이다."

"네 알겠습니다."

산사에서는 매일 아침 일찍 일어나 半角(30분 정도)을 운동한 후 예불하고 아침 공양을 한다. 스님들은 5일에 하루는 운동을 한다. 그것은 외적의 침입 시 나라를 지키려고 승병에 참여할 일을 위해서도 이지만 건강을 위해서 운동을 하는 것이다. 스님들은 수많은 몽골의 침입 홍건적의 침입 때 발을 벗고 나서 중생을 보호하고 나라를 지키는데 한몫을 하였다. 스님 중에서도 젊고 운동을 잘하는 효수를 보내기로 한 것이다.

묘덕이 어머니 집에 갈 때 어머니에게 드릴 게 아무것도 없었다. 어머니한테 받은 것은 절에다 보시했다. 재물이라는 것은 먹거리와 잘 곳 그리고 몸을 가릴 옷만 있으면 된다고 믿었기 때문이다. 그래도 어머니에게 빈손으로 가기에는 마음이 언짢다. 생각하다가 여주 취암사에서 백운 화상과 만든 목판본 인쇄 「직지심체요절」 한 권을 가지고 가기로 했다. 그 책도 귀한 불경이다. 저녁 공양 시간에 어머니 집으로 갈 생각을 하니 좋아서 저녁 공양도 먹는 둥 마는 둥 했다. 묘덕은 저녁 공양이 끝난 후, 홍덕사에서 바로 떠났다. 어머니가 사시고 계신 청주목 수동을 향해 발걸음을 재촉했다. 승복을 입은 그녀가 비구니들이 쓰는 고깔모자를 쓰고 걸어가면 선녀만 같았다. 길을 가든 사람들이 멈춰 서서 구경할 정도였다. 묘덕이 제일 무서워하는 것은 밤에 우는 부엉이 소리였다. 홍덕사 주변에는 부엉이들이 많았다. 어릴 적 밤에 변소를 가기가 무서웠던 것은 그 파란 광채의 두 눈과 마주치고서부터는 부엉이 소리만 들어도 팔에 소름이 돋았다.

그러나 비구니 계를 받고부터는 부엉이가 그리 무섭지 않은 새라는 것을 알았다.

청주목 성안 수동까지 가려면 무심천을 건너 대처를 통과해야 하니 반 각 정도는 걸어가야 했다. 성안 남문에는 청주목청이 있었으며 청주목청에서 수동까지는 가까운 거리였다. 어머니가 왜 부르는지 내내 궁금하지만 그래도 혈육 하나는 어머니뿐이잖은가? 길러준 어머니가 친어머니가 아니라는 것을 알았을 때부터 아버지를 불러볼 수 없다는 것이 참으로 아쉬웠었다.

공부하기도 쉽지 않았고, 혼자 살아온 것이 외로워서인지 오늘따라 어머니가 그리웠다. 어머니! 그 이름 그립고 보고픈 어머니가 아니던가! 주지 스님의 허락을 받았겠다. 마음은 급해 어머니의 집으로 가는 발걸음은 날랜 토끼같이 깡충 대기도 했었다. 비구니로서의 행동인가! 알다가도 모를 일이었다.

어둠이 깔려 오는데 아담한 집에 대문은 열려있었다. 기척이 들리자 어머니는 정말 버선발로 뛰어나오셨다. 어머니는 죽은 딸이 살아 온 양 끌어안고 놓을 줄을 모른다. 어제와는 아주 다른 사람으로 변한 어머니 같았다.

그리고는 어깨를 두드리고 손을 잡아 마루로 이끈다. 그게 부모와 자식 간의 정인가 보다! 밖에서도 음식 냄새가 난다. 침을 꼴깍 삼켰다. 방문을 열자 방안에는 거문고가 벽에 기대어 서 있고 요만 달랑 깔렸다? '응? 어머니가 해 주는 밥을 먹고 싶어 저녁 공양도 하는 둥 마는 둥 했는데! 방에 밥상이 없다. 이 냄새는 뭐지?' 두리번거리자.

"이리 와 앉아."

"빨리 오느라고 뛰다시피 왔더니 지금 더워요."

"그래, 그럼 잠깐만 있어."

방안을 자세히 보니 길러준 어머니의 집과는 상대도 되지 않을 만큼 호화스럽다. 방에 펴놓은 병풍이 쌍 촛대가 비추이니 유난히 집에 품격을 올리는 것 같다. 장고와 북, 거문고가 있고 화려한 비단옷 여러 벌이 커튼 안에서 삐죽이 내다보고 있었다. 색깔이 참 아름답다. 저 옷을 걸치면 한 인물 날 것만 같다. 내가 저런 옷을 입는다면? 사람들의 눈에 어떻게 비칠까? 방문이 열리며.

"이거 꿀물이야. 우선 입을 축여."

서로는 얼굴을 쳐다보았다. 어머니의 생각은 다른 데 있고 딸의 의문이 겹친 방안은 묘한 분위기가 연출되고 있었다.

꿀물을 마시는 딸을 보니 무슨 말을 먼저 해야 할지 마음이 복잡하다. 딸의 얼굴을 쳐다보았다. 딸의 얼굴은 정말로 예쁘다. 이런 딸이 혼자 산다니 마음이 산란하기만 하다. 기다리는 한소(韓昭)를 생각해서 얼른 말을 꺼내야 하겠는데 하고 싶은 말은 자꾸 목구멍으로 넘어간다.

그래도 말은 시작해야 했다. 홍화는 입술을 단단히 한 번 꽉 물고는 입을 벌렸다.

"옥경아! 나하고 이야기 좀 하자. 내가 너를 부른 것은 네 행복을 찾아 주기 위함이니라. 어느 부모가 자식의 행복을 바라지 않고 사는 부모가 있겠냐? 네가 출가를 한 것은 나에게는 청천벽력과도 같은 것이었다. 너도 이제 다 커서 아이를 낳아 키우면서 행복을 느낄 나이인데 어미로서는 가슴이 아프다. 오늘 너를 부른 것은 어미가 큰 실수를 했다. 너하고 자세한 이야기를 한 후 너를 불러야 했는데 네 어미는 너의 행복만을 생각하며 너를 부른 것이다. 아무리 출가했다 해도 여자의 일생은 남자가 있어야 하느니라. 네가 내 말을 안 들어 준다면 네 어미는 아마도 이 세상에서 없어질 것이다. 내가 없어지지 않아도 누군가 힘 있는 사람에 의하여 죽임을 당할 것이 분명하다."

지금에 와서 옥경이가 어느 누구와도 혼인을 한다는 건 어불성설이다. 옥경이에게 압력을 넣으며 문하사인(門下舍人) 한소(韓昭)와 만나서 같이 살라고 할 셈이다.

묘덕은 어머니의 말씀을 듣고 깜짝 놀랐다.

"어머니 무슨 일이기에 그리 죽고 사는 것을 이야기할 정도가 되셨나요? 제가 알아듣도록 말씀을 해 주셨으면 합니다."

"어미와 자식 간인데 거짓이 있겠느냐? 사실은 문과에 장원 급제한 기거랑(起居郞)이 문하사인(門下舍人)으로 승차를 하고 고향인 청주집에 왔다. 진급을 축하한다는 청주목사가 베푸는 환영연에 참석했다가 예의로 흥덕사 주지 스님에게 인사를 하러 가셨다가 너를 본 것이다. 그는 개경에를 가야 하는데 너를 꼭 만나고 싶어하는 사람이다. 너를 만나고 개경에 가려고 병칭을 하고 청주 고향 집에 있는 중이다. 내가 그의 집안을 보니 깜짝 놀랐다. 대궐에 정승 반열에 계신 분의 자제란 말이다. 그의 한 마디는 곧 법이 될 수도 있어. 그래도 그는 예의범절을 지키며 형방에게 너의 이력을 알고자 청주목으로 소환하려 했으나 흥덕사 주지 스님께서 대신 형방을 만나 매듭을 지은 사건이 있었다. 이것은 너도 모르고 아마 주지 스님도 너에게 그런 말씀은 안 해 주셨을 것 같다. 그런데 지금 바로 바깥사랑채에 그 문하사인(門下舍人) 한소(韓昭)라는 분이 와 계신다. 네가 그를 안 만나고 간다면 네 어미는 죽을 것이다. 다만 그를 만나서 그에 한마디라도 듣고 또 네가 하고 싶은 말이 있다면 하면 그걸로 네 어미는 살 것이다. 어쩔 것이냐? 네 어미를 따라 사랑채 방으로 가겠느냐?"

그것은 반강제적이었다. 홍화야 기생으로서 만고풍상을 겪은 사람이 아닌가! 딸의 행복을 위해 목숨도 버리겠다는 각오가 아니던가?

옥경이는 흥덕사를 방문한 문하사인(門下舍人)이라는 분에게 차를 가져다드렸으니 전연 안면이 없는 분은 아니다. 다만 고개를 수그리고 차만 놓고 나왔기에 자세히 보지만 않았을 뿐이다.

② 엎친 데 덮친 이 사실 어찌하오리까?

묘덕은 참으로 난감했다. 불교의 불사음계(不邪淫戒)를 어기고 남자를 만나러 갈 수는 없는 게 아닌가! 또한, 짝사랑하는 달잠 스님이 떠올랐다. 어찌하오리까?

묘덕은 방안에서 눈을 감고 나무아미타불을 외며 가만히 앉아 있었다. 시간이 흐르자 홍화의 마음속은 타들어 간다. 묘덕의 마음에는 불사음계(不邪淫戒)라는 큰 강이 막고 있었다. 갈팡질팡하는 묘덕의 마음을 태풍이 흔들 듯 흔들어 댔다. 눈을 뜨고 어머니를 바라보니 어머니의 눈에는 눈물이 흐르고 있었다. 어찌하오리까? 묘덕의 눈에도 눈물이 고였다. 단 하나뿐인 혈육인 어머니인데!

어찌하오리까? 잠시 정적이 방 안에 휘몰아쳤다. 아무리 어려워도 자신을 낳아준 어머니는 일단 살려놓고 봐야 할 것이 아닌가! 홍화는 옥경이를 끌어안고 울었다. 묘덕이 결심을 했다. 어머니를 우선 살리기로. 들릴 듯 말 듯 가는 소리로,

"어머니, 그분과 다른 일 없이 한 번 만나기만 하면 되지요?"

그 작은 말을 듣는 순간 홍화는 손으로 눈물을 훔치며 옥경이를 끌어안았다. '그러면 그렇지, 너는 내 자식이야! 내가 잘 생각한 거야.' 일이 잘돼서 네가 행복했으면 좋겠다 싶다.

"그렇다. 일어나 나를 따라서 오너라. 내가 그와 만나는 동안 함께 있을 것이다."

묘덕은 혼돈에 빠진 마음이지만 어머니를 살려야겠다는 생각뿐이다. 그것 또한 부처님의 가르침을 배신하는 것 같지만 할 수 없는 노릇 아닌가! 어머니를 따라 밖으로 나가 사랑채 방으로 들어갔다. 고개를 수그리고 들어갔기에 그분의 얼굴은 보지도 못했다. 그런데 그가 벌떡 일어나 먼저 예를 차린다. 묘덕은 그냥 서서 있었다. 방에는

큰 요리상에 진수성찬이 차려져 있었다. 한소(韓昭) 그가 우사의대부(右司議大夫)는 아니지만, 직급을 올려

"애야, 문과에 장원 급제하고 우사의대부(右司議大夫)이신 분이다. 인사드려라."

어머니의 말씀을 듣고 가만히 있자 문하사인(門下舍人) 한소(韓昭)는 당황했는지 먼저 말을 꺼냈다.

"인사는 요 안면이 있으니 그냥 앉으세요."

예의를 차리는 그를 본 묘덕은 너무나 잘생기고 인품이 있어 보이는 그가 두렵게 보이지가 않았다. 입을 다문 채 다소곳이 자리에 앉았다. 어떻게든 이 자리가 어머니가 해를 당하지 않는 자리가 되어야 할 것 같다. 잠시 앉아 있으니 울렁이든 마음이 좀 가라앉았다.

달잠보다도 젊은 문하사인(門下舍人) 한소(韓昭)는 그리도 보고 싶었던 그 비구니가 앞에 있으니 입이 잘 떨어지지도 않는다. 며칠 동안을 그녀가 보고 싶어 몸살이 날 정도가 아니었던가! 존대해야 하는지 하대해야 하는지는 생각도 안 난다. 한소(韓昭)에게도 참으로 이상한 일이었다. 만나면 하려던 말이 그녀를 보자 목구멍으로 아주 깊이도 쏙 들어갔다. 그와 있다는 게 그리 좋을 수가 없다. 처음 만나서 기생이 있는 데서 연모니, 뭐니 그런 이야기를 할 수도 없다. 그 비구니가 고깔을 쓰고 있지만, 자세히 보니 정말로 예쁘다. 천생의 배필인 여인이 되었으면 하는 생각이 든다.

홍화가 먼저 입을 열어 분위기를 맞추려고 술병을 들고는 옥경이에게 주며

"이거 승진하신 데 대한 축하주로 한 잔 따라 올리면 안 될까?"

하고는 옥경이를 쳐다보았다.

"저는 출가한 사람입니다. 어머니의 말씀은 지엄하오나 그리 따를 수 없습니다. 용서하여 주십시오."

한소(韓昭)는 깜짝 놀랐다. 그 비구니가 기생 홍화의 딸이라니! 딸이 거절하자 난처해진 홍화가 술병을 들고는

"제가 옥경이 대신 따라 드리겠습니다. 한 잔 받으시지요."

불교 국가에서 중요 직을 맡은 한소(韓昭)인데 그것을 모를까.

"네, 네. 그렇게 하세요. 출가한 스님에게 술을 따르라는 것은 예의가 아니지요."

순간 겁에 질려있던 묘덕에게 한소(韓昭)의 말은 묘덕을 캄캄한 소굴에서 밖으로 나와 햇빛을 보는 사람들의 기분으로 만들었다. 방안에 공기가 바뀐 것 같다. 한소(韓昭)라는 사람이 암놈을 탐하는 숫사슴이 아니라 순한 양같이도 보인다.

묘덕이 그 한소(韓昭)라는 사람을 자세히 보니 예의도 바르고 정말로 잘생겼다. 학식이 높아 문과급제를 했다니 처녀 때라면 꿈에서라도 만나보고플 사람이다. 아! 이게 어쩐 일인가? 한 몸에 두 가지 생각이 일다니! 내가 과연 동물의 근성을 싹 없앤 비구니일까? 어찌하오리까?

"스님, 제가 스님을 보고는 단둘이 한 번만 만나보면 소원이 없겠다 싶었습니다. 어쨌든 만났으니 인연인가 봅니다. 앞으로 이 인연을 간직하고 절대 잊고 싶지 않을 것입니다."

아! 묘덕의 입에서 가는 아! 소리가 새어 나왔다. 한소라는 분의 뜻을 알아챈 것이다. 잠시 침묵이 흘렀다. 무슨 이야기든 저 사람의 기분을 건드리지 않고 말 한마디는 하고는 가야 어머니를 살려 드리는 게 아닌가! 당시에는 높은 관직에 있는 사람의 명을 거절한다면 목숨까지도 내놓아야 할 때이다. 저 사람의 뜻은 분명한 게 아닌가! 여자를 탐하려는 것이다! 어떻게 하면 저 사람의 마음을 상하지 않게 하고 거절을 할 것인가? 분위기를 보아 가며 묘덕이 입을 열었다.

"소승에게 나리님은 하늘 같으신 분입니다. 저는 언감생심 바라볼

수도 없는 하찮은 승려에 불과합니다. 제가 모신다면 더없는 영광이 겠지요. 그러나 소승은 출가하면서 제 인생은 중생을 위해 살기로 부 처님과 약속했습니다. 그러니 행여 다른 마음을 가질 수는 없습니다. 무뢰를 용서하여 주십시오."

한소(韓昭)는 야무지게 반대하는 그를 강제로 취할 수는 없을 것 같다. 한 발짝 뒤로 물러났다.

"스님의 뜻을 잘 알겠습니다. 역시 제가 생각하던 분입니다. 헛것을 본 것이 아니군요. 저야 어차피 관직에 있을 몸 한가롭지는 않을 것 입니다. 그러나 어디로 가시든 가서 계시는 곳이라도 서로 연락하며 제게 알려 주실 수는 없는지요?"

'그거야 아주 어려운 일은 아니지만,' 그 대답을 하기가 어려워 어 머니를 쳐다보니 빨리 답을 하라는 얼굴이시다. 비구니에게 그런 일 이 있어서 될 일인가? 그래도 어머니를 봐서도 답은 해줘야 할 것 같다.

"구름처럼 떠돌 수도 있는 몸이라 쉬워 보이지는 않사오나 노력은 해보겠습니다."

"감사합니다. 지금 하신 말씀 약속으로 들어도 되겠습니까?"

"네. 연통이 되면 약속으로 해도 좋습니다."

말은 그렇게 했지만, 너무나 훌륭한 인품에 오히려 그를 따라도 가 고 싶은 정도이다. 아니? 이럴 수가! 묘덕의 마음을 거머리 동요가 다시 흔들었다.

묘덕의 첫사랑은 달잠 스님이다. 달잠 스님 전에 만났다면, 또한 비구니계만 안 받았더라면 죽으라면 죽을 시늉도 할 것만 같은 귀공 자이다. 머리가 어지럽다. 숨쉬기조차도 힘들다. 불사음계(不邪淫戒) 를 잊을 뻔했다. 아! 이게 인간이런가! 이렇게도 마음이 순식간에 흔 들리다니! 묘덕은 자책하며 고개를 숙였다.

"어려운 게 있으시면 연락을 주십시오. 제 연락처는 여기 집에 물어보시면 알 것입니다."

숨을 가다듬으며 작은 소리로

"소승은 혼자인데 무엇이 어려울 게 있을까요? 다만 지금 큰 불사를 하는 중이니 불사에 필요한 자재구입과 또한 일하시는 분들과 법회에 오시는 중생들의 공양이 걱정되는 게 다입니다."

"큰 불사라니요?"

"네, 그것은 백운 화상께서 원나라 후저우의 석옥 선사님 한테서 받아온 불조직심체요절이 있는데 백운 화상께서 그것을 편집하여 쇠 활자로 만들라고 홍덕사 주지 석찬 스님에게 일을 맡겨 그 일을 시작했습니다. 그런데 들어가는 모든 재료와 공양을 할 시주를 받는 것이 어려움입니다."

"쇠 활자라니요? 그게 무엇인가요?"

"지금까지의 불경 책은 모두 목판본입니다. 목판본은 온도 차로 보관도 어렵고. 인쇄도 많이 할 수 없습니다. 그러니 자주 만들어야 하는 어려움도 있습니다. 또 벌레와 쥐 등으로부터 공격도 받으니 그것을 쇠로 만들면 그런 어려운 일이 없어지겠지요. 그래서 쇠 활자를 만들려는 것입니다."

한소(韓昭)는 어떤 말을 해야 묘덕의 마음을 살까 걱정했는데 머리에 번갯불이 쳤다.

"처음 듣는 말씀이군요. 지금까지 공부한 책은 필사본이든지 목판본입니다. 목판본을 쇠로 만든다면 참 좋겠네요. 제가 힘이 닿는 한 도와 드리겠습니다."

돈이면 안 될 게 있을까! 하며 작전상 미끼를 던진 것이다.

묘덕은 공양 때마다 어려웠는데 그가 말대로만 해 준다면 큰 어려움이 없어질 것만 같다. 가슴이 벅차오르며 다시 한 번 그에 얼굴을 처다보았다. 정말 잘 생기고 한 말을 안 지킬 사람은 아닌 게 확실해 보인다. 묘덕도 그만큼 마음이 흔들렸다. 다시 한 번 흥덕사의 불사를 위해 다짐했다.

"나리께서 하신 말씀 약속으로 믿어도 되겠나요?"

이미 엎질러진 물이니 한소(韓昭)는 대답을 안 할 수는 없다.

"네, 믿으셔도 됩니다. 제가 과거에 급제하니 아버지께서 집에 농토 일부를 저에게 나누어 주셨습니다. 그 일부를 스님에게 드릴 수도 있습니다."

말을 하고 보니 너무나 큰 일을 저지른 것 같다. 술잔을 들어 훌쩍 마셨다.

묘덕은 깜짝 놀랐다. 아니 아무리 여자가 좋아 보여도 한번 만나서 그리 큰 약속을 하다니!

그 말을 듣고 있던 홍화도 놀랐지만, 홍화는 울화가 치밀어 오른다. 그에게 시집가라고 이 자리를 마련한 것이다. 그에게 돈을 달라서 공양에 쓰고 쇠 활자를 만드는 데 쓰라고 여길 데리고 온 것은 아니잖은가! 큰돈 순은(純銀)삼환중보는 받았으니 손해 본 건 없지만 속은 상했다.

자기가 한 말에 부담이 됐던지 말없이 술을 연신 마셔대던 한소(韓昭)는 용기가 났는지 드디어 발톱을 내밀고 본론으로 들어갔다.

"인생을 홀로 쓸쓸하게 산다는 것은 잘못 사는 게 아닌가요?"

"사람은 원래 혼자입니다. 홀로 사회에 봉사하며 산다는 것은 뜻있는 일입니다."

"아니 여자가 남자 없이 혼자 비구니로 살면 여기저기 뭇 사내들의 유혹을 받을 텐데요?"

"인간은 인간답게 살아야 한다고 생각합니다."

"인간답게 사는 것은 무엇인가요?"

"사는 것은 한 때일 뿐입니다. 그것은 놀라운 신비이며 아름다움입니다. 타인이 가진 그 아름다움을 훼손하지 않는 것이 인간답게 사는 것입니다."

"삶이 한 때인 것은 틀림없지만 사람이 사는 자연의 섭리에 맞추어 사는 게 이치가 아닐까요?"

"사람은 누구나 행복을 추구합니다. 그러나 남의 삶을 빼앗아 자기의 행복을 찾는 것은 잘못된 것이라고 봅니다."

"남자들이 다 그렇다는 뜻입니까?"

그렇다고 대답하고 싶지만, 말을 돌렸다.

"원나라에 높은 버슬아치들은 그렇게도 살고 있다고 봅니다."

한소(韓昭)는 찔끔했다. 그러나 그 말의 뜻은 잘 안다. 본인은 지금 여자를 탐하기 위하여 이 자리에 있는 게 아닌가! 붉어진 얼굴이 더 붉어졌다. 비구니 그는 보통 사람이 아닌 듯싶다. 그래도 지기 싫어서

"그러나 여자들은 남자의 그늘에서 사는 것이 행복이 아닐까요?"

"세속이 진흙탕 속이라도 그 속에는 연꽃이 피어납니다. 얽매여 사는 삶은 종일 따름입니다. 여자를 소유한다는 것은 영원한 것이 아니고 그 또한 한 때입니다."

묘덕의 함축성 있는 말에 한소는 깜짝 놀랐다. 감탄할 만하다.

그 비구니를 한번 품어 본다는 것은 꿈일 것만 같다. 운무란 남녀가 같이 즐겨야 제대로인데 한쪽만 즐긴다면 그게 진정 운무일까?

말로 그 비구니를 당할 재간은 없을 것 같다. 말을 돌려서 다른 쪽을 공격하리라 마음먹었다. 아주 미끼를 한 번 더 던졌다.

"지금 흥덕사에서 큰 불사를 하고 있는데 자금이 부족하여 어려우시다며요?"

"네. 그렇습니다."

"내가 좀 도와 드릴 수는 있습니다."

"아까 말씀하신 것을 지키신다는 것인가요? 도와주신다면 제 마음속에 나리님을 영원히 기억하고 그림자로 남아 있을 것입니다."

한소(韓昭)는 옳다구나 했다. 역시 돈이잖아! 다시 한번 추파를 던졌다.

"조금 전에 약속한 것을 지키겠습니다."

묘덕은 그의 얼굴을 다시 한번 쳐다보며

"그렇게만 꼭 해 주신다면 매일 새벽을 기쁘게 맞이할 수 있을 것 같습니다."

묘덕의 어머니 홍화가 한소(韓昭)의 하는 꼴을 보니 그도 여자만 보면 침을 흘리는 사내였다. 아버지에게 받은 전답을 주고서라도 옥경이를 후처로 끌어안고 싶다는 것이 아닌가! 문답을 하며 돌아가는 꼴을 구경만 하고 있었다.

문하사인(門下舍人) 한소(韓昭)는 묘덕 그녀를 끌어안아 보고만 싶다. 그러나 그리할 수도 없다. 그것은 기생 홍화에 한 약속이기도 하니 홍화를 밖으로 나가라고 할 수도 없다. 만약에 그를 내보내면 묘덕도 따라 나갈 것이 분명해 보였다. 몸이 달아오른 것은 한소(韓昭)였다. 그녀에게 말을 하려 해도 입이 떨어지지 않았다. 묘덕을 쳐다보던 한소(韓昭)는 술이 물인 듯 계속 홍화에게 요청하며 마셨다. 그저 애꿎은 술만 들이켜고 있었다. 밖은 자시가 지나 축시로 향하고 있었다.

③ 역시 천재 묘덕의 재치

말로서는 묘덕을 이길 수가 없을 것 같다. 문하사인(門下舍人) 한소

(韓昭)는 잠시 침묵을 지키더니 홍화에게 지필묵을 가져다 달라고 부탁하였다. 그리고 그 자리에서 詩를 쓰기 시작했다.

惜 (석)

한소(韓昭)

星星在天空中閃耀 (당성성 재천공중섭요)
별이 하늘에서 빛나듯

閃耀的 你是誰? (섬요적 니시수?)
빛이 나는 그대는 누구인가?

因爲我 不想被 祝福 (인위아 불상피 축복)
헤어지고 싶지 않으니

這是什麽關係?(저시십마관계)
이 무슨 인연인가?

我看你, 是和尙 (아간니, 시화상)
쳐다보니 스님이고

我又見 到閃了, 她是個 仙女 (아우견도심료 저시개 선녀)
다시 보니 선녀이네!

我睜開 或閉上眼睛 (아정개혹폐상안청)
눈을 뜨나 감으나

只想見見的 仙女 (지상견견적 선녀)
보고만 싶을 선녀.

如果是夢就不要 (여과시몽 취불요)
꿈이라면 깨지 말고

停事的地方是空的 (정사적지 방시공적)
생시라면 멈추어라.

한소(韓昭)는 그 자리에서 쓴 시를 詩를 묘덕에게 주었다. 글 자체는 누가 보아도 연모를 호소하는 글이고 글은 정말 명필이었다. 역시 문하사인(門下舍人)답다.

묘덕은 이 시를 받아 읽고는 답을 해야 하나 말아야 하나 고개만 숙이고 있었다. 어머니 홍화도 그 글을 읽어 보았다.

글을 배운 어머니가 묘덕을 쳐다본다. 답글을 쓰라는 뜻이다. 그냥 있을 수는 없는 게 아닌가! 망설여졌다. 짝사랑 달잠 스님이 눈앞에 어른거린다. 그래도 답은 해야 할 것 같다. 그 점잖은 문하사인(門下舍人)한소(韓昭)는 묘덕에게 술을 따르라고 강제하지는 않았잖은가! 말을 안 들으면 어머니에게 해가 갈 것이 뻔해 보이니 술을 따르라면 따라야 한다. 잠시 생각을 한 후에 거절하지만, 생각은 있었다는 내용의 시 한 수를 써서 한소(韓昭)에게 주었다. 그래야 그의 손아귀에서 벗어날 것 같았다.

원 (圓)

묘덕(妙德)

一睜眼就是 高貴 (일정안 취시고귀)
눈을 뜨니 귀공자요.
當我 開上 眼睛時, 我是空的 (당아개상 안정시, 아시공적)
눈을 감으니 허공이로다.
體在世界 之外 (체재세계지외)
속세를 떠난 몸
一片浮雲 (일편 부운)
떠도는 구름 한 조각이거늘

停事的地方是空的 (정사적지방시공적)

멈출 곳도 허공이요.

閃去的 地方是空的 (심거적 지방시공적)

가는곳도 허공이네.

我興佛陀約定 (아여불타약정)

부처님과 선약을 했으니

你不能打破它嗚 (이불능타파타명)

깰 수는 없지 않은가!

受苦是這個意思嗚? (수고시료개의사명)?

괴로움이란 이것을 두고 말함인가?

그 詩를 읽어 본 문하사인(門下舍人) 한소(韓昭)는 비구니 묘덕의 재치있는 답 詩에 할 말을 잃었다. 얼굴만 미인이 아니구나…!

자기도 배울 만큼 배웠다고 자부하는데 술이 확 깰 정도로 깜짝 놀랐다. 아! 저런 시로 남자의 울을 빠져나가는 수도 있구나! 이 비구니는 정말로 학식이 높고 인생의 깊이를 아는 사람이구나….

내가 쓴 것은 사랑 타령인데 그녀가 쓴 것은 인생의 깊음을 이야기한 것이다. 그뿐만 아니라 그녀는 한소(韓昭)가 사귀고 싶은 사람이나 그것은 부처님과의 선약속을 깨는 일이니 절대 안 된다는 이야기가 아닌가! 참으로 놀라운 시였다.

돈을 미끼로 비구승을 잡으면 될 줄 알았던 게 그게 아니니 다시 글을 써줄 용기가 나지 않는다. 술에 취했나? 그 시에 답글을 어떻게 써야 할지 생각이 나지 않는다.

문과급제를 했어도 그 묘덕의 학문에 범하지 못할 깊음을 느꼈다. 강제로 그 비구니를 탐할 수는 없을 것 같다. 애꿎은 술을 퍼마시며 묘덕과 이야기를 하다 보니 새벽닭이 홰치는 소리가 들린다.

꼬끼오. 꼬끼오.

한소(韓昭)는 그 소리가 무슨 뜻인지 안다. 이제 묘덕(妙德)과 헤어질 시간이다. 묘덕은

"이제 저는 제가 할 일을 하는 곳으로 가야 합니다. 오늘 뵈온 것은 소승에게 있어서는 잊지 못할 추억이고 한 사건입니다. 부디 만백성을 위하여 좋은 일을 하여 주셨으면 합니다. 나무아미타불 관세음보살."

석찬 주지 스님이 딸려 보낸 효수 스님이 먼저 와서 어젯밤 밤새정탐한 것을 보고하였다. 마음이 놓인 주지 스님은 나무아미타불이 먼저 입 밖으로 나왔다.

홍덕사로 돌아간 묘덕(妙德)은 한소가 써준 시와 묘덕이 썼던 내용의 시를 다시 써가지고 주지 스님께 가서 사실대로 고(告)했다. 주지 스님께서 내 어려움을 덜어주기 위해 형방을 만나고 가셨다고 하지 않았든가!

"스님 어제저녁에 어머니와 제가 문하사인(門下舍人) 한소(韓昭)라는 분을 만났습니다. 그분은 15세에 문과에 급제한 분이라고 합니다. 두 번의 승차를 하여 고향 집에 와 조상님들 산소를 찾아보고 집에 와서 잠시 쉬고 계셨다고 합니다."

그것은 석찬이 다 아는 일이다.

"그랬구나. 뭐 다른 부탁은 없었니?"

"부탁은 없었고요. 한소(韓昭)라는 분이 詩 한 수를 써서 주었습니다. 이게 홍덕사에 와서 다시 쓴 그 詩입니다. 저도 한자 적어 그분에게 드렸습니다. 이것이 그분에게 써준 제 글입니다. 보시를 약속했으니 금속 활자를 만드는 데 큰 힘이 될 것 같습니다."

주지 스님 석찬은 묘덕이 썼다는 시를 보고 묘덕의 지혜로움에 감탄하였다.

"참 어려움을 잘 벗어났구나! 천재다운 재치이다."

"그분이 보시 약속을 어기지는 않겠지요? 그렇게만 된다면 쇠 활자를 만드는 데 큰 힘이 될 것입니다."

만취하고 난 그 이튿날 술이 깬 한소는 개경 감옥에 있는 통역사 생각이 나며, 비구니와의 약속이 떠올랐다.

원나라에 간 통역사가 하룻저녁 기생 화대를 50냥을 주었다고 해서 개경 감옥에 갇혀있었다. 그 돈은 국고였다. 은전 50냥이면 쌀이 70 가마니 값이니 그는 감옥에서 죽을 때까지 있어야 할 게 뻔하다. 그런 짓을 한 것은 아니지만 그런 약속을 한 것은 아무리 생각해도 여자를 탐하기 위한 실수였다. 약속이니 지켜야 했다.

그 이튿날 문하사인(門下舍人) 한소(韓昭)는 마음을 정리하고는 흥덕사를 찾아갔다. 약속한 대로 주지 스님 앞에서 청주 대머리에 있는 꽤 많은 전답 문서를 묘덕 앞에 내어놓았다.

그것은 흥덕사의 가뭄에 단비였다. 흥덕사에 있는 토지를 가지고는 법회를 오시는 분들까지 공양을 해야 하니 곡식은 항상 모자랐다. 묘덕은 감사의 인사를 올렸다.

그리고 문하사인 (門下舍人) 한소(韓昭)는 주지 스님인 석찬과 함께 차까지 마시고 갔다.

과 묘덕이 만난 일은 쇠 활자를 만드는 데 아주 큰 도움이 되었을 뿐만 아니라. 묘덕이 금속 활자를 만드는 데 보시했다고까지 기록까지 남겼다.

묘덕을 만나고 간 한소(韓昭)(1333-1384)는 당대에 명필로 인정받았으며 승승장구하며 한소(韓昭)는 문하우시중(門下右侍中) 까지 올랐다.

공민왕 아들인 충정왕 때 정방(政房)인 필도지(必闍赤)(적)가 되고 직지를 만들기 전 우왕(3년) 때 우사의대부(右司議大夫)가 되었다가 동지밀 상당군(同知密上黨君)에 개봉(改封)됐다, 판후덕 부사(判厚德府事)에 이르고 53세로 죽으니 시호는 문경(文敬)이다.

공민왕이 측근에 의해 제거된 시기에도 직지를 쇠 활자로 만들고 있었지만 실패만 거듭하고 있었다. 다음 왕인 우왕 3년(1377년)에 직지 금속 활자 완성본이 만들어진 것이다.

15.
실패는 성공의 어머니

① 귀한 밀랍을 꼭 구하여야 돼!

달잠은 쇠 활자를 만드는 데 밀랍이 꼭 필요하다는 것을 알았다. 일을 시작 후 5년이 다 된 다음에 경주 에밀레종을 만든 기록을 보고서야 확실히 알았다. 연속 실패에서 얻은 고귀한 경험이었다. 어느 것 하나도 그냥 놓칠 수 없는 기술, 그것은 거푸집을 만드는 재료에서 황토와 모래의 배합 비결이며 쇳물배합 또 밀랍 가지가 거푸집 속에서 밀랍만 없어져야 한다는 사실이다. 쇳물배합은 성공한 것 같다. 그것은 글자를 숫돌에 갈았을 때 확인한 것이다. 첫 성공 예감이었다. 그래서 생각해낸 것이 불순물을 제거한 밀랍이었다. 귀하디귀한 밀랍을 사용한다면 확실할 것 같다는 성공 예감을 가졌다. 그토록 애달프게 찾아 헤매든 쇠 활자의 주조가 성공하리라는 것은 두 번의 실험으로 확인되었다. 드디어 글자를 만들 수 있는 그 비밀을 알아낸 것이다. 주지 석찬, 달잠, 묘덕은 다시 한번 확인 실험을 하였다.

비밀의 핵심 열쇠는 밀랍 가지를 만들기 위한 불순물을 제거한 밀랍이었다. 대성공이었다. 석찬과 달잠 묘덕은 환호했다. 살아가면서 이런 환희를 맛볼 수 있다니 꿈만 같다. 석찬은 하늘에 대고 소리를 질렀다.

"스승님 성공할 겁니다, 기뻐해 주십시오. 이제 쇠 활자를 곧 만들 수 있습니다."

석찬과 달잠, 묘덕은 기쁨을 만끽했다.

쇠 활자를 만들려면 밀랍은 꼭 필요했다. 밀랍을 파는 사람들은 군 힌 밀랍을 덩어리로 파는 사람들도 있었으나 대개는 밀랍을 대통 속 중간에 면줄을 넣어서 건조해 굳은 것을 팔았다. 그것은 촛불로 쓰기 위함이었다.

밀랍 초는 그을음이 많지 않기 때문에 궁중에 중요 행사에만 사용 할 수 있는 귀중품이었으며 왕이 신하에게 하사하는 하사품목에 들어 있는 귀한 물건이었다. 고려 충렬왕(1236-1308) 때에는 밀랍이 귀하 기에 밀랍을 사용하여 초를 만들어 민간이 쓰는 것을 금지하였었다. 그 후 충선왕(1275-1325) 때에야 민간인도 밀랍 초를 사용하는 것을 허락했다.[8]

청주목의 흥덕사에서는 해동통보든지 물물 거래로서 쌀만 있으면 밀랍을 구할 수 있었다. 밀랍은 채취 시기에 따라 진한 황색에서 샛 노란 색깔까지 색깔이 달랐다. 밀랍 가지를 만드는 데는 색깔과는 상 관이 없었다.

흥덕사 주지 석찬은 흥덕사 스님들을 동원하여 시주를 받은 것으로 그 귀한 밀랍을 구하기 시작했다. 당시 청주 지역과 무주는 전국에서 두 곳뿐인 밀랍 생산지였다. 청주에서 밀랍을 구하기 시작했으며 무 주지역 밀랍 만드는 곳을 보내 밀랍을 사들이기 시작했다. 묘덕은 한 소(韓昭) 씨가 시주한 토지를 팔아 밀랍을 사는 데 기꺼이 보탰다.

---

8) 고려에 밀랍의 생산지는 호남의 무주와 호서의 청주 지방이 유일하였다. (고려사 참조)

16.

아! 찬란하게 떠오른 해 '직지'
백운 화상의 예지몽은 금속활자 '직지'였구나!

① 금속 활자본 직지는 「꽃보다 아름답고 금보다 귀한」 보물이었다.

홍덕사 주지 석찬은 무릎을 탁 쳤다. 그랬구나! 스승님이신 백운 화상께서 꾸신 팔만대장경이 꽃이 되고 일부가 금 궁궐이 만들어진 꿈은 직지를 만든 예지몽이었구나! 스승님이 열반하시고 이년 후에 쇠 활자 직지를 만들고서야 스승님의 꿈이 해석된 것이다.

꽃 속에서 만들어진 금 궁궐은 '직지'를 말함이 아니더냐!

처음 직지를 만들기 시작했을 때 나무글자를 써서 거푸집인 주형틀에 넣고 다진 다음 나무를 꺼내고 그 자리에 쇳물을 붓고 식힌 다음 깨보니 그것은 글자가 아니라 작은 쇠뭉치일 뿐이었다. 그것은 주물솥을 만드는 것과 똑같이 시도해 본 것인데 첫 실패작이었다. 이제 합금을 주조하는 것을 섬세히 해야 하고 또한 주형틀을 만드는 것에 모래를 아주 곱게 하려고 모래를 불에 태웠다. 그리고 그것을 최고로 가는 모래로 만들었다. 그리고 황토로 거푸집인 주형틀을 감쌌다. 그리고 쇳물을 부었다. 그런 작업을 5년여 동안이나 해도 계속 실패만 한 것이다. 달잠은 에밀레종을 수십 년에 걸쳐서 만들었다는 것을 들었다.

봉덕사를 다녀와서 새로 연구한 글자에 밀랍을 부쳐 녹여내는 작업이 시작됐다.

밀랍은 절에서 불을 밝힐 때 촛불로 쓰는 것이니 꿀벌들의 집에서 채취해야 한다. 그것도 그리 많지 않으니 귀한 물건이다. 밀랍의 찌꺼기가 끼면 글자가 깨끗이 안 나오니 밀랍도 순수하게 여러 번 정제를 거쳐야 했다. 같은 일을 계속 반복해도 계속 실패했으니 그 실패의 원인을 경주 봉덕사에서 찾은 것이다. 그리고 큰 활자 하나를 만드는 데 성공한 것은 무려 5년이라는 세월이 흐른 뒤였다. 우선 처음에 시작했던 대로 욕심을 부리지 말고 작은 글자 한 개만 만들어 보자! 그것은 성공의 시작이었고 성공을 했다. 이제는 글자를 가지에 많이 붙여 세밀한 글자가 나오게 만들어야 한다.

글자를 작게 써서 밀랍에 거꾸로 붙이고 칼로 도려내 밀랍 가지 글자를 만들었다. 그래야 뒤집으면 글자가 되는 것이다. 목판본하고는 다른 기술이다.

아직 직지 쇠 활자를 다 만들지는 못했지만 이제는 만들 수 있다는 자신감은 확실히 붙었다. 밀랍 주틀을 만든다는 것은 경주에서 에밀레종 기록을 보고 알았던 기술이었다. 수년 동안 실패의 원인도 분석하며 부형을 주형으로 감싼 후 밀랍을 녹여내고 쇳물 주입작업을 다시 시작했다. 섬세하게 하려면 수놈을 밀랍으로 하면 글자가 획이 떨어져 나가지 않았다. 이제는 글자를 밀랍 가지를 만들면 된다.

밀랍으로 부형(父形)을 만들고 주형으로 감싼 후 쇳물로 밀랍을 녹여내는 방법으로 시작했다. 글자 본을 뒤집어 밀랍에 붙인 후 글자를 새기고 글자를 낱개로 떼어냈다. 그렇게 밀랍 글자를 만들었다. 그리고 틀에 넣고 모래와 황토의 비율을 적어놓은 대로 거푸집에 넣고 쇳물을 부어 보았다. 그리고 거푸집을 깨고 보니 글자 모양은 나왔다. 숫돌에 갈아보니 글자가 선명하다. 일하던 모든 스님 또한 주지스님까지 환성을 질렀다.

밀랍을 나무글자에 살짝 입혀 거푸집인 주형틀에 넣은 것이 성공의 시작이었다. 밀랍은 열에 약하여 열에 닿으면 녹아버린다. 그리고 그

자리에 쇳물을 들어가면 활자가 되는 것이다. 그것은 글자의 획을 그대로 만들어내는 데 꼭 필요한 작업이었다.

그리고 밀랍도 정제하여 글자의 획이 떨어져 나가지 않게 만들었다. 밀랍 가지를 만들기 위해 글자를 비스듬히 붙여 쇳물이 흘러 들어갈 때 글자의 형태를 유지하게끔 하고 다시 쇳물을 끓여 붓는 일을 하였다.

그러다가 많은 글자를 만들기 위해 글자를 밀랍 가지로 만들어 주형틀에 넣은 그것이 성공한 것이다. 밀랍에 새긴 글자를 주형틀에 넣어 쇳물을 붓고 거푸집을 식혔다. 숫돌에 갈아보니 글자가 선명하게 나왔다.

이제는 글자 크기를 작게 써서 여러 개를 한 가지에 붙여 주형틀에 넣으면 될 것이다. 그렇게 하여 많은 글자를 만들 수 있었다.

쇠 활자 만들기에 온 힘을 기울이며 일하던 사람들은 절이 떠나가라 환호성을 질렀다. 주지 석찬과 달잠. 황 영감. 묘덕은 물론 쇠 활자를 만들기 시작하고서 햇수로 근 6년 만에 쇠 활자가 만들어진 것이었다.

연구 결과는

1. 글자 본을 밀랍에 붙인 뒤 밀랍에 글자를 새긴다.
2. 밀랍 봉에 글자를 새긴 원형을 붙여 글자 봉을 만든다.
3. 주형틀에 밀랍 글자 봉을 넣고 모래와 흙을 채운다.
4. 글자 봉을 넣은 주형틀을 불에 굽는다. 이때 흙은 단단해지고 밀랍은 녹는다.
5. 지금까지 연구하여 실험했던 합금 쇳물을 준비한다.
6. 숨구멍으로 녹인 금속을 부어 밀랍이 녹으면서 생긴 빈 곳을 채운다.
7. 금속을 식힌 뒤 흙을 부수면 금속 활자가 완성된다.

글자장 달잠과 흥덕사 스님들은 그 많은 글자를 셀 수도 없이 많이 써야만 했다. 다른 스님들도 도와줬지만 책 한 권을 쓰려면 똑같은 글자가 한두 개가 아니니 같은 글자를 많이 만들어야 했다. 그동안 축적된 합금의 양도 재료가 많으니 정확하게 맞출 수가 있었고 거푸집인 주형틀도 글자를 많이 넣기 위하여 크게 만들었다. 또한, 용광로도 쇳물을 더 많이 끓이기 위해 좀 더 크게 만들었었다. 이제 거의 준비가 된 것이었다.

금속판에 글자 한 자를 붙여 문장을 만들고 금속판에 유연 목을 발라 판 한 개를 인쇄해 보았다. 그것은 대성공이었다. 그 찍은 종이를 보고 흥덕사에서는 찬가가 울렸다.

"됐다. 됐어. 우리가 해냈다어. 우리가 해냈다고."

그리고 실제로 쇠활자 인쇄본의 책 한 권을 만들었다.

흥덕사 식구들이 6년여를 고생한 보람이 있었다. 에밀레종을 만드는 데는 수십 년이 걸렸는데 쇠 활자를 만든 기간은 6년이다. 대 성공이다. 주지 석찬과 달잠 묘덕은 눈물을 흘렸다. 쇠 활자를 만들기에 동원되었던 모든 사람은 손을 잡고 눈물을 흘리며 환희를 맛보았다. 그것은 기쁨의 눈물이었다. 이 성공을 보지 못하시고 입적하신 백운 화상을 생각하면 안타까운 일이었다. 그러나 선구자 그분이 아니었으면 쇠 활자는 꿈도 못 꾸었을 것이었다.

이제 직지 전권의 활판을 만들고 대량으로 찍어내기만 하면 되는 일이었다. 주지 석찬은 큰소리로

"우리는 쇠 활자를 만들었다. 흥덕사 창건 이후 최대의 불사를 일으켜 낸 기념으로 청주목 부근 사찰에 스님들을 불러 잔치를 할 것이야."

그리고 스승님을 위해 관음전으로 달려가서 큰 소리로 스승님을 불렀다.

"스승님, 드디어 해냈습니다. 소승이 달잠과 묘덕과 함께 스승님의 꿈을 이루었습니다. 기뻐하여 주십시오."

잔치는 부처님의 날에 성대하게 이루어졌다. 청주목사는 물론 청주 목 사람들이 많이 몰려와 축하해 주었다. 목판 인쇄에서 찍어내는 송연 먹 대신 더 선명하게 찍히는 식물을 태워 만든 유연 먹으로 오백여 권의 직지가 1차로 만들어졌다. 그것은 각 사찰에 배부될 것이며 승과 시험 합격자에게 나누어 줄 것이다. 주지 스님은 그동안 고생한 황달쇠 노인은 흥덕사에서 편히 모시기로 했다. 석찬과 달잠 묘덕은 다시 한번 손을 맞잡고 환회를 맛보았다.

신광사 주지 스님에게도 알렸다. 그 소식은 바로 우왕에게 보고되었다.

우왕은 흥덕사를 칭송하는 상장에 수결을 한 것과 종이와 유연 목, 또 포와 쌀 등 큰 상을 흥덕사에 내렸다.

17.
청주목사가 된 한량 이상길

이상길 그는 청주목 낭성이 고향이다. 낭성은 전주 이씨의 집성촌이다. 이상길의 아버지는 청주목이 승급되기 전 낭성 현이었을 시 현의 군인으로서 잡류인 전쟁을 알리는 산성의 봉화 담당자였다. 그것도 직업이기에 가족들은 농사를 지으면서도 국록을 먹고 산 사람들이다. 그러나 낭성은 산지이기에 답은 없고 거의 산자락의 비탈밭만이 있는 산 지역이었다. 그곳은 전주이씨의 종파가 살던 곳이기에 국록을 먹은 자들이 꽤 있었다. 이상길의 아버지는 어떻게 하든 아들인 이상길을 출세를 시켜 주고 싶었다. 그래서 가르친 것이 무술이다. 이상길은 산비탈을 쫓아다니며 몸을 단련하면서 무술을 배우며 무과 과거시험을 준비했었다. 그러나 세 번이나 낙방하고서 이상길은 집을 떠나 떠돌이 머슴 생활도 했었다. 그러다가 홍건적이 개경을 침범했다는 소문을 듣고 개경으로 가서 홍건적에 스스로 몸을 담고 고려지역의 산세며 지리를 담당하는 자로 탈바꿈했다. 그러니까 나라를 배신하고 홍건적의 일원이 되었던 사람이다.

1351년 고려 제31대 공민왕은 왕이 되자마자 원나라 속국에서 벗어나려 원나라 문물을 사용하지 못하게 하고 대개혁을 단행했다. 공민왕은 원나라의 직제였던 이(吏), 병(兵), 호(戶), 형(刑), 예(禮), 공(工)부를 이부(吏部)를 전리사(典理司)로 바꾸고 병부(兵部)를 군부사(軍簿司)로 호부(戶部)를 판도사(版圖司), 형부(刑部)를 전법사(典法司), 예부(禮部)를 예의사(禮儀司), 공부(工部)를 전공사(典工司)로 바꾸었다. 공민왕의 왕비는 원나라 공주였으나 왕은 원의 그늘에 있던 고려의 개혁을 위해 왕비도 공민왕의 개혁을 지원했다.

원나라의 고려 간섭기관인 개경(개성)의 정동행중서성이문소, 화주(원산 부근) 쌍성총관부, 서경(평양지방)의 동녕부를 이성계의 아버지인 이자춘을 시켜 없애 버렸다.

王師로 임명됐던 승려 신돈 또한 개혁을 단행하여 과거제를 도입하고 권문세족들을 몰아내고 농민들에게 권문세족들이 강탈한 토지를 도로 돌려주게 했다. 그것이 가능했던 것은 원나라의 부정부패가 만연하자 농민 반란군인 홍건적이 강남(양쯔강 이남)을 거점으로 나날이 팽창하며 원나라가 힘을 못 펼 때이기 때문이었다. 홍건적은 고려를 수도 없이 자주 쳐들어와 노략질을 일삼다가 공민왕 7년인 1358년 11월 개경까지 쳐들어와 공민왕은 강화도로 피신을 해야 했다. 홍건적을 퇴치하기 위해 승병을 모집하고 대대적인 토벌에 나섰다.

집권 초기 백성들로부터 칭송받았던 공민왕은 그 아내인 노국대장공주가 아이를 출산하다가 죽자, 1367년부터 축첩질 등을 하며 방탕하게 살며 승려 신돈에게 전권을 맡겼다. 전권을 손에 쥐었던 신돈은 7년 만인 1371년 권문세족들의 밀고로 모반 혐의로 처형됐다.

다시 쳐들어온 홍건적의 난을 피해 공민왕은 안동까지 피신해야 하는 수모도 겪었다.

홍건적이 몰려 있던 공주 성을 탈환할 때는 홍건적이 거의 몰살되고 살아서 도망간 홍건적은 열 명에 한 명꼴이었다. 정사에 관심이 없던 공민왕 후반기는 고위직 관리들의 매관매직이 성행하기 시작했다.

공민왕이 다섯 명의 자제 위들과 방탕하게 살다가 그들에게 시해되자, 실세인 이인임의 활동으로 아들 우(禑)가 왕위를 물려받았다. 우왕(禑王)은 실세인 이인임에게 정권을 거의 맡기다시피 하고 왕사에 노옹 선사를 모셨다.

공민왕 시절 동궁(東宮)을 보살피는 직을 맡았던 이기춘은 동궁인 강녕대군(江寧大郡) 우(禑)가 우왕(禑王)이 되자 우왕의 측근이 됐다. 당시 권문세족의 우두머리이고 실세였던 이인임은 우왕의 측근인 이기춘을 신임하고 같은 계열로 넣기 위해 이기춘을 고위직인 문하우시중(門下右侍中) 자리에 앉혔다. 공민왕의 죽음이 이기춘에게는 날개를 달아준 셈이다.

귀족들인 권문세족들의 목표는 권력과 재물이었다. 상위 권문세족인 문하우시중(門下右侍中) 이기춘은 이인임의 오른팔로 국정에 깊이 관여했다.

1377년 직지가 만들어지고 2년 후인 1379년 가을 우왕 3년차일 때이다.

매관매직이 판을 치던 때이니 문하우시중(門下右侍中) 이기춘은 하늘을 나는 새도 떨어뜨릴 만큼 위세가 당당했다. 문하우시중(門下右侍中) 이기춘은 아주 먼 친척인 이상길로부터 뇌물을 받고 청주목사직을 주었다.

신임 청주목사 이상길은 한량이었던 젊은 시절 무과 시험에 낙방하자 1358년 홍건적이 개경에 진을 치고 있을 적에 홍건적에 투신하였었다. 그리고 공주까지 내려올 때 이상길은 지리 안내인으로 활약하였다. 일종의 국가 배신자였다.

이상길은 홍건적 임시본부에서 고려군이 포위하고 급습한다는 정보를 듣고 홍건적의 재산인 은병 화폐를 훔쳤다. 그리고 그 돈을 가지고 고려군이 급습하기 전에 군용 당나귀를 타고 고향인 청주목 낭성으로 도망을 온 사람이다.

승병을 포함한 고려군이 공주 성 홍건적 본거지를 급습하여 홍건적은 고려군에 몰살을 당하다시피 했다. 살아서 도망간 자가 열 명에 한 사람꼴이었다.

이상길을 붙들러 올 홍건적이 망했으니 그는 날개를 달았다.

이상길이 홍건적에서 도둑질한 돈은 그의 출셋길을 열어주었다. 한 량에게 목사직은 도둑질하여 상납하라고 시킨 것과 같은 것이다. 그는 부임하자마자, 재물을 모으는데 온 힘을 기울일 것은 뻔한 일이었다.

고려 시대에 목은 황주목, 혜주목, 양주목, 광주목, 청주목, 충주목, 공주목, 상주목, 지주목, 나주목, 승주목 등 12개의 목이 있었다. 청주목에는 관찰사가 없고 충청지방을 관리하는 충청 관찰사는 청주보다 큰 충주목에 있었다.

고려 시대에 개경은 귀족들과 정 5품 이상의 사람들이 많이 사는 곳이었다. 그들이 죄를 지으면 경기도 수원성으로 귀양을 보냈다. 중류라는 6품 이하의 사람들과 지방행정을 담당하는 '향리'라는 직책도 있었다. 중인이라고 하여 궁중에서 일하는 사람들을 '남반'이라 했다. 하급 장교를 '군반'이라고 하고 관청에서 일하는 사람들은 '잡류'라고 하였다. '향리'라는 직책을 가진 사람도 문과에 합격하면 고위 관리가 되어 귀족이 되었다. 양민은 과거시험을 볼 수 있는 자격을 가진 특권을 가진 자들이며 의무적으로 세금을 내야 했다. 천민은 노비로서 과거시험도 볼 수 없으니 세금도 안 내고 군대도 안 갔다. 양민이 매관매직하려면 권문세족이라는 사람들에게 뇌물을 주면 됐다. 권문세족이라는 자들은 마음대로 백성들의 농토를 강제로 빼앗고는 자기 땅이라고 주장을 했다. 그것도 권문세족이 같은 땅을 5-6명이 서로 자기 것이라 하고 세금을 거두어 갔다. 농사를 짓는 사람들은 그들에게 다 빼앗겨 살 수가 없으니 도망을 할 수뿐인 없던 때도 공민왕 후기와 우왕 초기이다.

무과 시험에 낙방한 한량인 이상길 그가 청주목사로 온다는 이야기는 우왕 초기에 청주목에 돌았다. 그것은 술타령 꾼인 이상길은 술집 작부들에게 돈을 뿌리며 곧 청주목사가 될 것이고 고려 최고위직인 문하우시중(門下右侍中) 이기춘에게 뇌물을 준 것까지 자랑하고 다녔다. 그러니 그 소문이 안 날 리가 없다. 그의 말대로 이상길은 정말로 청주목사가 되었다.

① 매관매직한 목사 이상길

이상길이 청주목에 오자마자 6방을 다 한자리로 불렀다.

이방을 비롯하여 각방들은 신임 목사의 소문을 들었기에 목사의 입에서 어떤 이야기가 나올지 초조하게 서 있었다. 아나나 다를까!

"청주목에 돈이 있는 사람 중 탈세한 자들의 명단을 작성하거라."

"양민 중 인사를 안 오는 사람들도 명단을 작성하라. 그것은 목사가 부임했는데 인사도 안 온다는 건 말도 안 되는 일이다."

각방들은 단번에 목사가 어떤 일을 할지 바로 눈치를 챘다. '탈세를 빌미로 백성들의 돈을 갈취하려는 것이 아닌가?' 엄청난 사건이 벌어질 게 뻔했다.

신임 목사를 보니 그에 얼굴은 배신자답게 우락부락하게 생겼다. 그에 눈조차 마주하기가 어렵다. 그래도 이방은 전례를 이야기해야 했다.

"사또 나리, 이제 부임을 하셨는데 며칠 후 지방 유지들을 불러 먼저 연회를 열고 다음에 일이 있는 사람을 한 사람씩 부르는 게 관례인데요?"

"뭣이라? 그런 법이 있다는 말이냐?"

"아니옵니다. 전에 목사님들은 그리하셨다는 말씀입니다."

청주 신임 목사 이상길은 기고만장(氣高萬丈)했다.

"시끄러워. 너는 내 지시만 따르면 되는 거야. 소홀함 없이 준비하거라. 그리고 각방은 청주목 사정을 잘 알 터이니 각자 한 사람씩 와서 지역에 있었던 일이나 특별한 일이 있으면 보고하도록 하라. 그래야 내가 청주목을 다스릴 게 아니냐?"

"네, 알겠습니다. 그렇게 지시하겠습니다."

직속 상관인 충주 관찰사도 이기춘 그의 친척임을 내세우는 청주목사 이상길을 마음대로 할 수는 없는 때였다. 그 소문도 아는 각방들은 주눅이 들어 목사 앞에서는 오금을 못 펴는 것은 당연한 것이 아닌가?

목사는 이방(吏房)에게

"너는 내 곁에서 항상 같이 있어야 하느니라. 그리고 기생 점고를 바로 시작해라. 그래야 내가 노독도 좀 풀 것이 아니냐?"

참 기막힌 이야기이다. 노독이란 부임하려고 멀리서 왔을 때 노독이지! 매일 술집에 처박혀 술타령에 계집질이나 하던 자가 무슨 노독이 생겼단 말인가?

또한, 돈부터 강탈한다더니 기생하고 먼저 놀고 일을 한다는 이야기가 아닌가!

이방은 그저 굽실거릴 수밖에 없다.

"네, 바로 기생 점고도 하고 술상도 대령하겠나이다."

이방은 급히 서둘러 기생들을 부르고 술상을 준비하였는데도 저녁 때인 미시쯤에 준비를 마쳤다. 청주목 기생은 등록된 사람만 삼십여 명이었다. 술타령 꾼이었던 이상길이 청주목 명기 '홍화' 이야기를 안 들었을 리가 있을까? 이방은 안 온다는 홍화를 어찌할 수가 없어서 점고에 뺐다.

뚱따당 뚱땅 뚱따당 뚱땅.

"기생, 화월이요." "기생, 춘화요." "기생, 오매요." "기생, 일미요." "기생, 월화요." ……

"더 예쁜 기생은 없느냐?"

그것은 명기 홍화를 일컬음이 아니던가! 할 수 없이

"사또 나리, 네. 네, 있습죠. 홍화라고 하는데 그는 나이가 들었으니 이제 기생은 그만한다고 합니다."

"뭣이라? 기생이 제 마음대로 그만둔다는 법이 있냐? 몸단장하고 빨리 오라고 해라."

그러면 그렇지! 홍화가 빠지면 안 되지! 사내치고 열 계집 안 좋아한다는 사람 없다더니 딱 맞는 말이다.

"저기 사또 나리. 우선 목부터 축이시며 월화의 춤 구경 한 번 하시지요. 월화의 춤은 정말 기가 막힙니다."

"으흠. 에헴. 한번 춰보라고 해라."

목사는 손부채를 탁탁 치며 거드름을 피웠다.

"월화. 너 무엇 하느냐 얼른 일어나지 않고."

기생은 목에 소속된 천민인 공노(公奴)이지만 그래도 일반 천민 노비와는 달리 취급받았다. 그것은 기생이 되려면 춤도 잘 추어야 하고 글도 배워 제법 쓸 줄 알아야 한다. 또한, 거문고를 타는 것은 기본이며 노래도 잘 불러야 기생이라는 신분이 주어졌다. 기생이 되어 이름이 나면 귀족들도 모실 때도 있으니 집도 사고 하인도 부리며 잘 살 때이다. 그러니 부모들은 딸을 낳으면 기생 만들기에 온 정성을 다 기울였다. 그러나 목에 배당된 기생들은 몇 명을 빼놓고는 거의 화류계라는 3급 기생들이었다.

월화는 살포시 일어나 큰절을 한 번 한 다음 장고와 거문고, 북소리에 맞추어 춤을 추기 시작했다. 다른 기생들은 창을 하며 흥을 돋웠다. 역시 월화의 춤 솜씨는 일품이었다. 목사는 기분이 아주 좋았다. 홍건적들이 도둑질해 놓은 것을 공주에서 훔쳐서 도망을 와서 목사라는 관직을 사고 호령하게 됐으니 산천이 내 것만 같다. 홍건적이야 다 고려에서 쫓겨났으니 그들에게 붙들릴 걱정거리도 없다. 먼 친척의 그늘도 있었지만, 돈이면 최고였다. 이제 그는 낭성의 중인의 신분에서 청주목의 왕이 된 것이다. 술을 먹으면서도 손부채를 폈다 접었다 하며 부채로 손바닥을 탁탁 치고 사람들에게 겁을 주는 행동을 하며 거드름을 피웠다. 그에 전직을 아는 이방과 각 방은 눈짓해 가며 목사의 노는 꼴을 한심하게 바라보았다.

홍화라는 기생은 청주에서 이름있는 2급 기생이 아니던가! 목사가 2급 기생의 수청을 받으려 해도 그 기생이 수청을 안 든다면 목사도 강제하지는 못하니 재물로 해결하든지 몽둥이로 하든지 둘 중의 하나이다. 기생들을 주무르다가는 술이 거나해서야 홍화라는 기생이 생각이 났다.

"이방, 홍화라는 기생은 왜 안 오는 거냐?"

"아마 치장 중인가 봅니다. 곧 오겠지요. 사또 나리의 분부를 거역할 리가 있습니까?"

"홍화라는 기생에 대하여 아는 게 있으면 고(告)하여라."

"네, 홍화는 딸을 낳았고. 그 딸은 지금 비구니로 살고 있습니다."

"그러냐? 여중이라는 말이구나. 그런데 그 딸이 왜 중이 된 것이냐?"

"그 사연에 대하여 자세한 것은 모릅니다."

"오늘 홍화가 안 오면 내일 불러들이도록 하라."

"네, 그렇게 하겠습니다."

'아마도 기생 홍화가 안 오면 형방에게 강제로 끌고 오라고 할 참인가 보다.'

목사는 월화를 끌어안고 하룻밤을 보냈다.

공민왕 때에도 천민인 기생이라도 이름있는 기생은 부호들도 맘대로 못하고 목사도 기생 수청을 받으려면 기생이 동의하여야 할 때이다. 또한, 재물을 많이 모을 수 있는 사람이 기생들이었다. 그래서 딸을 낳으면 기생 만들기에 온 집안이 힘쓸 때이다. 당시 기생은 노비이며 3개급이 있었는데 1급은 왕과 같이 궁궐에서 근무하는 기생으로 고급 공무원이나 마찬가지였다. 2급은 명기라는 소문이 난 사람들인데 관기와 민기로 나뉘어져 있었다. 그 사람들도 목에 근무를 하니 그들도 공무원인 셈이다. 3급은 목에 있으나 화류계라고 하여 권문세족에게 몸도 파는 사람이었다. 기생도 일종의 공무원이기에 그들을 관장하는 것은 이방이었다.

청주목에는 2급 기생이 단 한 사람으로 홍화가 있었는데 그녀는 미모뿐만 아니라 청주목 충주목 전주 목에까지 소문이 난 기생이었다. 그러나 그도 사십 줄이니 기생을 안 한다며 집에 있는 사람이다. 그 이튿날 목사 이상길은 피로를 푼다며 술상을 차리게 했다. 소문난 홍화라는 기생이 오지 않자. 이방에게 화풀이를 시작했다.

"이방, 기생 점고는 잘하고 있나?"

"네 나리, 어제 만나본 기생이 맘에 안 드셨나요?"

이방 딴에는 그래도 홍화를 빼고는 제일 미인인 월화를 불러 목사에게 바쳤는데 그녀는 3급이다. 그 기생은 성에 안 찼는지 이름있는 홍화를 보고 싶은 것이다.

"여기에 홍화라는 그 기생을 점고는 했는가?"

"사또 나리 그게, 에 그러니까."

"이게 왜 더듬거리며 말을 제대로 못 하냐?"

"그그그 게 사실은 홍화가 이제 사십오 세가 되었으니 기생을 그만

한다고 합니다."

"뭣이라? 기생은 엄연히 나라의 재산이거늘! 제멋대로 그만둘 수가 없는 것이다. 당장 가서 불러오너라."

"사또 나리 어제도 안 온 그 기생인데 그가 안 온다면 어찌할까요?"

"이봐, 이방 청주목은 내 맘대로야. 너 잘 붙어 있으려면 그 기생의 약점을 잡아. 그리고 그걸 꼬투리 삼아 족쳐. 그런 것도 하나 처리 못 하냐?"

이방은 목사의 위엄에 정신을 못 차리고 쩔쩔매다가

"사또 나리, 저기 제게 형방을 딸려 주시면 안 될까요?"

"그건 왜?"

"형방은 홍화의 약점을 알고 있는 것 같아서요."

"형방을 바로 불러와."

형방이 목사 앞에 불려 왔다.

"형방 너는 홍화를 아는 대로 이실직고하렷다. 아무래도 이방이 홍화의 뇌물을 먹은 것 같다."

이방은 즉시 죽을상이 되어

"사또 나리. 저는 홍화한테 뇌물을 받은 게 하나도 없습니다. 다만 그 기생이 안 온다고 해서 저도 걱정을 했습니다."

"저런 저런…. 야! 이방 너는 오늘 끝이야. 저놈이 볼기를 맞아야 정신을 차릴 텐가?"

"아이고 살려 주십시오. 사또 나리."

"형방. 홍화의 집안은 어느 집안인가?"

"네 그 기생의 집안은 잘 모르겠으나 비구니 딸이 하나 있는 것으로 알고 있습니다."

"그 딸과 같이 있나?"

"아닙니다. 그 딸은 비구니입니다."

"중년이란 말이지?"

"네 사또 나리."

"그 여중은 어디 있느냐?"

"홍덕사에 있습니다."

"형방 너, 홍화와 비구니에 대하여 아는 대로 이실직고하렷다."

험상궂은 목사의 말에 주눅이 든 형방은 비구니와 문하사인(門下舍人) 한소(韓昭)라는 사람이 만난 것을 알면서도 후환이 두려워 입을 벌릴 수가 없었다.

"형방 너는 당장 가서 홍화를 당장 잡아 오너라."

홍화가 형방에게 끌려왔다. 술에 취했어도 홍화는 나이는 들어 보이나 미색은 여전한 것 같다. 앞에 앉아 있는 기생들보다는 확실히 품위가 있어 보인다. 목사는 단번에 홍화가 맘에 들었다. 홍화는 연회석에 들어와서 큰절하고는 빈자리에 가서 앉았다. 그러자 목사는 옆에 있던 기생 월화를 밀고 단번에 옆으로 오라고 손짓을 했다.

홍화가 목사라는 자를 쳐다보니 소 돼지 개 잡는 백정만 같이 생겼다. 홍화는 몸이 떨려왔다. 그래도 미소는 보내야 했다.

으흠 흠.

"네가 홍화렷다."

"네, 그러하옵니다."

"네 여식이 여중이 맞느냐?"

"네, 그러하옵니다."

"네가 가난해서 딸을 중으로 만든 것이냐?"

"아니옵니다. 제가 말렸어도 워낙에 고집이 세어서…."

'홍화라는 기생의 미모가 남다르니 그 딸인 비구니도 그럴 게 아닌가?'

목사는 삼십여 명이나 되는 기생들을 보면서도 다른 음흉한 생각이 들었다. 일단은 꼬리를 감췄다. 홍화를 본 목사는 기분이 좋아졌는지 술상을 준비시키고는 홍화의 술 시중을 받았다. 그러나 홍화의 수청은 거래가 있어야 하니 이방을 시켰다.

"이방, 오늘은 내가 홍화와 노독을 풀고 싶으니 그리 준비하거라."

큰일 났다 싶지만, 그 말을 거역할 수는 없는 것이다.

"네, 명에 따르겠습니다."

홍화는 목사의 기세에 눌리기도 했지만, 이방의 중개에 동의하고 수청을 들었다.

오자마자 공무파악은 제쳐놓고 기생 잔치를 열고 두 번째로 홍화의 수청을 받은 것이다.

관료들의 부정부패가 관행이 되어버린 고려 공민왕 후기는 목사가 목의 왕이었다. 권문세족들은 뇌물만 받으면 그걸로 모든 죄를 덮었다. 백성들이 정부에 등을 돌리기 시작했다. 그 관행은 목사가 되면 우선 상부에 돈을 보내야 목사직을 유지할 수 있고 또 세금도 많이 내야 승진도 가능했다. 그것을 알고 있는 이상길이 이방에게 내린 명령은 바로 청주목 백성들의 돈을 강탈하는 것이었다. 그 당시 목사의 힘은 대단했다. 청주목사 그의 말은 곧 법이다. 나라의 왕이 되어 나라를 주무르듯이 청주목의 왕이 된 것이다. 백성들의 재물을 마음대로 빼앗거나 형벌도 목사 마음대로이니 그 권세는 하늘에 닿을 듯했다. 목사를 관리하는 관찰사도 마찬가지였다. 목사들이 보내오는 게 많으면 목에서 어떤 일이 벌어지든 상관도 하지 않았다. 백성들을 염두에 두지 않는 그런 정치였다.

목사가 부임하고 각방들에 지시한 것은 돈 있는 사람들의 재물을 강탈하려고 명단을 작성하라는 명령이다. 탈세를 명목으로 붙이는 것이 목사로서는 제일 쉬운 일이다. 각 방이 서로 수군거리기 시작했다. 신임 목사에 대한 소문이 퍼졌기에 목사의 총 비서격인 이방이 보니 큰일은 곧 벌어질 것 같다. 어떻게 해야 모가지가 안 달아날까! 또 목에 사람들의 원성은 하늘을 찌를 텐데 걱정들이 태산이다. 말도 안 되는 죄명을 씌워야 하는 것도 6방(房)들의 임무가 될 것이다. 각 방들은 서로 눈치를 보는데 이방이 결론을 내렸다. 6방이 전부 극비리에 모여 대책을 상의하기로 했다. 남의 눈에 띄지 않는 한적한 여염집을 선택하고 저녁에 한자리에 모였다.

방에서 나는 소리를 누구도 듣지 못하게 형방이 사령(使令)을 풀어 잡인을 금지했다.

그리고 상방은 이방이라. 그가 입을 열었다.

"각 방(房) 여러분! 우리는 지금 생사가 걸려있는 문제를 상의하기 위해 이 자리에 모였습니다. 정통한 소식통에 의하면 지금 새로 온 이상길 목사는 낭성 출신으로 홍건적이 개경에 왔을 시 그곳에 들어갔다 합니다. 나라를 배신한 사람입니다. 홍건적 임시본부가 공주에 있을 때 홍건적 돈을 훔쳐서 탈출했다 합니다. 글공부는 많이 하지 않았다고 합니다. 덩치도 크고 기운이 세니 검술도 배워 무과에 시험을 보았으나 낙방하여 고향으로 돌아온 사람입니다.

홍건적의 돈을 훔쳐 한몫을 잡고 개경에 스무 촌도 넘는 문하우시중(門下右侍中) 이기춘에게 은병 화폐를 몇 개는 주었는지 모르지만 하여간 뇌물로 목사직을 매관매직(賣官賣職)한 사람이랍니다. 우리가 지금 회의하는 것은 절대 비밀입니다. 만약에 우리 회의 내용이 누설된다면 우리는 다 죽은 목숨입니다. 그러니 모든 것은 극비 사항임을 가슴속 깊이 넣었다가 행여 한 건이라도 발각이 되면 그때는 아무리 모진 고문이 있더라도 전부 오리발을 내밀어야 하는 겁니다. 알아들으셨습니까?"

형방이 한소리를 했다.

"전례대로 각방은 맡은 분야의 일을 진행하면 될 것인데 이번에 오신 목사님은 전직 목사님과는 전연 다른 분 같습니다. 그것은 첫째 한 번도 관직을 안 해 봤으니 청주목에 어떤 사건이든 해결 능력이 없을 것입니다. 목사로 와서는 각 고을의 장 또는 전직 관료들을 초청하는 게 우선순위인데 그것을 뒤로 미루고 돈 있는 자들부터 불러들이라고 하시니 큰일입니다. 각방들은 정신을 바짝 차려야 할 것입니다. 두 번째는 목사가 글을 제대로 배운 게 없는 것도 큰 문제입니다. 그러니까 없는 죄도 만들어내라며 닦달할게. 뻔합니다. 세 번째는 그는 돈을 주고 목사직을 매관매직했으니 본전을 빼려고 엄청난 사건이 벌어질 것입니다. 네 번째는 기생들은 그렇다 치더라도 호색한이라 소문도 난 목사이고 어느 여자든 맘대로 하려 할 것이 분명하니 큰 문제를 일으킬 것이 예상됩니다."

이방이 말했다.

"우리 서로 까놓고 얘기합시다. 우리가 똘똘 뭉치면 태장도 안 맞고 살아날 수가 있습니다."

호방이 말을 받았다.

"청주목에 어느 누가 어떻게 사는 것을 아는 사람은 본인입니다. 그러므로 제 할 일은 제가 압니다마는 새로 부임한 목사가 그 정도의 사람이라니 걱정이 됩니다. 목사님이 제게 어떤 지시를 내릴지 궁금하기도 하고 걱정이 태산입니다. 전 목사님과 비슷하다면 문제는 없겠지만 특이한 분이라니 각방 님들의 협조가 필요할 것 같습니다."

"호방 님께서 좋은 말씀을 해 주셨습니다. 다른 분 하실 말씀은 없으신지요?"

예방이 나섰다.

"고려는 유교도 있지만, 불교를 믿는 사람들이 더 많습니다. 지금 새로 들어온 홍건적이 주축이 된 백련교도들도 있는데 신임 목사님은 어느 종파인지를 알아야 예방은 그에 대처할 수 있을 것 같습니다."

이방이

"그런 것을 아는 것도 중요합니다. 그런데 중인이었던 목사이니 종교는 아마 홍건적을 따랐었으니 백련교가 분명해 보입니다. 백련교는 불교와 미륵 신앙과 토속신앙을 합쳐 만든 종교라 합니다. 그렇지만 지금 부임한 목사가 그 종교를 과연 믿고 좋은 일을 할까요? 아닐 겁니다. 어쨌든 베풀라는 종교인 백련교를 믿는다면 소문대로 돈을 훔치지는 않았을 것 아닙니까? 돈만 뜯어내려 악을 쓸 것입니다."

"제가 하는 일은 세금을 받는 일인데 세금을 내는 사람들은 거의 전직 관료나 농토가 많아 종을 두고 있는 부자들입니다. 아마 목사님은 그 사람들에게 눈독을 들이지 않을까 생각됩니다. 그런데 그 사람들의 일가친척은 전부 개경의 귀족들인데 어떻게 해야 할지 걱정이 됩니다."

"그렇군요. 그 문제는 차차로 상의합시다."

호방이 제일 걱정이 되는지

"청주목에 백성이 목사의 행위에 반기를 들어 난리를 피운다면, 충주목에 있는 관찰사가 올 수도 있고 조정의 어사대(御史臺) 소속 감찰부정(監察部正)이 개경에서 직접 나올 수도 있습니다. 그런 걸 대비하기 위하여 우리는 서로 다 입을 맞추어야 합니다. 무조건 다 목사의 강제 지시였다고 말입니다. 돈을 강제로 빼앗기 위하여 없는 죄를 만들어내라고 할 것도 뻔합니다. 그런 것들은 잘 기억했다가 어사대(御史臺) 감찰부정(監察部正)이 감찰을 왔을 시 잘만 보고하면 우리는 벌을 안 받을 수도 있습니다. 방들도 말을 안 들으면 곤장을 치기도 했다고 말을 맞춥시다. 그것은 사실이 될 수도 있지만 우리는 미리 대비해야 합니다."

"목사는 돈을 강탈할 사람이 없으면 가난한 자도 족칠 게 틀림없습니다. 우리는 서로 논의해서 너무나 가난한 사람은 목에 불려 오는 일이 없도록 합시다."

병방이

"우리는 지금 하는 논의가 행여 새어 나간다면 다 죽은 목숨입니다. 그러니 본인은 청주목의 사령(使令) 책임자로서 청주목사의 행차를 담당하는 자들에게 철저히 교육해 목사의 행적을 철저히 감시하여 항시 즉각 제게 보고하도록 하겠습니다. 그것만이 우리가 살길을 찾는 길이라고 생각합니다."

"각 방(房)님들 말씀은 잘 들었습니다. 우리가 살아남기 위해서는 전임 목사의 지시로 잘못했던 일에 대하여는 함구를 해야 할 것입니다. 그렇게 하지 않으면 꼬리가 밟히게 되고 조사를 하다 보면 우리가 몽땅 갈 곳은 한 곳뿐입니다. 아시겠습니까? 그러니 불러올 사람 명단을 내일까지 전부 만들어 오세요. 돈 많고 전답 많은 사람만 명단을 작성하세요. 그것은 목사님 명령입니다."

"목사님은 언제 어느 때에 갑자기 어느 집에 간다고 하실 수도 있습니다. 공방은 당나귀를 철저히 관리하여 즉각 대령할 수 있도록 준비를 하시기 바랍니다."

그렇게 하여 6방들은 앞으로의 일에 대비하였다.

18.

짝사랑은 불사음계를 훨훨 날리고

쇠 활자가 완성되고 활자로 500여 부를 인쇄하여 각 사찰에 나누어 줄 만큼 책을 만들었다. 총지휘를 했던 석찬은 신도들도 모아놓고 잔치를 베풀었다.

쇠 활자 만드는 것이 끝나자, 흥덕사 사람들은 한 시름 놓고 자기 할 일만 하게 되었다. 갑자기 크게 할 일이 없어지자, 무력감이 온몸을 감싼 것은 주지 석찬뿐만이 아니고 달잠과 묘덕도 마찬가지였다.

무력감에 젖은 묘덕은 다른 생각이 싹트기 시작했다. 묘덕의 가슴 속에서 올라오는 영혼의 성질에 대하여 생각해보지 않을 수 없다. 그것은 사람의 두뇌 속에는 두 개의 영혼이 있는 것 같기 때문이다. 그렇지 않고서야 어찌 마음이 이리 갔다 저리 갔다 하는가? 짝사랑과 부처님과 싸움이 시작된 것이다.

그중 어느 한쪽의 마음을 고정할 수가 없다. 그것이 인간인가 보다. 그러므로 내가 결정한 것은 최선이 아닐 수도 있는 것이다. 짝사랑은 무관심한 듯한 형태이나 그것은 두 영혼 중 하나일 뿐이다. 짝사랑에 대해 누가 말한다면 겨울 개구리가 되어 그저 경칩이 올 날까지 입을 다물고 있어야만 할 것 같다.

우리는 타인의 눈이라는 거울 속에 비친 자신의 모습을 본다. 그러나 자신에 대해 타인의 의견을 거부할 힘을 갖고 있다. 그러나 주위를 살펴보면 내 마음대로 바로 내 삶을 바꿀 수는 없다. 솔직히 이야기한다면 주위에 눈치가 보인다는 이야기이다. 사랑은 동물의 타고난 근성인데 과연 참을 수 있을까? 내 마음속에서 솟구치는 사랑의 샘은 어떤 방파제로도 막을 수가 없을 그것 같다. 내가 살아온 것은 무엇이었나? 나는 무엇이 되고 싶었나? 나는 어떤 사람이 되고 싶었나? 내가 선택한 것은 정말 맞는 것인가? 이 세상은 부처님의 세상만 있고 다른 세계는 없다는 말인가? 내가 부처가 되면 어쩐다는 말인가? 그런 거야! 그렇게도 굳게 마음을 먹고 비구승이 된 묘덕을 짝사랑은 갈피를 못 잡게 했다. '나는 부처님이라는 허울 속에 갇힌 한 마리의 새였을 뿐이야!' 그 방황은 부처님을 믿으며 살아온 날은 인생에 대한 분명한 방향 감각도 없는 목적의식이 사라진 한 사람에 불과했다. 나는 거룩한 주장을 하는 석찬 스님이 따라오라는 손짓에 따라가다가 유혹의 도착증에 빠진 것이다. 먹고 사는 것에 대한 두려움과 세상을 혼자 헤쳐나갈 수가 없을 것 같다는 망상에서 가짜로 귀의한 것이 틀림없다. 이 사실을 무한정 끌고 갈 수는 없겠지. 시험을 보고 백운 화상님의 큰 칭찬에 눈이 먼 것이라고 생각을 했다. 묘덕은 짝사랑을 미화하려 현실에 눈을 뜬 것이다.

달잠을 짝사랑했는데 그와의 연분이 아직 이루어지지 않는 것은 앞에 부처님의 장막이 너무나 두껍게 처져 있기 때문이다. 속으로 희롱은 했지만, 연분은 전개되지 않았다.

인간의 삶은 신들의 장난감인가?

깊은 생각에 이르자, 어렴풋이 떠오르는 짝사랑은 무엇일까? 그랬다! 짝사랑은 하는 순간부터 부처님을 생각했던 마음이 혼란에 빠졌으며 그것은 인간의 언어로는 설명할 수가 없는 것이었다. 꼭 설명하라면 생각이 바뀌고 몸도 바뀐 것이라고 할 수밖에는 없을 것 같다. 마음이 부처님으로부터 떠나는 순간을 만든 것은 짝사랑인지도 모른다. 짝사랑의 결말은 파계일 것이다. 괴로워 잠 못 이루는 한날 달밤에 비친 그림자가 문 앞에 어른거린다. 문틈으로 볼 일도 없다. 달잠 스님이었다. 그도 한두 번을 그리 서성댄 것도 아니다. 나도 그의 방

앞을 한두 번 그리 해본 것이 아니잖나! 그도 괴로워하고 있는 게 분명하다. 지금은 한밤중이라 공양간 사람도 하나도 없고 스님들이 요사채에 거주하는 곳은 멀다, 절간은 조용하기에 짐승들의 울음소리만 정적을 깨고 있었다. 이것이 기회인가!

그녀는 달잠에게 편지 한 장 준 적도 없고 사랑의 표현을 해본 적도 없다. 달잠도 묘덕과 같이 편지나 연정을 이야기한 적도 없으나 두 사람의 속마음은 텔레파시로 통했다.

순간 나는 동물이야! 그냥 느낀 대로 살자! 더 깊은 생각할 필요를 느끼지 않았다. 순간 마음의 문은 확 열리고 도덕심은 하늘로 올라갔다. 문을 열어 제치고는 달려들어 달잠의 손을 잡았다.

묘덕이 손을 잡자, 달잠은 서슴없이 묘덕의 방으로 들어왔다. 순간 뜨거운 포옹이 이어지고 방안은 열기로 후끈했다. 아래를 더듬던 달잠의 손이 비밀의 문을 만지는가 싶더니 묘덕의 머리에 번갯불이 확 치며 알을 깨는 아픔이 온몸에 두 번 세 번 퍼져 왔다. 묘덕이 그토록 철저히 닫았던 비밀의 문을 연 것이다. 불사음계를 범하는 순간이었다. 그를 미는 게 아니라 더욱 끌어안았다. 오직 통증만 온몸을 두드려대고 있었다.

'스님 저를 죽여 주세요. 이제 더는 못 참겠어요. 나는 내가 아닙니다. 내가 왜 허구로 살고 있는지를 제 영혼은 압니다. 저를 가지세요. 나는 이제껏 허깨비로 살았다는 것을 인정합니다. 허구적인 부처님이 내 앞에 아른거렸기 때문입니다. 부처님에게 제 천당 입장권을 반납하고 싶습니다. 저의 처녀성을 가지세요.'

달잠의 탱탱한 근육이 몸 안으로 들어오고 달잠은 안개 속에서 포효하는 굶주린 사자가 되었다. 묘덕의 몸은 화산 폭발이었고 달잠의 몸은 지진파가 되었다. 한순간이 지나가자 묘덕은 옷을 완전히 벗어젖히고 달잠을 끌어안고 몸부림을 쳤다.

이 세상 아무나 다 보아도 괜찮을 것 같았다. 천둥 치듯 몸이 두 번이나 광란을 친 다음 행복감은 묘덕의 온몸을 휘돌았다. 실오라기 하나 걸치지 않은 채로 그냥 누워 있고만 싶었다. 누가 봐도 부끄럽지 않을 것 같다. 열광의 그 행위는 십여 년을 참았다가 터진 봇물이었다. 그를 위해서라면 죽어도 좋다는 생각이 스쳐 지나갔다. 사랑이란 그런가 보다. 그러나 현실을 챙겨야 했다. 흐트러진 옷을 고쳐 입고 달잠 스님을 한 번 더 끌어안았다. 떨어지고 싶지가 않다. 그는 힘을 주어 끌어안아 주고는 방을 나갔다.

묘덕이 계를 받고 10년째에 불사음계(不邪淫戒)를 범한 비구승이 된 것이다.

달잠도 남자였다. 그도 이성을 오래 생각했으나 시행을 하지 못한 것뿐이다. 묘덕은 나보다 용감하다고 생각이 든다. 여자를 싫어하는 남자가 있을까? 그런데, 미모의 비구승인데, 침을 흘릴 만도 하지 않은가? 그것이 실제 달잠의 속내였다. 내 말이 틀렸다면 내 얼굴에 침을 뱉어라. 하고 싶었다. 그도 묘덕이 너무나 좋았으나 연모한다는 말은 할 수도 없는 승려였다. 달잠이 속을 확 털어놓는다면 솔직히 공짜로 공부하고 먹고살기 위해 승려를 택한 게 아닌가! 그토록 부처님으로 철저히 위장했던 것을 두 사람은 동물의 근성으로 똑같이 훌훌 털어 버린 것이다.

그날부터는 환희의 날은 밤의 밀회로 계속되었다. 숨 못 쉬게 몰아치던 시간은 빨리도 간다. 며칠이 가자 묘덕의 마음에 괴로움이 한쪽 구석에서 밀치고 나와 정신 차리라고 소리를 지른다. 불사음계를 범한 것이 아니더냐! 눈을 감아도 행복감은 사라지지 않는데 불안감이 스치는 것은 무슨 이유일까? 이게 무슨 일인가? 달잠은 며칠이 가자 배 채운 승냥이가 되어 슬슬 피하는 눈치였다. 묘덕 자신도 감당할 수 없는 충격이었다. 달잠이 매일 오던 것이 이틀로 늦어지고 삼 일로 늦어지니 바보가 아닌 한 그걸 모를 여자가 있겠는가! 그랬다! 주지 스님이 20세가 넘어서 하는 행동은 모든 걸 본인이 책임져야 한다는 것. 그래야겠지. 한숨을 폭폭 쉬었다. 삼 개월이 넘자 달거리도 끝났으니 몸에 이상이 생긴 게 분명하다. 뱃속에서 아기가 자라고 있는 걸 묘덕은 느꼈다. 부처님의 말씀, 그것은 한낱 신기루의 꿈은 아니었었나? 아! 아! 이것은 현실입니다. 어찌하오리까!

사랑하는 어머니, 이제야 어머니의 뜻을 알겠네요. 저는 확실히 동물이었습니다.

동물이 아닌 척하는 얼굴에 철판을 깐 인간이었습니다. 기생이 어머니라는 사실을 알았을 때는 저는 온몸을 피가 나도록 닦아서 기생딸 자국을 없애고 싶었습니다.

정말 죄송합니다. 죄송합니다. 어머니의 말씀대로 한소 씨를 따랐다면 이런 일은 없을 터인데…. 나 스스로 올가미를 벗어 던졌으니 죽음도 생각해보았습니다. 지금 도망이라도 간다면 달잠 스님과 같이 가고 싶습니다. 그게 나였던 것 같습니다. 내가 나를 몰랐던 것을 인정합니다. 앞으로 어떤 고난이 다가와도 그가 허락한다면 함께 하고 싶습니다. 그런데 달잠 스님은 다른 꿈을 꾸나 봅니다. 다른 사람을 인식해서 하는 행동과 슬슬 피하려고 하는 행동은 여자의 감으로 압니다. 그런 밀회는 오래가지 못할 것 같다는 허전함이 몰려옵니다. 어찌하오리까? 웃음거리가 돼도 나는 그에게 같이 살아달라고 할 수도 없습니다. 나 자신을 그에게 주었기 때문입니다. 나는 그가 잔인해지지 않기를 바랄 뿐입니다.

불사음계(不邪淫戒)는 깨졌지만, 사람은 사랑할 권리도 있는 게 아닌가요? 먹고만 사는 게 그게 인생일까? 어머니 말씀이 백번 천번 옳습니다.

백운 화상님께 맹세한 것이 엊그제 같은데 언제 그리 뻔뻔해졌는지

나도 모르겠다. 그것은 떨어질 수 없는 한 몸의 두 얼굴이었나 보다.

짝사랑의 대가는 묘덕의 가슴에 깊이 새겨졌다. 그것은 가망 없는 사랑이고 부처님을 배반했으니 절을 떠나야 할 시간이라고 생각해야 했다. 이제는 누구에게 내 이야기를 하고 싶지 않다. 가망 없는 사랑에 빠진 결과이다. 그것은 슬픔이 되어 가슴 속 깊이로 밀려 들어왔다. 상상력은 그를 몰아쳤다. 달잠 그는 정녕 나를 사랑했을까? 달잠 그는 자기 왕국을 버리지는 못할 것이다. 그리 생각이 든다. 그 또한 승려를 그만둔다면 먹고 사는 것이 바로 눈앞에 닥칠 것이니 그게 두려운 걸까? 그것은 현실 세계와 이상 세계의 슬픔의 갈등일 수도 있다.

아! 이게 꿈이었으면…….

19.
꼬리가 길면 밟힌다

한밤중에 소변을 보려고 나온 효수 스님이 무언가 이상한 느낌이 들어 숨을 죽이고 멈췄다.

자시가 넘은 한밤중이었다. 그것은 북두칠성을 보면 대충 몇 시인 지를 짐작할 뿐이다. 자시는 확실히 넘은 것 같다. 밤고양이가 된 듯한 비구스님이 살금거리며 비구니 묘덕의 방 쪽으로 가는 것을 보았다. 비구는 비구니 방 부근에 가서는 안 되는 것이었다. 그곳을 가는 스님이 누구인지도 확실히 알 수가 없다. 그 스님은 방 큰 문쪽으로 가는 것이 아니고 방 뒤쪽 쪽문을 향해 간 것이다.

효수 스님은 묘덕이 어머니 홍화와 한소(문하사인)를 만나러 갈 때 뒤를 밟았던 날랜 스님이다. 묘덕의 방으로 들어간 그 스님은 다행히 효수를 보지 못한 것 같다. 눈치채지 못하게 숨었다가 절 안쪽으로 돌아 반대편으로 가서 묘덕의 방에 귀를 귀울였다.

아! 놀랄 일이다. 묘덕이 상을 하고 있는 게 분명하다. 그토록 아름답고 똑똑하고 고귀해 보이던 묘덕스님이 아니던가! 그럴 리가? 귀를 의심했다. 그러나 그것은 분명 남자와 여자가 상을 하는 신음소리였다. 남자 비구는 누구일까? 일부 스님은 탁발을 나가고 글씨를 쓰던 스님 15여 명이나 되는 스님들이 있으니 그가 누구인지는 전혀 알 길이 없다.

한참 만에 방문이 열리는 소리가 나고 누가 가는 기척이 들린다. 그렇다고 뒤를 바로 쫓을 수는 없다. 그 이튿날 기다려도 그 비구는 나타나지 않았다. 어느 시간에 그가 묘덕을 찾을지는 모른다. 자시가 넘은 시각은 확실해 보이는데 며칠을 기다려도 그 비구승을 보지 못했다. 두고두고 정탐을 해야 할 것만 같다.

열흘이 넘도록 기다렸어도 그 비구가 누구인지 알아내는데 실패했다. 신발에 표시를 할까 생각했으나, 절의 스님들이 신는 신발은 임자가 따로 없으니 그것도 안 될 일이다. 스님들 한 분 한 분 얼굴을 살펴보았다. 무슨 표정이 틀린 사람이 있을까 하고. 그것도 실패했다. 아마 그들도 불사음계를 범해서는 안 되는 일이기에 극비리에 상을 하는 것만 같았다.

두 사람은 어떤 수단이든 만나려고 연락할 것 같다. 그들은 어떤 연락을 하며 비밀을 유지할 수가 있을까? 소변을 보러 나가는 시간에 묘덕스님의 방을 가보면 방 앞에는 묘덕의 어머니 홍화가 선물한 묘덕 스님의 가죽 신발이 놓여있다. 비구 스님들은 탁발을 나가는 스님들을 빼면 절 마당 청소며 각기 맡은 일을 하기에 15명은 항시 홍덕사 경내에 있다. 그 스님들의 방은 3명이 방 하나를 쓰고 있으니 그들의 신도 계속 살펴보았으나 이상이 없다.

주지 스님과 시자 스님이 붙은 방에 거주하시며 달잠 스님은 오실 때부터 방을 하나 따로 쓰고 계셨다. 자시가 되면 스님들의 방에 신발을 점검하기 시작했다. 근 두 달 동안 조사를 해도 신발은 장 그자리에 있다. 묘덕 스님의 방에서 상의 신음을 들은 지가 2달이 넘었다. 드디어 꼬리를 잡았다. 소변을 보러 나가다가 이상이 없는 방들은 제쳐두고 주지 스님과 시자의 방 또 달잠 스님의 방 앞을 보니 달잠 스님의 방에 신발이 없다. 이상했다. 그럴 리가 없는데? 보름을 지켜보니 달잠 스님의 방 앞에 신발이 없는 날이 있다. 그것을 확인하고는 고양이가 되어 묘덕 스님의 방으로 쫓아갔다. 방 안에는 아무 기척이 없다. 방문이 열릴 때까지 계속 기다렸다. 여명의 시간에 방문이 열렸다. 그 비구 스님이 신발을 들고 나온 것이다. 그가 가는 곳을 밟았다. 달잠 스님 방이었다. 아이쿠! 그는 확실히 달잠 스님이 었다. 달잠은 어렴풋이 누가 뒤를 밟은 것 같다는 느낌이 들자, 큰일 이 났다 싶다.

그래, 꼬리가 길면 밟히는 것이야! 달잠은 그 긴 꼬리를 석 달째에 날쎈 효수에게 꾸욱 밟힌 것이다.

그 아침은 아주 맑은 날이었다. 아침 공양을 먹기 전에 하는 운동 을 하려고 흥덕사 앞마당에 스님들이 전부 모이기 시작했다. 마당에 서 달잠의 눈과 효수의 눈이 부딪혔다.

효수는 확증을 잡은 후 그날 아침 달잠의 얼굴을 쳐다만 보고 있 자, 달잠도 무언가 이상했는지 효수와 눈이 부딪혔다. 효수는 달잠의 눈을 뚫어져라 쏘아보고 있다. 달잠은 효수가 그리 눈으로 쏘아보는 것은 처음이다. 묘덕과의 비밀을 효수가 안 것이라고 볼 수밖에 없 다. 승려로서 불사음계를 범한 승려와 법을 잘 지키는 승려의 눈은 달랐다. 달잠이 눈을 내리 깔았다. 그것은 항복의 표시이다. 따지고 보면 효수는 공부 면에서나 글씨를 쓰는 면에서나 달잠과는 상대도 되지 않을 만큼 아래다.

효수는 그들의 비밀을 알아내기는 했으나 어떻게 처리해야 할지가 걱정이었다. 만약에 주지 스님이 아신다면 문제는 커진다. 달잠이나 묘덕 두 사람 다 절을 떠나야 할 것이다. 효수는 이 사실을 주지 스 님께 말씀드린다면 고발자가 되는 것이 아닌가? 그것은 명예롭지 못 하다고 생각하며 며칠을 두고 걱정을 할 때 청주목에 형방이 사령들 을 데리고 흥덕사를 찾아온 것이다.

20.
목사의 폭정

이틀이나 술에 빠져있던 목사를 이방(吏房)이 깨우지 않았다면 그는 꿈속에 있을 뻔했다. 그가 일어나 창문을 열고 보니 해가 중천에 떴다. '아니? 오늘부터 돈 있는 자들을 불러들이라고 하지 않았나!' 소세를 하는 둥 마는 둥 하고는 집무실로 가는데 술이 덜 깨 비틀거려진다. 이방(吏房)과 동헌으로 가보니 호(戶房), 예(禮房), 병(兵房), 형(刑房), 공(工房) 6방들과 사령(使令)들 또한 관노들까지 허리를 구부리고 동헌에 서 있다.

집무를 시작은 해야 하겠는데 마신 술이 덜 깨 머리가 아프고 속이 울렁거린다. 할 수 없이 이방을 가까이 불러 귀에다 대고 소곤거렸다.

"내 속이 지금 말이 아니다. 네가 대신 알아서 시작해 봐. 너는 이런 일 많이 해봐서 잘할 거 아닌가? 나는 이번 일은 처음이니 어쨌든 본전을 빼야 할 거 아닌가?"

이방(吏房)이 목사를 쳐다보니 확실히 술이 안 깬 게 얼굴에 쓰여 있다. 말하기도 힘들어 보인다.

"사또 나리. 걱정하지 마십시오. 제가 알아서 다 하겠습니다. 사또 나리께서는 제가 하라는 대로만 하시면 됩니다."

술이 덜 깬 목사는

"에, 지금으로부터 5방들은 이방(吏房)의 말을 잘 들어라. 이방의 말은 곧 내 말이니 한 치라고 소홀함이 없게 하렷다. 알아들었느냐?"

"네---이---."

그러고서는 그는 동헌 큰 의자에 풀썩 주저앉았다.

각방들은 속으로 '이거 큰일났구나! 이방에게 전권을 준다는 이야기가 아닌가! 각방이 모여 미리 회의를 한 것은 다행이라고 생각했다.

몇 사람이 끌려와서 동헌 앞마당에 앉아 있었다. 목사의 첫 행사를 구경하려는 사람들과 잡혀 온 사람의 집안 식구들까지 동헌 안에 있는데 사람들은 점점 늘어나고 있었다. 각 방들은 이 목사에게 점수를 따려고 우선 부자인 사람 몇을 불러 대령시킨 동헌 뜰이었다. 이방이나 형방등 각방은 잡급이기에 목사가 직접 임명한다.

그러므로 각 방들은 목사에게 점수를 따려고 아부할 수밖에 없었다.

형틀까지 준비한 이방(吏房)이 첫 번째 붙들어 온 사람에 대하여 목사에게 귀띔했다.

"사또 나리! 송절동에 사는 송 노인인데 농토도 많고 노비도 많이 있는 부자입니다."

앞을 보니 벌써 호방(戶房)이 한 50세나 됨직한 노인을 불러다 무릎을 꿇어앉혀 놓고 있었다. 역시나 호방(戶房)답다. 호방은 누구 집 숟갈 몽둥이까지도 알아야 하는 게 아닌가?

그를 일차로 데려온 걸 보니 아마 목에서 돈이 제일 많은 사람일 것 같다.

이방(吏房)이 큰소리로

"호방(戶房)은 저 노인이 왜 붙들려 왔는지를 소상히 사또 나리께 설명하라."

"이 노인은 송절동에 사는 송요찬이라는 사람인데 대대로 내려오는 토지도 많고 종들도 십여 명이 넘는 부잣집 노인입니다. 그런데 사또께서 부임하셨으니 일찍이 와서 인사를 드려야 예의가 아닙니까? 본인이 사령을 데리고 노인 집을 가보니 큰 기와집에는 쌀가마가 넘쳐

나고 종들은 분주히 일하고 있는 걸 보니 탈세를 한 것을 감추려고 하는 일 같았으며 노인은 마루에서 담배만 뻐끔대고 있어서 잡아 왔습니다."

호방은 말도 안 되는 거짓말을 거침없이 지껄여 댔다.

이방이 목사를 힐긋 한번 쳐다보자 목사가 고개를 끄덕여 줬다. 이방이 목사 대신 일을 착착 진행해 나갔다.

"그것이 사실이렷다?"

송 노인은 잡혀 온 이유가 무엇인지를 안다. 그렇지만 대답을 안 할 수는 없다.

"사또 나리. 제가 어느 안전이라고 거짓을 고하겠습니까? 이제껏 저는 탈세를 한 적이 없습니다. 꼬박꼬박 세금을 바쳤지요. 저는 일찍이 일어나면 담배부터 찾는 게 습관이 돼 있습니다. 그 장면을 호방(戶房) 나리께서 보신 겁니다. 어찌 제가 사또 나리께서 부임하신다는 것을 알고 인사를 드리러 오지 않겠습니까?"

"그러니까 호방(戶房) 이야기가 맞는다는 말이구나."

송 노인은 마루에서 담배를 피우고 있었다는 것을 고개를 끄덕여 인정했다.

"재물을 쌓아놓고 탈세도 했느냐?"

"이방 나리께서도 잘 아시잖습니까? 정말로 탈세를 한 적은 없습니다."

"부자들이 탈세를 안 한다는 것은 거짓말이다. 조사하면 다 나올 것이니 지금 말하는 게 좋을 것이다."

"이방 나리 정말로 탈세한 것은 없습니다."

"형방은 이 노인이 거짓을 말하는데 어떤 벌을 줘야 할지를 말하라."

"형방(刑房) 아뢰옵니다. 전례로 보아 탈세를 한 자는 곤장 10대에

벌금으로 순은(純銀)삼환중보든지 삼한통보를 10개씩 내게끔 되어있습니다. 전례는 그러하온데 그 집행과 사면은 사또 나리께서 알아서 하시면 됩니다."

"형방, 탈세액을 더하면 형은 늘어나지 않는가?"

"네. 그렇습지요."

이방이 송 노인을 쳐다보며

"송 노인. 너는 형방의 이야기를 듣고 할 말이 있느냐?"

"이방 나리. 사실은 담배를 피우고 곧장 사또님을 뵈러 갈 참인데 호방 나리께서 강제로 저를 끌고 온 것뿐입니다. 탈세는 안 했습니다."

"네 말이 사실이렷다?"

"이방 나리. 어느 안전인데 거짓을 고할 수가 있겠습니까?"

"형방(刑房)은 이 노인에 대하여 다른 이야기는 할 게 없느냐?"

"네, 누구든지 청에 불려오면 탈세를 했다고 하는 사람은 거의 없습니다. 저 노인도 그런 것입니다. 탈세한 자들에 법 집행 전례는 그렇지만 벌금을 좀 많이 내면 곤장도 면할 수 있지 않을까요?"

"그렇구나! 호방(戶房)의 생각은 어떠냐?"

"이방 나리. 저도 형방의 뜻에 동의합니다."

각 방들은 앉아 있는 목사 비위 맞추기에 여념이 없었다.

"본론을 빨리 말하라."

형방(刑房)이 나서서 송 노인을 쳐다보며 그의 귀를 잡아당기고, 귓속말로 지껄였다.

"지금까지 이야기를 들었으면 천치가 아닌 다음에야 본인이 알아서 답을 해야 하는 게 아닌가? 큰소리로 여기 모여 있는 사람들 전부가 알아듣게 말씀하시오."

"저희 가문에서는 사또 나리께서 새로 부임하시면 보통 순은(純銀)

삼한 정보 삼십 개를 선물로 드리고 갔습니다."

삼환 중보이든 삼환 통보이든 순은(純銀)30개면 아주 큰 돈이다. 일반 백성들은 구리 돈 삼환 중보든 삼환통보라면 몰라도 순은(純銀) 20개는커녕 10개도 만져보지도 못하는 돈이다. 그보다도 더 큰 돈은 은병 화폐라고 하여 은으로 만든 작은 호리병 모양의 화폐도 있었다. 그것은 주로 외국과의 무역에 쓰던 화폐이다. 일반인들은 거의 물물 교환을 주 거래로 하던 때라 평민이 사용하는 것은 극히 드물었다.

목사는 생각했다. 이번이 처음 인사이니 최하 순은(純銀)삼환중보나 삼환통보를 이천 개는 거두어야 위에 인사도 할 터인데 제일 돈이 많다는 사람이 순은(純銀)삼환중보 삼십 개라니 그리 걷어서는 삼천 개를 채우지는 못할 것 같다. 또한, 5년 안에 은병 화폐 삼십 개쯤은 있어야 하는데! 그래야 인사를 할 곳에 할 게 아닌가! 목사직을 산 것은 은병 화폐 50개를 준 것이다, 그의 두 배는 만들어야 한다.

으음. 하며 목사가 나무 의자 뒤로 몸을 기대었다. 그것은 사전에 이방과 밀약한 안 된다는 신호이다. 왼팔을 들으면 됐다는 표시이고 오른팔을 들으면 좀 작다는 표시이며 의자 뒤로 기대면 안 된다는 신호이다. 라고 지시했다.

이방이 잽싸게 나서서는

"형방, 아무래도 형틀을 준비해야겠소."

그것은 협박이었다. 눈치 백 단인 형방 그가 이방의 뜻을 모를까? 형방이

"나졸들은 형틀을 준비해라. 사또께서 어디 그 돈을 받으려고 하시는 게냐? 인사 안 오고 탈세를 한 자에게 법을 집행하시려는 것이다."

"네-에—이."

송 노인은 얼굴이 사색이 됐다. 곤장 10대면 노인으로서는 죽은 목

숨인데 뭐 시행령으로 감해 준다니 그것은 돈이 아니던가! 아! 목사 중에도 상 도둑놈 목사를 만났구나! 내가 탈세를 했다니 돈을 뺏으려고 하는 게 눈에 보인다. 이 노릇을 어찌한다. 집을 탈탈 털어도 순은(純銀)삼환중보 오십 개밖에 안 된다. 그것도 큰돈이 아니던가! 더 마련하려면 토지를 팔아야 한다.

그 장면을 보고 관련 있는 동헌에 모인 사람들은 몸이 사시나무 떨리듯 떨렸다. 그 일이 어떻게 처리되느냐만을 쳐다볼 수밖에 없다.

설마 곤장까지 치지는 않겠지 하며 동헌 마당에 무릎을 꿇고 있던 송 노인은 형틀이 차려지자 깜짝 놀랐다.

그걸 눈치 못 챌 이방이 아니다. 슬슬 걸어서 송 노인 앞으로 갔다. 그리고 귀엣말을 지껄였다.

"노인장. 아무래도 곤장을 면하기는 어려울 것 같소."

송 노인은 너무 긴장한 탓인지 숨도 크게 못 쉬고 큰 한숨을 쉬었다. 그리고는 이방에게 홍정을 시작했다. 작은 소리로

"이방 나리 좀 봐주세요. 내가 인사는 허리다."

이방은 듣던 중 반가운 소리다. 원래 그 말은 이방에게 생기는 떡고물이 아니던가!

"노인장, 어떻게 하면 될까요?"

"순은(純銀)삼한중보 40개로 부탁합니다. 그것도 구하려면 토지를 팔아야 합니다. 살려주시는 셈 치고 그것으로 처리해 주세요. 그러면 이방님께는 순은(純銀)삼환중보 다섯 개를 드리겠습니다."

이방은 벌어지는 입을 꾹 다물고 횡재 안 한 척하며 목사 앞으로 갔다. 그리고 귀엣말로

"사또 나리 순은(純銀)삼환중보 40개면 아주 많은 겁니다, 지금껏 목사님 인사에 그리 많은 돈을 선물로 낸 자는 없습니다. 송 노인은 그것으로 끝내시지요. 앞으로도 여러 기회가 또 있습니다. 송 노인에

게 증인을 신청하라고 하서서 증인 신문을 한 후에 방면하시면 됩니다."

목사는 이방이 너무나 똑똑한 것 같아 보인다. 그의 말을 따르기로 했다.

"그러냐? 그러면 그렇게 처리하도록 하라."

이방은 닐리리아를 부르며 송 노인에게로 갔다. 꿇어있는 그를 일으키면서 눈을 찡끗했다.

"내가 사또께 잘 이야기해서 잘 됐습니다. 노인장께서는 같이 온 사람 중에서 한 사람을 지목하세요, 그를 증인으로 하여 노인장을 방면할 겁니다. 약속은 열흘 이내로 지켜야 합니다."

"아이고 고맙습니다. 이방 나리께도 약속한 거 같이 드릴게요. 증인은 저와 같이 온 제 아낙을 증인으로 신청할게요."

이방은 신이 났다. 혼자서 장구 치고 북치고 하면 되는 것이다.

"그 증인은 송 노인의 아낙이라 매일 같이 사니 송 노인을 너무나 잘 알 것입니다. 그래서 송 노인의 아낙을 증인으로 하고 증인 신문을 하겠습니다. 송 노인의 아낙은 사또 나리 앞으로 나오세요."

형식적으로 목사 옆으로 그 부인을 데리고 갔다. 목사가 거드름을 피우며 송 노인의 아낙에게

"네가 송 노인의 아낙이 맞느냐?"

"네 그러하옵니다."

"남편인 송 노인이 탈세한 것을 아느냐?"

"네. 그건 모르고 아침에 일어나자마자 담뱃대를 물고 청주목엘 다녀와야 한다고 말씀하셨습니다."

"그러면 네 말을 사실로 받아들이겠다."

"이방은 송 노인을 방면하라."

"네이, 그리하겠습니다. 노인에게 징벌로 곤장을 10대 치면 죽습니

다. 하해와 같으신 목사님께서는 송 노인을 방면하기로 하셨습니다."

청주목사는 이방의 도움으로 그렇게 처음 돈을 빼앗는 데 성공을 했다. 이제 앞으로 청주목 돈 있는 사람들은 줄줄이 그리될 것이다.

목사의 돈 뜯는 방법은 악랄했다. 이방에게 지시하는데

"이방."

"네."

"매에는 장사 없다는 거 알고 있나?"

"그럼 입쇼. 알고 말고요."

"돈을 안 내는 자가 있으면 내 눈치 보지 말고 탈세를 빌미로 형방에게 곤장을 치라고 해. 그러면 다 나오게끔 돼 있어."

"알겠습니다. 시키는 대로 하겠습니다."

한 사람의 심문이 끝나면 더 걷으라는 표시로 목사는 왼손을 들었다 놓았다. 오른손을 들었다 놓으면 방면하라는 표시이다. 또한 돈을 갈취하는 데는 형방의 고함과 형틀이 제 몫을 제대로 했다. 목사가 오른손을 들자 형방은 그를 형틀에서 끌어내리고 집으로 가라고 했다. 그러자 목사가 손가락을 까딱이며 이방을 오라고 한다.

"지금 그 사람은 행색을 보니 돈깨나 있어 보이는데 어째서 그냥 통과시켰느냐?"

"아니 저는 왼팔을 들으면 됐다고 하시지 않았습니까?"

"뭐야? 내가 언제 그랬어. 왼팔은 더 걷으라는 이야기야. 그거 하나도 제대로 못 하냐?"

목사는 자기가 시킨 것도 잊어버리고 술이 덜 깬 만소리를 한 것이다.

"사또 나리. 다음부터는 그런 실수는 안 하겠습니다. 용서해 주십시오."

시키는 대로 했는데 잘못한 것도 없는 이방을 파리가 빌듯이 손을 싹싹 비벼댔다.

돈을 안 내려고 하는 자들은 곤장을 맞기도 하고 말을 잘못한 사람은 하옥시키기도 하였다. 그날부터 동헌 담 밖으로 곤장을 맞는 비명이 그칠 날이 없었다.

"다음" "다음" "다음" 돈을 뺏을 자들은 천지였다.

그러니 곤장 맞는 소리가 얼마 동안 청 밖에서도 들릴지 모를 일이다.

이방의 목소리가 더 커졌다. 돈이 없는 사람은 두 달 안으로 가져오라고 하고 이방은 장부에 적었다. 말도 안 되는 죄명을 붙여 돈은 자꾸 불어났다.

신임 목사는 그런 난리를 한 달 이상을 치렀다. 또 목사가 시키는 대로 이방이 연회석을 준비하고는 사람들을 초청했다. 연회석에 초대를 한 자들은 청주목에 사는 이름있는 호족 평민들과 전직 관료들이었다. 그들은 목사가 왜 불렀는지를 다 아는 사람들이다. 잔치한다며 돈을 긁어낼 것 아닌가! 호방이 목사에게 한 사람씩 소개했다. 거기에 온 사람 중 제일 높은 벼슬을 한 자의 친척이 있었다. 그 집안이 대대로 내려오는 부사 반열의 세도가의 좌 승상의 집안인데 풍채도 좋은 그 사람은 지금은 낙향한 사람이라고 귀띔했다.

그 이야기를 들은 목사는 좀 켕기지마는 낙향했다면 뭐 별 볼일이 없는 게 아닌가?

목사는 청주목은 자기가 최고이지 다른 사람은 무조건 아래로만 생각했다.

연회석에 온 그들은 목사에게 술을 한 잔 따르고는 쌈지를 한 개씩 놓고 제자리로 돌아갔다. 얼마가 들어 있는지 모르니 이방에게 주머니에 그 사람의 이름을 쓰라고 했다. 돈을 조금 낸 사람들에게는 다른 조치를 할 것이 뻔하다. 그것은 목사 행차를 빌미로 그의 집을 방

문하는 것이다. 그러면 그들은 더 큰 돈이 들어가야 한다는 걸 다 아는 사람들이다. 그러니 그저 아부성 돈을 많이 내야 했다.

목사는 육방 관속을 동원하여 짜고서 사람들을 불러들여 빼앗은 돈이 순은(純銀)삼환통보 이천 개가 되었다. 목사는 신이 났다. 앞으로 5년이면 청주목사를 매관(買官)한 은(銀) 호리병 오십 개의 열 배는 더 만들 것 같다.

이방(吏房)뿐만 아니라 다른 5방들도 떡고물을 다 챙겼다. 목사 좋고 육방 좋고였다. 그 소문은 악질 목사가 와서 돈 빼앗기에 혈안이 됐다고 소문이 났다.

청주목사 이상길은 백성들로부터 돈을 뜯는 그 수법이 점점 악랄해져 갔다. 날이 새면 각 방들에게 돈이 있음직한 사람들의 재산을 조사시켜 세금을 내라며 돈을 뺏는 일이 청주목사의 일이었다.

청주 주성리에 사는 한식(韓植)이는 약초를 캐러 다니는 심마니였다. 심마니들은 농사철에는 남의 집 농사를 지어주고 돈을 조금 받으며 사는 사람이었다. 끼니를 때우기 어렵다가도 30년, 40년 된 산삼 두 뿌리만 캐면 반년은 먹고 살 수가 있다. 산삼은 묘하게도 하나를 발견하면 그 부근에 산삼 식구들이라 불리는 삼들이 있다. 그것을 할아버지 산삼, 아버지 산삼, 자식 산삼이라고 한다. 산삼을 캐러 다닌 지 30년 만에 드디어 횡재를 했다. 하룻저녁에 산신령님의 꿈을 꾸고 80년이나 된 산삼을 캔 것이다. 그것은 얼마라고 값이 없을 만큼 귀한 것이었다. 거기에 딸린 할아버지 산삼, 아버지 산삼, 자식 산삼을 합하고 보니 엄청난 금액이 될 것 같다. 한식이는 그 산삼을 도둑에게 빼앗길까 봐 동리 여러 친구와 같이 개경으로 가서 여러 군데 권문세족들 집에 팔았다. 같이 간 친구들에게도 좀 나누어 주고 농토를 다섯 마지기를 사고 암소 한 마리도 샀으니 갑자기 부자가 된 것이다. 그 소문이 안 날 리가 없다. 호방으로부터 한식이 이야기를 들은 형방이 농토를 산 한식이 그를 불러서 문초를 시작했다. 농촌에서 죽기 살기로 평생을 벌어도 농토를 사서 농사를 지어 일 년 먹을 양식을 장만한다는 것은 꿈이다.

"너 농토 다섯 마지기 산 돈이 어디서 났나? 네 품삯으로는 그 땅을 사지 못했을 것인데 솔직히 불어. 누구 돈을 훔치거나 노름을 해서 땅을 샀다고 하면 그 죄는 방면하고 너를 감옥에 가두지 않을 것이다."

"제 친구들에게 물어봐요. 저는 심마니이고 그 농토를 산 것은 산삼을 팔아서 산 것입니다."

"이게 어디서 거짓말을 하고 있어. 바른대로 말을 못 해?"

형방이 형틀에 묶어 놓고 엉덩이를 곤장으로 한 대를 때리고서 이야기하는데 정말로 곤장은 무서운 벌이었다. 매에 장사 없다더니 형틀에 묶여 두 대를 맞으니 기절할 것만 같았다. 세 대도 맞기 전에 항복했다. 살아남으려면 그들이 원하는 대로 해줄 수밖에 없었다.

형방의 말도 안 되는 문초는 목사가 시켜서 하는 짓이 아닌가! 아무리 어떤 이야기를 한들 무죄로 풀려날 길이 없다는 것을 눈치챘다. 할 수 없이 노름하고 도둑질하여 땅을 샀다고 손 그림을 그리는 데 동의했다. 그래서 산삼 팔아 산 땅은 목사 앞으로 넘어갔다. 소문은 순식간에 청주목에 퍼졌다. 땅을 치고 울어도 소용없는 일이었다. 인근 동리 사람들도 목사의 짓거리에 혀를 내둘렀다.

한식이는 '네 이놈들 언젠가는 네 죗값을 받을 것이다.' 해보지만 별 도리는 없다. 아무리 생각해도 너무나 억울하다. 홍덕사에 가서 주지 스님께 하소연도 해보았다. 그러나 그것은 주지 스님도 어찌할 수가 없는 일이었다. 그래서 글을 아는 사람한테 억울한 사정을 써

달라고 하여 보관하고 있었다. 충주에 있는 관찰사가 혹시라도 청주목에 오신다면 목숨을 걸고라도 조사를 해달라고 할 참이다.

21.

안하무인 목사는 비구니 묘덕에게 수청을 요구

① 직지를 만든 흥덕사 주지 석찬과 달잠 그리고 묘덕의 수난사

"이방, 감옥에 있는 흥덕사 중들을 동헌으로 끌어내라. 매에는 장사가 없는 거야. 흥덕사 주지와 협상을 해. 다시는 매도 안 때리고 탈세도 없는 것으로 하되 조건은 비구니를 설득하여 목사의 수청을 들게 만들어. 그러면 되는 거야."

'아! 목사의 목표는 그거였구나!' 이방은 난감했다. 승려에게 수청을 들라 하니 그게 될 법이나 한 소린가!

그렇다고 목사의 말을 안 들으면 안 되는 게 아닌가! 이방은 할 수 없이 채찍에 얻어맞고 땅에 쓰러졌다가 감옥에 갇힌 묘덕을 찾아갔다. 묘덕에게 다가가 귓속말로 속삭였다.

"목사의 수청을 들면 다 좋게 될 텐데 어쩌시렵니까?"

'수청?' 묘덕은 잘못 들었나? 귀를 의심했다.

그들과는 말을 섞어 봤자다. 기가 막힌 묘덕이 이방을 한번 쳐다보고는 고개를 옆으로 돌렸다.

목사는 부임 후에 청주목 사람 누구든지 항복시켰다. 그런데 흥덕사 사건은 처음부터 꼬여 들어갔다. 그 이튿날 이방이 나서도 저녁때까지도 일을 성사시키지 못하자, 목사는 묘덕 어머니 홍화를 데리고 직접 감옥에 갔다. 주위를 물리치고는 묘덕에게 다가가 속셈을 이야기했다.

"내 수청을 들면 흥덕사 탈세 건은 없는 것으로 할 테니 어쩌하겠느냐?"

묘덕은 사람 같지도 않은 목사를 쳐다보기도 싫어 눈을 감고 대답도 안 했다. 목사는 고을의 왕이니 목사의 횡포는 개인으로서는 감당할 수 없는 일이다. 그런 걸 아는 홍화가 달려들어

"옥경아 살고 보자, 죽으면 다 그만인 거야."

홍화는 묘덕을 붙들고 몸부림을 치며 울었다. 그래도 묘덕은 입을 벌리지 않았다. 무슨 말을 해도 입을 벌리지 않을 것 같다. 목사는

"오늘은 그만 간다. 내일 저녁때까지 잘 생각해 보아라."

그리고는 일어서서 동헌으로 발걸음을 옮기자, 홍화는 목사 앞에 무릎을 꿇고 애원했다.

"사또 나리 단 하나 있는 자식입니다. 제발 제 딸을 살려 주십시오. 제 소원입니다."

홍화의 애가 끊어지는 듯한 소리는 솟구치는 울음과 함께 하늘로 올라가는데 목사는 홍화를 한번 힐끗 쳐다보고는 그냥 안으로 들어가고 말았다.

그 이튿날 좋게 해결하려고 이방과 형방을 대동하고 감옥에 갔어도 명이 안 먹히자, 목사는 주지를 단독으로 만났다.

"주지 스님, 아무래도 스님이 나서야 일이 잘될 것 같습니다. 여중이 수청만 든다면 홍덕사 탈세 건은 없던 것으로 하겠으니 협조 좀 해주십시오."

"네에? 무슨 말씀이신지."

"수청도 모릅니까?"

"수청이란 기생들한테나 하라고 하는 것 아닙니까?"

그 말을 들은 목사는 얼굴이 붉어지며 목청에 핏줄이 올라왔다.

"주지 스님이 당최 말을 못 알아듣네. 이왕 말이 나왔으니 말이지 당신도 남자고 나도 남자다 이거야. 우리 솔직히 다 까놓고 얘기해

보자고. 환관도 열 계집 마다하지 않는데 남자가 여자 밝히지 않는 사람이 있습니까? 안 그렇습니까?"

"불가에서는 불사음계(不邪淫戒)입니다."

"그게 무슨 소리야."

"불사음계란 남자는 여자를 탐하지 않고 여자는 남자를 탐하지 않음을 말함입니다."

"그래서 어찌하겠다는 거야. 한번 제대로 맞아볼 텐가? 우리 그러지 말고 타협합시다. 당신은 중이고 나는 목사이지만 우리 그것을 다 떠나서 서로 말 놓고 이야기합시다. 그러면 아주 편할 것 같소."

"사또 나리 자중하십시오. 나무아미타불 관세음보살."

"젠장 나는 그 나리 소리가 제일 싫단 말이요. 원나라가 망한 게 그놈의 나리들이 나라를 말아먹다가 망한 게 아니요. 내가 홍건적에 있을 때 다 알아본 겁니다."

"홍건적은 좋은 일도 하고 나쁜 일도 한 사람들입니다. 좋은 일을 하면 극락에 가고 나쁜 일을 하면 지옥에 갑니다."

"얼씨구 이게 보자 보자 하니까. 야! 지옥이 어디 있고 천당이 어디 있어? 가 봤어?"

"자중하시고 성불하십시오. 나무아미타불 관세음보살."

"뭐야? 성불? 야. 너 중 말이야! 성불이 되든 나무애비든 지애비가 되든 말이야 좋게 말할 때 들어! 매에는 장사가 없는 거야. 많이 맞으면 죽을 수도 있어."

"나무아미타불 관세음보살."

"참 환장하겠네. 나무애비 지애비는 말이야, 그건 너희끼리 하라고. 나는 필요 없어, 난 말이야. 거지 탁발승이 되어 남이 농사지은 거 얻어먹고 사는 중들도 보기 싫어. 차라리 산적되어 돈 많은 놈에 돈을 한 번에 강탈해서 목돈을 움켜쥐고 사는 게 더 좋다. 그게 제일 똑똑한 놈이지, 안 그런가? 그래서 나는 홍건적에 들어갔던 거다. 알 아들었냐? 야! 이 땡중놈아. 잘난 체하는 네 뱃속에는 구렁이는 없니? 신돈 그 이야기는 들어는 봤니? 산속이라 그런 말은 못 들어 보고 날아가는 새 똥구멍만 보았냐? 이 땡중아. 너희가 그리 존경했던 공민왕 왕사(王師)였던 중놈 신돈 봐라. 그놈도 계집을 다섯 명이나 데리고 놀다가 공민왕한테 사약을 받고 갔는데 그게 열반이냐? 헛 나발 불지 말고 내가 시키는 대로 해. 그러면 너 좋고 나 좋고 아니냐?"

목사의 말은 백정의 망치만 같다. 기가 막힌다.

"그것은 사람마다 각기 다른 개성이 있기 때문입니다. 왜 나옹선사님이나 백운 화상님은 모르시나요?"

"개 풀 뜯어 먹는 소리 하고 자빠졌네. 이놈의 땡중 곤장을 한 번 더 맞아봐야 정신이 들겠군."

"목사님 자중하십시오. 그리고 성불하십시오. 나무아미타불 관세음보살."

"일부일처제가 아닌 이상 남자가 어떤 여자를 하나 선택했다 해도 그것은 죄가 아니야. 법에도 그걸 죄라고 하지는 않지! 안 그런가? 땡중아! 개떡 같은 소리는 그냥 허공으로 던져버려. 그래야 세상이 보이지! 안 그런가?"

목사의 말에 주지 석찬은 생각했다. 왕사였던 신돈에 대하여 그가 말하는 것이 다 틀렸다고는 볼 수가 없다. 우리 사회 속을 들여다보며 다른 사회를 구별한다면 말이다. 목사 그를 쳐다보면 어쩌면 굉장히 박학다식한 면도 있는 것 같고. 한편으로 보면 형장에 망나니 같은 사람이다. 사회가 썩었으니 저런 사람이 목사가 된 것이다. 그러나 어느 목사치고 지금의 청주목사와 같은 생각을 전연 안 가지고 있다고 볼 수는 없는 게 아닌가?

"누구든 타인을 강제하면 안 되지만 법에 없는 일을 한다고 해서 법을 금방 만들 수는 없겠지요. 그러나 법이라는 글자를 해독해 보세요. 물은 아래로 흐른다는 지극히 평범하면서도 함축된 뜻입니다."

"이게 나를 가르치려 드느냐? 법은 그냥 즉석에서 만들면 법이지! 그게 목사가 할 일이야. 그러라고 목사를 둔 것이 아니냐? 목사가 즉석에서 그 지역에 또 그 시기에 합당하게 만든 법에 따르면 되는 것이야."

뜻을 이루지 못한 목사는 감옥 밖으로 나와서 감옥 사령(使令)을 보고는

"목사를 능멸한 흥덕사 사람들은 내일 숲에다 옷을 벗기고 나무에 묶어 놓을 것이다. 잘 지켜라."

'번외'를 이야기한 것이다. 그 고문은 명 태조 주원장이 좌 승상인 최측근인 호유용(胡惟庸)에게 최초로 내린 벌이었다. 그것은 아주 잔혹한 형벌이었다. 청주목사 이상길이 홍건적에 있을 시 동료들에게서 들었던 주원장이 실행하여 관리들의 부정부패를 막았다는 형벌이었다. 명 태조인 주원장은 부정부패가 있는 관리들은 어느 사람을 막론하고 호란지옥, 진초, 능지처참, '번외', 박피, 요참, 거열, 구오형, 궁형, 빈형, 소세 등 어느 한 가지를 시켜 참혹하게 죽게 했다. 그중에 하나가 '번외'라는 기상천외한 모기에 물리는 벌이었다. 그 벌은 온몸이 가려워 죽을 지경을 만든 다음 피부병이 온몸에 퍼진 후 닭과 오리를 먹이면 사람이 죽는 형벌이었다. 바로 그 '번외'라는 벌을 흥덕사 사람들에게 내리려고 마음을 먹은 것이다.

그 이튿날 목사는 감옥에 있는 주지와 달잠 묘덕을 불러내 오라고 명령했다. 어떻게든 묘덕의 수청을 받고 싶었으나 안 될 것 같다는 생각이 든 목사이다. 다시 끌려 나온 주지와 달잠 묘덕을 꿇어 앉히

고는 마지막이라며 닦달을 시작했다.

"이제는 홍덕사의 탈세 사건을 집행할 것이다. 우선 목사를 능멸한 중년을 의자에 묶어라."

주지 석찬은 나이 탓인지 곤장을 맞고는 걷기도 힘들었다. 그런데 죄 없는 묘덕을 또 채찍을 치려고 형틀에 묶인 것을 보니 기가 막혔다. 목사가 요구하는 것은 묘덕의 수청이다. 참으로 안하무인이다. 묘덕도 채찍을 맞아 허벅지에 상처가 났을 것이 분명하다. 홍덕사 주지 석찬이

"아무리 목사라 해도 국법이 아닌 법을 가지고 백성에게 대한다면 그것은 불법입니다. 나무아미타불 관세음보살."

"뭣이라? 형방 형틀에 주지를 묶어라. 어디서 전하의 법을 집행하려는데 반대하느냐? 주지면 다인가? 목사가 어디 그냥 된 줄 아느냐?"

소리를 지르고는 '아차! 했다.

그것은 매관매직을 본인 입으로 말한 것이 아니더냐!

주지 석찬이 고려의 현 관료들의 매관매직 그런 걸 모를 사람이 아니다. 말을 아끼고 참고 있는데 화가 치민 젊은 달잠이 겁 없이 한마디 했다.

"그러면 돈이라도 주고 사또 나리가 됐다는 말씀이신지요?"

목사의 치부를 크게 건드렸다. 일은 크게 벌어졌다. 목사는 달잠에게 화가 머리끝까지 올랐다.

"여봐라! 형방 저 헛소리하는 중놈을 형틀에 매고 우선 곤장 세 대를 쳐라. 맞아봐야 법이 무서운 걸 아느니라."

묘덕의 수청을 받으려다 안 되니 스님들에게 곤장을 어제도 치고 오늘도 또 친다니 그것은 정말 안 될 일이다. 이방이 나섰다.

"사또 나리. 아니 됩니다. 스님을 곤장을 치다니요."

목사는 언뜻 생각했다. 실권자였던 王師 신돈을 극형에 처했다는

것은 승려들이 별 볼 일 없다는 뜻이 아닌가? 그 생각이 다시 나자.

"시키는 대로 해."

소리를 버럭 질렀다. 달잠이 형들에 매여 곤장을 맞을 처지가 되자. 주지 스님 석찬이 나섰다.

"목사님, 저 스님 대신 제가 대신 곤장을 맞겠습니다."

"그려! 참으로 대단한 중이네! 네가 원한다면 그리해주지. 저 주지 놈을 먼저 곤장 세 대를 먼저 쳐라."

그러자 의자에 묶인 묘덕이 입을 열었다.

"사또께서는 중생을 닦달하고 죄 없는 사람을 곤장을 쳐도 됩니까?"

"뭐야? 이것들이 어디서 대드는 것이야?"

주지 석찬도 죽을 각오를 하고 대들었다.

"목사님 승려를 형들에 매달고 채찍을 치는 법은 없습니다. 국법을 지켜 주십시오,"

"이것들이 법법 하는데 법보다는 매가 더 앞선다는 것은 들어보지 못했느냐? 주지를 형들에 달고 곤장 세 대를 쳐라."

화가 잔뜩 난 목사는 세 대를 치라 하고도 갈피를 못 잡고 고래고 래 소리만 지르니 이방 형방 사령들 모두 머주하니 서 있을 뿐이다.

목사는 이방과 형방이 명령을 듣지 않고 머주하니 서 있자, 목사는 순간 당황했다. 이방과 형방도 명을 안 따르려 하는 게 아닌가? 이제 어떻게 하지! 그렇다고 벌인 일을 중단할 수도 없는 게 아닌가!

묶인 묘덕을 한번 쳐다보고는

"사령들은 저 중년을 채찍으로 세 대를 쳐라."

사령들은 어떻게 해야 하느냐는 듯 이방과 형방을 쳐다보았다. 그 래도 이방과 형방은 아무런 말이 없었다. 목사는 더 화가 났지만, 목 사가 직접 채찍을 들고 묘덕을 칠 수는 없는 일 아닌가! 목사는 다시 목청을 높여 소리를 질렀다.

"이방! 형방! 너희들 내 명을 거역할 셈이냐?"

이제 불똥은 이방 형방에게 떨어진 것이다. 목사 명을 안 들으면 항명죄가 되는 게 아닌가! 이방은 걱정이 이글거리지만, 형방을 쳐다보며 사령들에게 허락하라는 눈짓을 보냈다. 형방도 더 버틸 수가 없게 됐다. 형방이

"사또 나리의 지시를 따라라."

사령들에게 들고 있는 채찍으로 묘덕을 치라고 손짓을 했다.

사령들이 묘덕을 한 대 치자 묘덕은 몸을 뒤틀었다. 통증이 온몸을 휘감았다. 그런 와중에 묘덕은 묵묵히 서 있는 달잠을 쳐다보았다. 삼 개월 이상 정을 통해온 사내가 아니더냐! 나 같으면 죽더라도 매를 못 치게 달려들었을 터인데. 한 대를 더 맞은 묘덕은 달잠과의 관계가 더 괴로웠다. 파계하려고 마음먹은 그것도 괴롭고 짝사랑했던 달잠과 저지른 일이 마음을 더 아프게 했다. 세 대의 매는 세차게 몰려왔다. 몸은 축 늘어지는데 환희가 몰려왔다. 그것은 묘한 느낌이었다. 매를 맞는데 환희가 오다니? 그렇게 죽고만 싶다. 아주 죽이라는 듯 목사를 쳐다보았다. 목사는 "독한 년." 하고 묘덕을 쳐다보았다.

목사는 화가 머리끝까지 올랐으나 어떻게든지 주지 석찬을 닦달하여 죄를 만들어야 욕심을 채울 것 아닌가! 목사는 비구니가 주지 스님의 명령이면 수청을 들 것이라고 착각을 했다. 목사는 단 아래로 내려와 주지 석찬의 귀에 대고 소근거렸다.

"이번 일은 홍덕사에서 나라에 세금을 안 내서 된 사건입니다. 황필순의 자필 서명이 증거입니다. 탈세한 것은 국법을 어긴 것입니다. 그러나 묘덕(妙德)에게 명령하여 목사의 수청을 들면 이번 일은 없던 것으로 하겠습니다."

"뭐라고요? 비구니 스님의 수청을 받겠다고요?"

"왜요? 내가 미리 말하지 않았던가요? 목사가 여중 수청을 받으면

안 된다는 법이 있습니까? 탁발하러 다닌다고 하니 내가 거기에 시주를 좀 하리다. 그러니 그 여중이 내 수청을 들게 지시를 해주십시오. 그러면 어려운 일이 다 풀릴 것입니다."

주지는

'네 이놈! 하늘이 무서운지를 모르는 게구나!'하고 묘덕을 쳐다보니 그는 축 늘어져 있다. 더 맞으면 죽을 것 같다는 생각이 들었다. 묘덕을 살리고 싶었다. 속에서 올라오는 욕을 참고 좋게 말을 했다.

"만인을 위한 부처님의 도량을 깨닫기 위해 묘덕(妙德) 스님은 수행 중이십니다. 쇠 활자를 만들기 위해 탁발하러 다녔다고는 하나 그것 또한 만인을 위한 희생정신의 행동입니다. 주지가 수행 중인 비구니에게 목사 수청을 들라고 지시를 할 수는 없는 일입니다. 목사께서는 자중하십시오."

목사는 그 말에 대꾸할 말도 없지만 바구니에게 가한 몇 대의 채찍이 사람을 축 처지게 할 줄 목사도 몰랐다.

"여봐라. 저 중년을 형틀에서 내려라. 그리고 여기 죄인들을 전부 옥에다 가두거라."

그날 주지나 달잠에게 엄포만을 놓고 곤장은 치지 않았다. 묘덕만 채찍을 맞았다.

국가 정세를 모르는 목사는 스님들이 백성들에게 얼마나 큰 힘이 되고 있는지 모르고 있었다. 목사는 승려 신돈이 극형에 처한 것을 소문으로 알고 있었다. 아무리 생각해도 신돈을 극형에 처했다는 것은 승려들이 별 볼일 없다는 뜻이 아닌가? 그런 것 같다! 어떤 일을 해도 걸릴 게 없어 보였다!

그리하고는 이방을 옥으로 보내 이제는 마지막이라며 묘덕(妙德)이 수청만 들으면 다 무죄 석방한다고 비밀리에 전하라 했다.

목사는 그리 명령하고는 다른 작전을 생각했다. 각 방들을 모아놓고 비구니에 대하여 아는 대로 말하라고 했다. 그곳에서 목사는 중요한 단서를 하나 포착했다. 입을 다물고 있던 형방이 족쳐대는 목사에게 항복하고 입을 연 것이었다. 그것은 형방에게 문하사인(門下舍人) 한소(韓昭)라는 과거 급제자가 묘덕과 만난 사실을 알고 있었던 것을 실토한 것이다. 과거에 급제하고 승차를 하여 청주 고향에 온 문하사인(門下舍人) 한소(韓昭)라는 사람을 묘덕이 어머니인 홍화네 집에서 만났다는 것이다. 그리고 한소(韓昭)는 묘덕에게 땅문서를 시주했다는 이야기도 들었다. 목사는 희희낙락하며 그 약점을 이용하려 했다.

그것도 안 되면 그 '번외'라는 기상천외한 수단을 쓰리라 생각한 것이다.

또 며칠이 지난 후 목사는 감옥에 갇힌 묘덕(妙德)을 꺼내오라고 형방에게 지시하였다. 묘덕(妙德)은 채찍에 맞아 옷은 피에 젖었으나 얼굴은 정말 미인이다.

목사는 '이제 너는 독 안에 든 쥐야!' 기세등등하게 말을 꺼냈다.

"너 중이지만 뭐 사람은 똑같지 않냐? 내 수청을 들으면 내가 흥덕사 사람들은 방면한다고 했는데 그 이야기는 들었지?"

"왜 말을 안 하냐? 청주목은 내 것이야. 내 맘대로 할 수가 있는 곳이야. 죽이고 살리는 것도 내 맘이란 말이야. 너 한소(韓昭)라는 문과에 붙은 기거랑(起居郎) 그 사람하고 밤잠을 잤다며? 젊은 놈이니 좋았겠지! 기거랑보다는 내가 높지. 언제 내 수청을 들 것인가?"

그 말을 하고는 이제는 꼼짝 못 하겠지! 했다. 그런데

"제가 한소(韓昭)씨와 밤을 새우며 무엇을 했습니까? 무슨 증좌가 확실히 있나요?"

"뭣이라? 이 중년이… 그래 너 말 잘했다. 한소(韓昭)라는 자가 너한테 돈도 보내서 쇠 활자 만드는 데 쓰라고 했다며 그것은 국고를 훔쳤을 거야, 조사하면 다 나와. 감히 중년이 목사를 깔보다니."

터무니없는 말도 서슴없이 해대는 목사 앞에 묘덕은 말문이 막혔다.

"여봐라, 밖에 누구 없느냐?"

"네 이방 대령해 있습니다."

"이 중년을 형틀 의자 묶어라. 세 대만 더 때려라. 어디 네가 이기나 내가 이기나 해보자."

묘덕은 '이제는 나를 목사가 죽이려는가 보다.' 채찍을 한 대 맞고는 배신자 같은 달잠을 쳐다보았다. 그에 시선은 다른 곳을 향하고 있다. '나 같으면 죽을 각오로 달려들어 매를 못 치게 했을 터인데.' 그 생각이 다시 든 묘덕은 달잠에게 반항심이 생겼다. 그게 사랑의 대가인지는 모르나. 한 대를 더 맞을 때마다 환희를 느꼈다. 매라는 것은 고통만 있는 게 아녔다. 더 큰 아픔의 매를 맞고 싶었다. 세 차례의 매가 끝난 후 반항을 했다.

"그래. 더 때리시오!"

"그래? 여봐라 저 독한 중년을 더 때려라."

그 매는 묘덕의 몸을 피투성이로 만들었다. 그녀의 반항은 달잠에게 하는 반항이다. 그녀에게 하룻밤 만리장성을 쌓는다는 이야기는 조소 섞인 전설일 뿐이다. 내가 매 맞는 채찍 소리가 날 때마다 달잠에게 아픔을 더 줄 것이다. 그렇게 이중적인 사람의 마음은 변하는 것이다. 이를 꼭 물었다. 이게 파계할 자의 벌이라고……

아픔을 참을 수 있는 것은 원망 충족인지도 모른다. 가해지는 채찍의 매는 분명 강렬한 아픔은 희열이었다. 눈은 감았지만 아픔 속에서 달잠은 나를 쳐다보고 있을 것이다. 더 맞을수록 희열이 올까? 하늘이 빙글빙글 도는 몸도 도는 것 같다.

다섯 번째의 채찍은 옆에 있던 달잠이 희미하게 보이게 했다. 멍한 귀에는 아무 소리도 안 들린다. 그저 꿈속을 걷는 것만 같다. 무슨 영문이지 몸이 땅에 닿는 느낌이 오고 구름 속으로 들어갔다. 구름 속은 너무나 편안했다. 어떤 소리도 없고 그저 환한 길로 그냥 가는 것이다. 홍화가 그 꼴을 보고는 묘덕이 앞에서 기절했다. 목사는

"여봐라! 홍덕사 사람들을 전부 감옥에 가두거라."

홍화는 형방에게 뇌물을 주고 밥도 못 먹는 것 같아 묘덕을 몰래 만나 밥을 먹이려고 닭을 삶아가지고 감옥엘 갔다. 묘덕은 거의 초주검이 돼 있었다. 홍화는 울고불고하나 어떻게 해볼 수도 없는 처지였다.

그렇게 홍덕사 주지와 스님들이 청주목사에 의하여 유린당하고 있었으나 누구 하나 목사가 무서워 입을 벌리는 자가 없었다.

주지 스님과 달잠을 옥에 가둔 지가 5일이 넘자 홍덕사에서는 난리가 났다. 아무리 목사라지만 주지 스님을 말도 안 되는 죄명으로 곤장을 치고 옥에 가두다니. 홍덕사 주지 석찬의 시자인 보일 스님이 강화도 선원사와 개경 어사대(御史臺)로 억울한 사연을 적어 보낼 사람을 찾고 있었다. 당나귀는 당나라 군인들이 쓰던 말인데 두 종류가 있었다. 빠르게 잘 달리는 군용당나귀와 체구가 작은 조랑말들이 있었다. 군용당나귀는 권문세족이나 큰 사찰에는 다 가지고 있었다. 그런데 홍덕사에는 그 당시 군용당나귀가 없고 늙은 조랑말 한 마리가 있었다.

일이 찰 풀리려고 그랬던지 강화도 선원사에서 「직지심체요절」을 더 구하려고 홍덕사로 군용당나귀를 타고 스님 한 분이 오셨다. 그러자 홍덕사 주지 시자는 곤장을 맞고 옥에 갇힌 홍덕사의 주지 스님의 이야기를 했다. 상소문을 써 달라고 하여 시자는 자세한 이야기를 써서 그 스님에게 주었다. 선원사에서 온 스님은 「직지심체요절」을 가지고 가면서 개경을 먼저 들러 상소문을 올릴 것이라고 이야기하고 떠났다. 그 상소문은 어사대로 접수되고 어사대에서는 충청 관찰사에

게 조사하라고 파발마를 보냈다. 그리고 우왕에게 보고하였다. 나온 왕사의 시자였던 보현스님도 우왕을 직접 찾아가 흥덕사 사건을 조사해 달라고 하였다.

우왕은 왕사인 나옹선사가 1376년 입적하여 서운하던 판인데 그 소식을 듣고 화가 머리끝까지 올랐다. 즉시 어사대 감찰부정을 불러 청주목에 가서 세세한 것을 조사하고 보고하라는 어명을 내렸다.

22.
아! 천재 묘덕이 그렇게 가다니

목사는 잔혹한 채찍을 맞은 묘덕(妙德)이 수청은 안 들 것 같다는 생각이 들자,

"형방을 불러라."

형방이 달려오자

"홍덕사 여중을 윗옷을 벗기고 숲 나무에 양팔을 묶어 놓아라."

"사또 나리. 채찍으로 맞은 상처가 많이 있는데 죽지 않을까요? 지금 그 스님은 일어서지도 못합니다."

"시키는 대로 해. 나무에 묶으면 되잖아! 그렇게 하면 모기가 달려들어 문다. 손을 붙들어 맸으니 가려워 미칠 것이다. 그러면 아무리 독한 놈도 항복한다. 안 그러냐?"

참으로 기가 막힌 벌이고 처음 들어보는 이야기이다. 형방은 시키는 대로 할 수밖에 없다. 그래도 비구니 옷을 벗기고 나무에 매단다는 것은 너무한 것 같다.

"사또 나리 비구니가 입은 옷을 벗기면은 추워서 죽을 수도 있고…."

하고는 그는 목사를 쳐다보았다.

"저 중년은 젊으니까 채찍 맞은 것은 문제가 없을 것이다. 이틀이면 아마 항복할 것이다."

묘덕은 몇 시간 동안 모기에 시달리다 못해 거의 다 미칠 지경이 됐다. 그래도 목사는 그들을 묘덕을 묶인 나무에서 안 풀어 줬다. 모기가 물어도 죽는다고 이야기는 금시초문이지만 모기가 물어 가려워

도 긁지를 못하면 초주검 상태가 된다는 것을 맛보라는 것이다. 말을 안 들으면 며칠을 모기에 물린 사람에게 마지막으로 닭고기나 오리고기를 먹이면 그들은 죽는다는 것이다. 들은 이야기이지만 기상천외한 형벌이다.

아무리 회유해도 안 될성싶으니 그 '번외'라는 기상천외한 형벌의 수단을 쓴 것이다.

묶인 지 몇 시간 만에 묘덕은 나무에서 축 처져 기절을 했다. 형방이 죽을 것 같다는 보고를 하자 목사는 그를 풀어 감옥에 가두라고 하였다. 목사는 사람이 죽으면 아무래도 골치 아플 것 같다. 스님들은 다른 사람과는 다를 것 같은 생각이 들었다. 튼튼한 줄이 있으니 상관없겠지! 하면서도 혹시나 하며 그동안 모은 돈을 준비해놓고 마음을 놓고 있었다.

그런데 이방이 묘덕이 감옥에서 죽었다고 목사에게 급히 보고했다. 우선 감옥 출입을 일절 금하라고 지시를 하고는 몸이 달았다. '사람이 죽었다면 일이 달라질 게 아닌가?' 그 소식을 들은 목사는 쩝쩝하면서 홍건적의 말이 맞는구나! 하고 뒤처리를 쥐도 새도 모르게 처리하리라 생각을 하고 있었다.

사람이 죽었으니 골치가 아프고 마음이 좋지는 않다. 무슨 일이 있으면 '돈으로 때우면 되겠지.' 했다.

① 사헌부 어사대 감찰 부정의 출동

묘덕(妙德)이 채찍을 맞고 옥에 갇히자, 친어머니 홍화도 고민하다가는 묘덕(妙德)과 한시를 주고받던 한소(韓昭)를 생각했다. 한소(韓昭)와 묘덕(妙德)과는 이성 관계가 없었다는 것은 홍화가 잘 안다.

그러나 서로 연락하기로 약조는 한 사이이다. 한소(韓昭)가 들어줄는지는 모르지만, 홍화는 극비리에 조랑말을 구하여 믿을 만한 사람을 개경에 있는 한소(韓昭)에게 목사의 폭정과 홍덕사 스님들과 묘덕이 옥에 갇혀있다고 편지를 써서 보냈다. 그리고 답을 받아 오라고 했다.

사람을 개경으로 보낸 홍화는 하루하루가 애타는 날이었다.

홍화가 개경으로 보낸 사람이 열흘 만에 답장을 받아 가지고 왔다. 홍덕사 주지가 곤장을 맞고 옥에 갇혀있다는 그 이야기는 한소(韓昭)도 알고 있다고 했다. 홍덕사에서 시자가 쓴 글을 가지고 간 스님은 군인들이 타던 당나귀를 타고 갔기에 홍화가 보낸 사람보다 개경에 먼저 갔기에 그는 알고 있었다. 강화도 선원사에서도 조정에 탄원이 들어와 사실을 알려 어사대(御史臺)에서 감찰부정(監察部正)이 나갈 것이라는 서신을 홍화는 받았다. 이제 딸인 묘덕을 살릴 수 있을 거라는 희망이 생겼다. 그러나 그 희망은 꿈이었다. 묘덕이 감옥에 갇히고 고문을 당한 지 보름만에 감옥에서 죽은 것이었다.

충주 관찰사가 어사대의 명령을 받고 사령(使令)들을 대동하고 말을 타고 청주목에 들이닥쳤다. 관찰사가 통보도 없이 오자, 청주목사 이상길은 깜짝 놀랐다. 묘덕이 죽은 그것을 알 리는 없는데….

무슨 일로 왔는지는 모르나 관찰사가 왔다면 돈을 줘야 할 것이 아닌가! 돈으로 때울 참이다. 관찰사가 청주목에 왔다는 소식은 빨리도 퍼졌다. 청주목사는 바로 비상이 걸렸다. 관찰사의 식사 준비를 시키며 정신없이 각 방들을 다그쳤다. 그리고는 관찰사를 청안에 객실 방으로 모시고 백성들로부터 착취한 은병 화폐 10개를 드리고 굽실거렸다.

"저를 알아보시는지는 모르지만, 저의 가까운 친척이 이기춘이라고 현 우왕 님의 최측근인 문하우시중(門下右侍中)이지요."

나 이런 사람입니다. 잘못 건드리지 말라는 신호이기도 하다. 우왕이 동궁 시절 동궁의 책임자였던 문하우시중(門下右侍中) 이기춘은 우왕과도 바로 접촉이 가능한 직책을 가진 자이다. 그걸 모르는 관찰사가 아니다. 웬만하면 모든 걸 덮고 그냥 넘어가려고 생각했다. 그것은 방금 뇌물을 받은 것도 있고 정부의 실권자인 문하우시중(門下右侍中) 이기춘에게 잘 보이려는 뜻도 있었다.

관찰사가 청주목에 왔다면 무슨 일이 벌어진 것만은 확실하다. 소문은 일파만파로 퍼졌다. 청주목 동헌으로 사람들이 모이기 시작했다.

관찰사는 청주목에 들어오자마자 뇌물부터 받고는 느긋했다. 적당히 처리할 셈이다. 부드럽게 흥덕사의 주지 사건을 물었다.

"흥덕사의 주지 스님을 고문하고 하옥했다는 게 사실인가?"

"하옥한 것은 사실입니다. 큰 고문은 안 했습니다. 조사 중 매 몇 대 때렸을 뿐입니다. 큰 고문이라면 그 증좌가 있어야 할 것 아닙니까?"

"흥덕사 주지가 잘못한 죄는 무엇인가?"

"직지라는 책을 만들어 팔고도 몇 년 동안 세금을 한 푼도 안 냈으니 탈세자입니다."

"그래 그 증좌는 있는가?"

"지금 그것을 조사 중입니다."

뇌물을 받은 관찰사는 식사 후에 가만히 생각해 보니 조정에서 파발 말에 서신을 보낸 것을 보면 그냥 넘어갈 수는 없을 것 같았다. 몇 사람을 불러 조사해 보기로 했다. 흥덕사 주지 사건을 조사하라 했으니 옥에 갇힌 그들을 불러오라고 지시를 했다.

홍덕사 주지 석찬과 승려 달잠에게 한 사령이 묘덕이 죽었다고 귀띔을 했다. 목사의 폭정이지만 그들도 어쩔 도리가 없는 것이었다. 스님들은 나무 관세음보살을 뇌이며 그저 부처님에게 매달렸다. 그때 사령들이 주지 스님과 달잠을 동헌으로 가자며 이끌어 청안에 와보니 그는 관찰사였다. 주지 석찬은 이젠 됐다, 싶었다. 이제 목사의 폭정을 말을 하려고 생각하며 벼르고 있었다.

관찰사가 먼저 입을 열었다. 주지 석찬에게

"홍덕사 주지가 맞는가?"

달잠이 달려들어

"관찰사 나리 그분이 주지 스님이 맞습니다. 죄도 없는 사람을 곤장을 치고 고문을 하여 비구니를 죽게 한 것이 나라 국법입니까?"

관찰사에게 대들었다.

"죽다니요? 누가 죽었습니까?"

관찰사도 금시초문이니 놀랐다.

"홍덕사의 비구니가 죄도 없이 감옥에서 죽었습니다."

목사는 깜짝 놀랐다. 그 사건은 암암리에 시신을 홍화에게 주고 천천히 비밀리에 처리하려고 입 다물고 있었는데 어찌 저 달잠이 먼저 알았을까? 그러나 관찰사 앞이니 그저 입을 다물고 있을 수밖에 없다.

"뭐요? 비구니가 죽다니요?"

관찰사는 목사를 쳐다보았다.

"관찰사님 조사하려고 감옥에 가두었는데 감옥에서 죽었나 봅니다."

"그것을 왜 보고 안 했는가?"

"보고하려던 참이었습니다. 조사 중 입 다물고 말을 안 하여 산에다 묶어 놓기만 했습니다."

관찰사는

"그래요. 그것은 내일 다 함께 조사해 봅시다."

그리하고는 목사를 한번 쳐다보았을 뿐이다. 관찰사는 주지와 달잠을 조사가 끝날 때까지 다시 하옥하라고 시켰다. 목사는 모든 게 잘 넘어가야 할 터인데 묘덕이 죽었으니 골치가 아프다. 뇌물을 더 써야 할 것 같다. 은병 화폐를 더 준비하여 관찰사에게 주고는 이제는 되었겠지 하며 마음을 놓았다. 이튿날 관찰사는 주지 스님과 달잠을 불러놓고

"청주목사가 스님을 감옥에 넣었다 하는데 보아하니 걸음도 잘 걸으시니 큰 고문을 받은 것은 아니지요?"

같은 편일 거라는 것을 단번에 인지한 주지 석찬은 말을 하려다가 입을 굳게 닫았다. 그리고 나무 관세음보살만을 외우며 관찰사를 한번 쳐다보고 고개를 돌렸다. 달잠이 나섰다.

"관찰사 나으리, 주지 스님과 저는 곤장을 맞고 감옥에 갇혀있었으며 묘덕 스님은 채찍을 맞고 하루 동안 옷을 벗기고 모기가 물으라고 나무에 묶어 놨었습니다. 그 고문에 비구니가 죽었습니다. 그보다 더 큰 고문이 있습니까?"

관찰사가 '번외'라는 고문을 모를 리가 없다. 사람이 죽었다면 문제가 될 수 있다. 그러나 목사 그는 나보다도 더 높은 자의 그늘 아래가 아닌가! 그는 그 사건을 덮으려고 엉뚱한 말로 받아쳤다.

"내가 보아하니 모기라는 것은 손톱으로도 죽일 수 있는 작은 벌레일 뿐인데, 사람이 죽다니? 저 중놈이 어디에다 대고 함부로 말을 하는 것이냐?"

관찰사는 그 말을 하고는 청주목사를 힐긋 쳐다보았다. 나는 네 편이야, 그거였다.

큰 뇌물을 받은 관찰사는 주지 석찬을 보았다. 고문을 했다면 옷에 피가 범벅이 되었거나 걷지를 못해야 맞는 게 아닌가! 태장이나 다른

큰 고문을 한 흔적도 없는데 청주목사를 다그칠 필요가 없는 것 같다. 주지가 걸어 다니니 그냥 넘어가도 별 탈은 없어 보인다. 죽기를 각오한 달잠이 나서서 관찰사를 쳐다보며 말을 토해냈다.

"관찰사 나으리, 죄가 없는 사람도 죄를 만들어 고문하는 것이 국법인가요? 우리 묘덕 스님은 죄를 지은 게 하나도 없습니다. 그런데 감옥에서 죽었습니다."

관찰사에게 뇌물을 바친 목사는 기가 살아 관찰사를 쳐다보았다. 관찰사가 아무 말이 없자.

"아니 저 중놈이 살고 싶지 않은 모양이구나. 관찰사님 앞에서 대들다니,"

"저놈을 채찍으로 세 대만 쳐라."

사령들이 달려들어 달잠을 나무 의자에 묶었다. 뇌물을 받은 관찰사는 쳐다만 보고 말았다. 달잠은 이를 악물고 나무 관세음보살을 외우며 세 대를 맞았다. 무릎은 바로 피투성이가 되고 기절을 했다. 그러자 그를 나무 의자에서 풀어내려 놓았다. 아무리 강한 사람도 축 늘어질 수밖에 없는 형벌이었다. 그것을 본 주지 스님은 입을 벌려 말을 하기는커녕 눈을 감고 말았다. 관찰사가 가만히 구경만 하고 있자. 청주목사는 그러면 그렇지! 네깟 놈들이 나를 이길 것 같아! 속으로는 쾌재를 부르고 있었다. 관찰사는 동헌에 모인 사람들을 향하여

"여기 청주목에서 억울한 일을 당한 사람이 있으면 저기 매달린 북을 쳐라. 그리고 고변하거라."

그것은 목사의 죄를 덮으려는 것에 불과했다. 사람들은 달잠 스님이 가죽 채찍으로 맞고 땅에 쓰러져 있는 것을 보고는 감히 나설 수조차 없는 분위기였다. 스님이 죄를 지을 리가 없다는 것은 다들 안다. 아무도 말을 못 하고 있자, 청주목사가 관찰사 옆으로 가서 속삭

였다.

"관찰사님. 오시느라고 피곤하셨을 터이니 하룻저녁 기생과 노독을 푸신 후 내일 조사를 하시지요."

관찰사는 청주목사를 보고 고개를 한 번 끄덕이고는

"주지 스님은 말을 안 하니 내일 더 조사해봐야 하겠다. 일단은 몸을 묶지는 말고 옥에 가두거라. 내일 아침에 다시 조사할 것이다."

돈이면 다로구나! 청주목사는 환희를 느꼈다. 관찰사는 내일 적당히 하고는 갈 것이다. 그 많은 돈을 받고 무슨 죄를 추궁할 것 같지는 않다. 그저 이방에게 술상을 준비하고 기생들을 준비시키라고 지시했다. 기생 수청을 받은 관찰사는 청주목사에게 비구니 죽은 것을 그 어미인 홍화에게 돈을 주어 합의할 것을 말하였다. 그것은 눈을 감아준다는 이야기이다.

그 이튿날 관찰사의 조사가 다시 시작되었다. 형식적으로 조사를 하고 충주로 가서 사헌부에 보고를 할 셈이다. 관찰사도 사헌부에 중요직에 아는 사람이 있다. 그러니 관찰사가 적당히 보고를 해도 큰일은 없어 보였기에 그냥 덮어 버리려고 생각했다.

관찰사의 조사를 보려고 동헌에는 사람들이 구름처럼 모여들었다. 그 구경꾼들 안에는 청주목사에게 돈을 빼앗긴 사람들도 다수가 있었다. 그 안에는 땅을 빼앗긴 심마니도 있었다. 심마니 한식이는 북을 칠까 말까 망설이고만 있지 어떻게 할 수가 없다. 홍덕사 주지님이 해결 못 한 것 관찰사님이 해결해줄까? 의문이었다. 죽기 아니면 살기인데 과연 어찌해야 할까! 퉁탕거리는 심장 소리만 듣고 있었다.

조사한 척하려고 감옥에 있는 주지 스님과 달잠을 동헌으로 불러냈다. 비구니가 죽었다는 이야기는 빼고

"흠. 음. 내가 어제 청주목사에게서 들은 이야기는 홍덕사의 탈세 사건을 조사하는 데 전연 협조를 안 했다고 하는데 그게 사실입니

까?"

주지 석찬이 한참이나 입을 안 열자, 이번에도 달잠이 나섰다. 목소리가 잘 들리지 않을 정도로 달잠도 지쳐 있었다.

"관찰사 나으리, 흥덕사에서는 탈세한 적이 없습니다. 직지를 쇠 활자로 책을 만들어 팔아 돈을 벌었다고 하는데 그것은 책을 판 것이 아니라 불경 공부하는 스님들에게 무료로 나누어 주는 책입니다." 나무아미타불 관세음보살.

"나는 너에게 물은 것이 아니다. 주지에게 물은 것이다."

그리고서는 관찰사는 청주목사를 쳐다보았다. 청주목사는 고개를 흔들었다. 그의 말이 아니라는 표시이다.

"네 말이 사실이렷다. 흥덕사에는 돈이 들어오고 나가는 장부가 있느냐?"

"관찰사 나으리, 있습니다." 나무아미타불 관세음보살.

"이방은 사령을 데리고 흥덕사 절로 가서 그 서류를 가져오너라."

그리 지시하고서는 목사와 허허거리며 잡담을 나누다가, 비구니가 생각났는지

"비구니가 죽은 것을 확인했는가?"

"네. 보고는 받았지만, 확인을 안 한 상태입니다."

목사는 다 알면서 능청을 떨었다.

"모기가 물었다고 죽을까요? 아마 다른 사연이 있을 것입니다."

하긴 관찰사도 모기가 무는 형인 '번외'의 이야기는 들어 봤어도 우리나라 사람이 모기가 물어 죽었다는 이야기는 듣지 못했다.

"주지 스님을 곤장을 쳤다는 것을 어사대(御史臺)에서 알면 안 될 텐데…."

"관찰사 나리, 그런 일은 없을 것입니다. 시키신 대로 비구니 건은 암암리에 해결할 것입니다. 걱정하지 마십시오."

그런가 할 때 청주목 동헌 앞에 말발굽 소리가 요란히도 나더니 십여 명의 사람들이 말에서 내려 깃발을 들고 동헌으로 들어섰다. 동헌에 모인 사람들도 놀랐지만, 더 놀란 것은 청주목사와 충청 관찰사이다. 그들의 얼굴은 흙색으로 변했다. 동헌 안으로 들어오는 그 깃발은 고려의 어사대(御史臺) 소속 감찰부정(監察部正)의 깃발이기 때문이다. 목사나 관찰사도 꿈에도 생각지 않은 일이 벌어진 것이다. 푸른 바탕에 붉은 글씨로 쓴 어사대(御史臺) 소속 감찰부정(監察部正) 깃발은 큰 사고를 조사할 때 가지고 다니는 왕의 명령과도 같은 것이다. 아무리 높은 직책의 관리도 조사를 위한 권위인 깃발 앞에서는 무릎을 꿇어야 한다.

관찰사와 목사는 말에서 내린 감찰부정(監察部正) 앞에 무릎을 꿇었다. 동헌 안을 꽉 차게 모인 사람들은 도대체 알 수 없는 일에 눈이 소 눈만 하게 커지고 입이 벌어졌다. 개경에서 감찰부정(監察部正)이 직접 나온 것이다.

홍덕사에서 주지 스님의 시자 스님이 보낸 선원사 스님은 군인들이 타던 당나귀를 타고 갔기에 홍화가 보낸 사람보다 개경에 먼저 갔다. 그리고 상소문을 올리고 선원사로 갔다. 그것을 본 어사대(御史臺)에서 우왕에게 보고하자 우왕은 청주목으로 감찰부정(監察部正)을 보낸 것이다. 동헌 안으로 들어선 어사대(御史臺) 소속 감찰부정(監察部正)도 동헌에서 벌어지고 있는 것을 보고 놀랐다. 그들은 말에서 내리자마자, 홍덕사 주지 스님 앞으로 가서 예의를 차렸다. 주지 스님은 곤장을 맞았는지 걸음걸이가 부자연스러웠다. 한 젊은 스님을 보니 그분은 채찍을 맞아 하의가 피에 물들어 있다. 그것을 조사하려고 개경에서 말을 타고 달려온 것이 아니던가!

"청주목사는 들어라. 스님들의 죄가 무엇이냐?"

청주목사와 충청 관찰사는 입도 벌리지 못했다. 그러자 감찰부정

(監察部正)은 달잠 스님을 일으켜 세우자 다시 주저앉았다. 채찍을 맞아서 옷은 피투성이였다.

"충청 관찰사는 청주목에 와서 조사한 것을 세세히 고하여라."

그 명령은 왕명이나 마찬가지인 것이다. 동헌에 있던 사람들이 보니 그 하늘을 찌를 것만 같았던 위세 당당하던 충청 관찰사는 고양이 앞에 쥐였다. 사람이 금방 저리 변할 수가 있을까! 놀라운 장면이었다. 그럴 때 홍덕사에 장부를 가지러 갔던 이방과 사령이 동헌 마당으로 들어왔다. 이방도 입을 다물지 못할 광경에 넋 나간 듯 그냥 서 있었다. 이방의 발은 동헌 마당에 붙은 것만 같았다. 그는 한 발짝도 걸을 수가 없었다.

관찰사는 다 죽어 가는 소리로

"네, 지금 조사 중입니다."

"홍덕사에 스님들 조사받은 분이 이 두 분뿐이냐?"

"아닙니다. 비구니가 한 명 더 있습니다."

"그 비구니를 불러오너라."

"네. 그 비구니는 감옥에서 엊그제 죽었다 소리를 들었습니다."

감찰부정(監察部正)도 놀랐다. 비구니 스님이 감옥에서 죽다니!

"그것을 조사해 보았느냐?"

"조사하려고 하는 참입니다."

"다시 한 번 묻는다. 비구니가 감옥에서 죽었다고?"

관찰사 목사 입을 열 수가 없는지 말을 못 했다.

"감찰 사령은 감옥으로 가서 묶여 있는 자나 죽은 자도 다 데리고 오너라."

감찰 사령은 포졸을 앞세우고 감옥으로 갔다. 그는 감옥에는 세금을 안 냈다며 갇힌 여러 명과 죽은 묘덕의 시신을 가지고 동헌으로 왔다. 묘덕의 시신이 거적에 덮여 오자 감찰부정은 거적을 들치고 몸을 보았다. 깜짝 놀랄 일이었다. 온몸은 물집이 잡혀 있고 시신은 검게 변해 가고 있었다. 이제는 딸이 살았다고 생각하고 있었던 홍화는 그런 사실을 모른 채 동헌으로 달려왔다. 홍화는 묘덕의 시체를 보고 달려들어 끌어안고 통곡을 했다. 감찰부정(監察部正)은 목사를 쳐다보며 물었다.

"스님의 시신이 왜 그렇게 되었는지 목사는 말하라."

말을 안 할 수가 없다.

"저기… 탈세 조사 중 말을 안 하여 산에 묶어 놓았었습니다."

감찰부정(監察部正)이 그걸 모를 리가 없다.

"'번외' 고문을 했다는 이야기구나."

"아니, 그저 두어 각 묶어 놨을 뿐입니다."

"우왕께서는 청주목 흥덕사 주지 스님을 곤장을 치고 감옥에 넣었다는 상소문을 보고 대노하셨다. 모든 사실을 밝히라고 나를 보낸 것이다."

관찰사와 목사는 벌벌 떨며 처분만 바라는 입장이 되었다.

"목사 네 이놈! 네가 명 태조 주원장의 흉내를 낸 것이 분명하구나!"

조사는 삼 일간 진행되었다. 관찰사가 받은 은병 화폐 뇌물도 현장에서 압수하고 억울하게 감옥에 갇혀있든 사람들을 풀어 주었다. 그리고 청주목사에게 재물을 갈취당한 수많은 사람을 닷새 동안 전부 불러 조사를 했다. 강제로 빼앗을 쌀과 화폐를 돌려주었다. 그리고 억울한 사연이 있는 사람은 동헌에 북을 치라고 방을 붙였다.

심마니 한석이는 이게 기회다 싶었다. 북 앞으로 돌진했다. 큰 북채를 들고 사정없이 북을 두들겨 팼다. 홍화도 동헌에 엎드려 억울함을 호소하였다. 심마니의 땅은 청주목사로부터 다시 돌려받게 됐다. 그리고 이방을 비롯한 각 방들도 조사하여 받은 뇌물을 전부 돌려주게 했다. 각 방들이 짜고서 조사받은 것은 효과가 있었다. 각 방들은 곤장 10대씩을 때리고 파직시켰다. 감찰부정은 묘덕의 시체를 홍화에게 장사를 지내라고 주었다. 아아! 어찌하오리까! 묘덕과 뱃속의 아이 두 생명이 죽은 것이다.

묘덕은 이름난 고승이 아니기에 다비식을 못 하고 매장을 해야 했다. 장사를 지낼 때는 흥덕사 스님 전부와 주지 석찬 또 고문에 걷기도 힘든 달잠이 뒤를 따랐다.

홍화는 죽은 묘덕의 시체를 끌어안고는 통곡을 하며 '한소(韓昭)의 후처로 갔으면 이런 일이 없을걸.' 그 잘생긴 한소(韓昭)의 얼굴이 떠오른다. 스님들 장의 예식이 끝난 후 홍화는 묘덕을 땅에 묻고는 땅을 치며 오열했다. 표현할 수 없는 가슴의 응어리가 절규하며 눈물의 통한 속으로 깊게 질질 끌고 들어갔다. 어미로써 어떻게든 묘덕을 후처로 못 보낸 것이 후회막심하다. 이것이 인생인가! 주체할 수 없는 눈물이 흐르며 삶에 회의를 느꼈다. 말 못 할 추억이 가슴 속으로 파고들어온다. 기생으로 살아온 한평생 그게 꼭 좋은 것만은 아니었다. 먹고 살기 어려운 시절 먹고 사는데 걱정 안 하고 살아온 것이 내 인생의 다였다.

뭇 남자들은 치마만 두른 여자만 보면 침을 질질 흘리는데 묘덕이 친아버지는 달랐다. 권력을 가진 호랑이가 아녔다. 그는 여인을 아는 남자이고 정을 주는 남자였다. 묘덕을 보면 항시 그 목사가 생각이 났다. 묘덕을 보고 백운 화상은 천재라고 하였다. 제 아버지와 빼닮은 수재였나보다. 자식이 하나 있었다는 것은 큰 보람이었다. 홍화는 딸인 옥경이가 커가는 것을 볼 때 가장 행복했었다. 그래서 묘덕을 보러 자주 가고 싶었다. 이제 옥경이를 묻으면 나는 어찌 살아야 한단 말인가!

② 문하우시중, 충청관찰사, 청주목사의 최후

조사를 끝낸 감찰부정(監察部正)은 충청 관찰사와 청주목사를 개경으로 압송했다. 감찰부정(監察部正)의 조사가 시작되자, 권문세족의 문하우시중(門下右侍中) 이기춘은 우왕의 측근임을 강조하며 감찰사를 바꾸겠다고 협박까지 하였다.

감찰부정(監察部正)의 조사 결과는 문하우시중(門下右侍中) 이기춘이 이상길로부터 은병 화폐 오십 개를 받고 좌부시랑에 청탁을 넣자 좌부시랑은 실세인 이기춘의 부탁을 거절할 수가 없었다. 그래서 문하우시중(門下右侍中) 이기춘이 천거하는 이상길을 좌부시랑은 조사도 안 해보고 그냥 청주목사로 발령을 낸 것이라고 결론을 내렸다.

이기춘이 뇌물로 받은 그 돈은 이상길이 홍건적으로부터 훔친 돈이었다.

그리고 목사가 된 이상길은 안하무인이 되어 홍덕사 주지 석찬을 탈세를 이유로 곤장을 치고 감옥에 가두었으며 홍덕사 비구니에게 수청을 받으려 하다 안 되니 '번외'라는 고문을 하여 죽게 한 것이다. 그리고 청주목에 폭정을 자세히 썼다.

감찰부정(監察部正)의 보고를 받은 어사대(御史臺)는 그들을 다시 조사했다. 감찰부정(監察部正)의 조사는 정확하였다. 관찰사는 뇌물 증거인 은병 화폐가 나오자, 조사서에 수결을 하였다.

감찰부정(監察部正)은 문하우시중(門下右侍中)이기춘의 협박까지도 그대로 사헌부에 보고하였다. 감찰부정(監察部正)의 상부인 어사대에서는 우왕에게 조사 결과를 보고하였다.

"폐하, 홍덕사의 주지 스님 고문에 관련된 모든 사람을 조사했습니다. 홍덕사 주지와 달잠 스님을 곤장을 치고 감옥에 가두었었으며 비구니 묘덕은 '번외'라는 고문을 하여 죽게 하였습니다. 홍덕사 스님 조사를 하다 보니 문하우시중(門下右侍中) 이기춘이 이상길에게 은병화폐 오십 개의 뇌물을 받고 청주목사를 하게 해준 사람으로 나왔습니다. 저희로서도 문하우시중(門下右侍中) 이기춘을 조사한다는 게 부담입니다. 그는 폐하의 신임이 두터울 뿐만 아니라 조정의 대사를 모두 관장하는 폐하의 측근이오니 어찌하면 좋겠습니까?"

"뭣이라? 문하우시중(門下右侍中) 이기춘이? 선왕 폐하께서는 원나라를 세운 주원장의 기록을 보고 아무리 나라를 같이 세운 공신도 탐관오리라면 거열형이라는 참혹한 형벌을 가했다. 그렇기에 원나라는 이백팔십 년 동안이나 통치할 수 있었다. 지금 국법을 엄격히 하지 않는다면 역사의 심판을 받을 것이다. 이유 여하를 막론하고 문하우시중(門下右侍中) 이기춘을 철저히 조사하고 그와 관련된 사람들도 모두 조사를 하여 죄가 있는 자들은 모두 법에 따라 처리하라. 그리고 흥덕사 사건의 주범은 짐이 직접 처리할까 한다. 알겠느냐?"

"네, 분부대로 거행하겠나이다."

날개 달린 감찰부정(監察部正)이 문하우시중(門下右侍中) 이기춘을 더 조사하니 온통 비리의 온상이었다. 그는 받은 뇌물로 호화판 생활을 하며 측근들을 조정에 중요 직에 앉히고 자리를 튼튼하게 유지하고 있었다. 조사 결과에 따라 문하우시중(門下右侍中) 이기춘의 측근들이 다 조사에 따라 파직을 당하였다. 왕명에 의해 궁궐 앞에 끌려 나온 문하우시중 (門下右侍中) 이기춘과 충청 관찰사와 청주목사는 그동안의 문초에 초주검이 되어있었다. 우왕이 직접 판결을 했다.

"네 이놈들, 네 죄를 알렷다. 어느 관리도 사찰에 주지 스님을 고문한다는 것은 불교 국가에서 전무후무한 일이다. 어사대(御史臺)감찰부정이 조사한 것에 자필로 서명한 것에 대하여 할 말이 있느냐?"

문하우시중(門下右侍中) 이기춘이

"죽을 죄를 지었습니다. 목숨만 살려 주십시오."

충청 관찰사와 청주목사 이상길은 우왕 앞에서 입을 열지도 못했다.

"탐관오리 문하우시중(門下右侍中) 이기춘은 듣거라. 내 너를 그리 믿었거늘 자리를 빙자하여 매관매직하여 국법을 문란하게 하였으니 그 죄는 삼족을 멸하는 죄에 해당한다. 그러나 네 선대에서부터 나라에 봉사한 것을 참작하여 봉고파직을 하고 곤장 50대에 처한다. 어사대 감찰부정은 문하우시중(門下右侍中)을 수원성 옥에 가두고 다음 형에 대기하라. 그리고 문하우시중(門下右侍中) 이기춘의 전 재산을 압류하고 직계 가솔들을 공노비로 한다."

우왕은 최측근인 문하우시중(門下右侍中) 이기춘에게 청천벽력인 엄한 벌을 내린 것이다. 그 말을 듣고 있던 우왕의 측근들은 불똥이 튀지 않을까 숨을 죽이고 벌벌 떨고 있었다. 그들 대부분이 문하 우시중의 족벌이 아니던가. 곤장 50대는 살아남기 어려운 벌이다. 그 벌은 대역죄인 역모에 대한 형벌 급이었다.

"충청 관찰사, 네가 할 일은 충청지방의 백성을 잘 살피는 일이다. 그런데 조사하라는 청주목 홍덕사 사건에 뇌물을 받았다니 그 죄 또한 마땅한 중한 벌을 받아야 할 것이다. 충청 관찰사를 봉고파직하고 곤장 20대와 그에 전 재산을 몰수하라."

"청주목사 이상길은 백성들을 보살피는 홍덕사의 주지 스님과 달잠을 곤장을 친 죄는 불교 국가에서는 있을 수 없는 범죄이다. 그리고 비구니 묘덕을 '번외'라는 고문을 하여 살해한 죄는 역모에 버금가는 일이다. 그동안 청주목 백성들에게 가한 형벌은 돈을 착취하기 위한 수단이었음이 명백하다. 청주목사 이상길 그의 가솔들을 전부 공노비로 한다. 그리고 이상길이 착취한 모든 재물을 압수하고 이상길은 이기춘과 같이 곤장 50대와 수원성으로 압송하여 다음 명이 있을 때까지 옥에 가두거라."

목사의 가솔들이란 그에 부모는 물론 아내와 자식까지도 공노비라니 목사는 고개를 들지도 못했다. 문하우시중(門下右侍中) 이기춘과 목사 이상길은 우왕의 다음 형벌이 오기도 전에 수원성에서 혹독한 곤장을 맞은 게 원인이 되어 두 사람 다 죽었다.

23.
사랑은 묘덕을 파계로 몰고 달잠은 생의 무대를 닫았다

달잠에게 묘덕은 꼭 품에 안아보고픈 여인이었다. 욕망대로 욕망을 채웠다. 그것은 승려가 불사음계(不邪淫戒)를 범한 것이다. 달잠은 감당할 수 없는 죄책감이 온 마음을 짓눌러대 숨을 쉴 수도 없을 지경이 됐다. 무슨 해결책도 없으니 더욱 난감했다. 같이 도망을 한다면 무엇을 하여 먹고 살 것인가?

부처님을 믿어 왔다는 게 너무나 원망스럽다. 이것이 나에게 내린 벌인가? 묘덕을 보는 게 괴롭다. 그저 묘덕을 피하고 싶었었다. 이것은 나에게 내리는 부처님의 문책이다. 불사음계(不邪淫戒)의 욕망을 없애야 하는데 내 육체의 욕망은 숨통을 조여 왔다. 첫 만남은 온갖 욕망을 충족시켰다. 그것은 자아의 발견이며 밤은 그에게 고양이 귀를 달아주고 견딜 수 없는 수캐의 욕망을 선사했다. 달려들 때는 배고픈 호랑이의 모습이었고 뒤돌아 나올 때는 허무함이 영혼을 감쌌다. 환희의 절정은 폭풍우가 몰아치는 듯했으나 그것은 순간이었다. 묘덕을 향한 발길이 하루 이틀 더뎌지자 묘덕의 눈도 달라져 보였다. 더 큰 일이 벌어지기 전에 멈춰야 한다. 영혼은 언제 그랬냐는 듯 양심을 파고 들어와 괴롭했다. 그것이 나였다. 그녀를 두고 살쾡이가 되어 눈을 흘금거리며 나오면 후회가 몰아쳤다. 앞으로 어떻게 살 것인가가 감이 잡히지 않는다. 멈출 수 없을 것만 같았던 영혼이 일어나서 말을 걸어왔다.

'그래 네가 바라던 구도(求道)의 길이 이것이냐?' 밀회가 일 개월이 지나자 그 소리는 더욱 영혼 속으로 기어 들어왔다. 잠시 멈추고 싶다. 그러나 멈출 수 없는 심장처럼 발길은 밤의 고양이를 만들었다. 참으려는 욕망의 시간은 더 괴로움 속으로 빠져들게 했다.

후회의 고통이 환희를 누르는 날이 더해가기 시작했다. 멈춰야 해! 멈춰야 해! 부처님의 채찍이 영혼을 때린다. 삼 개월 동안의 갈등이 잠시 멈춘 것은 청주목의 소환 날이고 감옥에 있을 때이다.

자유로운 영혼을 묶은 것은 부처님이었다. 부처님을 떠나면 다시 자유를 찾을까? 내가 선택했기에 누구를 원망할 일도 아니다. 인생의 목표라면 당연히 쾌락이다. 그것은 불륜과 도덕의 상실로 이어질 수 있지만, 인간은 그것을 아주 떼어버릴 수가 없다. 이제 일부만이라도 양심의 가책이 도망친다 해도 도덕에서 도망쳐 혼자가 된 사람이 갈 곳은 어디인가! 매를 맞으면서 나를 쳐다보던 묘덕의 눈길을 피해버린 나이다. 이것이 인생인가! 죄책감이 숨을 곳이 없다.

성 자유의 성취는 쾌락을 주기도 했지만, 그것 또한 허망한 것이었다. 솔직한 심정이라면 묘덕과 일을 저지르고는 부처님은 삶에 부적절한 안내자라며 묘덕을 데리고 현실에서 도망치고 싶었다.

그러나 묘덕을 데리고 나가서 농토가 있어 농사를 지을 건가? 직업이 있어 돈을 벌어 살 것인가? 돈을 벌어본 일이 없는 승려에게는 어떻게 해볼 수도 없는 막막한 일이다.

차라리 농민이 되어 땀 흘리며 살았던들 이런 일을 당하지는 않았을 것 아닌가! 내가 남보다 우월한 것은 무엇이라 말할 수가 있는 게 있는가? 글자 몇 자 아는 것뿐이잖나!

아무리 생각을 해봐도 해 떨어진 다음에 낮을 그리는 어리석음이다.

묘덕 또한 인간일진대 이성 관계 후 그가 받은 인생에 대한 것은 무엇일까? 그도 나와 같은 생각을 안 했을 것 같지는 않다. 나는 내 인생을 그리고 묘덕 또한 인생의 그림을 그렸을 것 아닌가?

누구를 원망할 일도 아니다. 그래도 회초리를 든 부처님과 거짓 밀회를 할 것인가!

그래, 내가 할 일이 과연 무엇인가? 책임지지 못할 일을 벌인 나는 부처님과 속세 사이에서 동물에 근성으로 방황하는 한 마리 벌레였다.

나는 정말 부처를 닮으려고 노력했던 인간이 맞는가? 그림자인가? 어디서 살다가 무엇이 환생한 것인가? 인간이라는 동물로 태어나 이성 생각이 안 난다면 아마도 그것은 동물이 아닐지도 모른다. 그렇게도 부처님을 외치며 살았던 것은 내 마음에 어느 구석에 처박혔나! 나라는 존재는 교활한 것을 가지고 태어났나?

내 인생의 처음부터가 잘못 꿰어진 단추일지도 모른다. 내가 그토록 갈망했던 것이 이성이란 말인가? 더러운 변절자인가? 다시 세속으로 들어가고픈 개종자의 변명인가? 동물의 근성으로 목적 달성을 하고는 뺑소니를 쳤던 것은 아니었던가! 묘덕을 품은 것은 승리였나? 성욕을 채우고 나니 부처님이 도망갔나?

내 주변의 상황에 이끌려 선택한 것이 승려라면 왜 못 버티고 세속에 놀아났을까! 승려를 하다가 소화불량에 걸려 토하는 중인가? 모를 일이다. 묘덕을 왜 영원한 여인상으로 간직할 수는 없었을까? 불사음계(不邪淫戒) 그게 그리도 두려워 거짓으로 살아온 것은 무엇으로 변명을 할 것인가?

혼돈의 세계에서 부처님이라는 허공에 환상을 좇아 날다가 추락하며 허공에 헛손질을 한 것일 거야!

풀뭇간에서 대장장이에게 얻어맞는 쇳덩이처럼 불 속에 넣었다가 다시 꺼내 얻어맞는 쇠라도 되어 다시 만들어질 수 있다면……. 하늘을 쳐다보기가 부끄럽다. 달잠은 생각했다. 묘덕은 내가 죽인 것이다.

웬일까? 하루하루가 갈수록 쌓이는 그리움. 묘덕이 정말 보고 싶다. 내가 돌아버린 것이 아닐까? 절 마당을 거닐면 묘덕과 첫 만남의 방을 그냥 지나칠 수가 없다.

살아있을 적에는 생각지도 못했던 그리움이 마음을 뒤흔들기 시작했다. 그녀가 나를 보기 위하여 공양시간이 아닌데도 감자, 고구마를 삶아 가지고 와서 미소짓던 모습이 아롱거린다. 경주로 떠날 때 내가 안 보일 때 까지 서 있었다는 흥덕사의 입구로도 나가 보았다. 그녀는 내가 무심천을 다 건널 때까지 쳐다보고 있었을 것이다.

직지 쇠 활자를 성공하고 첫 책이 만들어졌을 때 나를 쳐다보며 누구보다도 환희의 기쁨을 보태준 그녀. 아! 정말 보고 싶다. 그리움이라는 표현, 그것보다도 더 마음속의 것을 꺼내야 할 글은 없는 것일까? 그렇다 하니 정말 그 생각밖에는 안 난다.

목사가 그녀를 겁박하고 채찍을 칠 때 왜 죽기를 각오하고 달려들지 못했을까! 그것이 나라는 인간이었구나! 묘덕이 죽고 나서야 그립다니 이것은 이중인격의 극치가 아닌가? 이제는 내 입으로 나무아미타불 관세음보살을 찾는다는 것은 할 수 없는 일이 되고 말았다. 허에 찔린 양심은 도덕을 일깨우고 밀려오는 묘덕의 비명이 가슴을 압박하며 숨을 쉬지도 못할 정도가 되었다. 그게 그리움인 줄을 이제야 알았다.

나를 사랑했던 묘덕도 인간이고 묘덕을 사랑한 나도 인간이었다. 그 자유를 뺏어간 것이 묘덕의 고문이고 죽음이었다. 인간의 탈을 쓰고 동물의 그 습성을 떠나보내지 못한 것이 내 책임이다. 어떤 일이든 결정해야 할 시간이다.

언젠가 가야 할 곳, 그곳으로 가야 묘덕을 만날 것이다. 그녀가 잠든 청주 산성 밑 자락의 양지바른 곳, 묘덕의 묘를 찾았다.

너무나 보고 싶은 묘덕아! 미안하다! 정말 미안하다!

묘 앞에 서니 후회의 눈물이 얼굴을 매만진다. 이제 묘덕에게 사죄의 일을 해야 할 시간이다. 눈물을 씻을 필요는 없다.

달잠이 생의 무대를 닫을 때 하늘에서는 에밀레종이 전설처럼 울렸
다.

에필로그

「직지」란 고려 우왕 때인 1377년 7월 1일 청주시 흥덕구 운천동, 흥덕사지에서 세계최초로 만든 금속 활자본이다. 세계문화에 큰 획을 그은 「직지」는 구텐 베르크의 42행 성서보다도 78년 즉 1세기나 앞서 금속활자로 인쇄된 책이다. 백운 화상이 기획하고 석찬, 달잠, 묘덕이 6년여의 연구 끝에 금속 활자를 만들었다.

모리스 꾸랑(Maurice Courant, 프랑스 출생, 1865-1935)은 프랑스 샹 드 마르스에서 1900년 4월부터 11월까지 열린 만국 박람회에 한국관 홍보를 위해 출간한 것으로 알려진 대한제국 안내도록 「1900년, 서울의 추억」의 저자이다. 여기에 「직지」가 금속활자로 인쇄되었음이 기록되어 있다. 이 사실로 보아 「직지」의 최초 발견자는 모리스 꾸랑이다.

「직지」는 모리스 꾸랑이 발견하여 「1900년, 서울의 추억」에 다 써서 발표하고 그 목록 또한 프랑스 국립 도서관에 있었던 것이다. 지금까지 박병선 박사가 「직지」의 최초 발견자라는 인상을 준 이야기는 사실이 아니고 오보이다. 모리스 꾸랑이 현 「직지」의 표지에 "1377년에 금속활자로 인쇄된 가장 오래된 한국인쇄본"이라고 썼다. 이 글이 쓰여있는 책 표지가 증명해 준다.

박병선 박사는 우리나라와 공동으로 국제 전문기관에 감정을 의뢰하고 유네스코에 기록을 올린 것이 큰 공이다.

「직지」를 프랑스로 가져간 플랑시, 그의 본이름은 빅토르 에밀 마리 조셉 콜린 드 플랑시 (Victor Emile Mari Joseph Collin de Plancy) 이다. 그는 1853년 11월 22일 플랑시에서 태어나 1922년 10월 25일 파리 15구에서 사망했다. 그의 아버지 자크 콜린 드 플랑시는 저자 (著者)이자 출판사 社主였다.

조선의 프랑스 초대 공사와 3대 공사를 지낸 플랑시는 조선이 가장 어려웠던 시기인 1910년 고종을 전연 도와주지 않은 프랑스 공사이다. 오히려 러시아 황제가 고종을 도와 헤이그에 밀사를 파견하게 해 주었다. 플랑시는 궁중 무희 리진(이화심)을 사랑한다고 고종을 설득해 본국으로 귀국시 데리고 갔다가 제 3차 공사로 와서는 리진을 궁중무희로 도로 만드는 바람에 리진이 자살을 하게 한 장본인이다. 플랑시는 고서적을 모아 돈을 벌 욕심만 챙긴 사람이다. 그가 한국에서 가져간 고서적은 700여 종류, 약 2,000권(추정) 정도이다.

1911년 드루오 호텔 경매시장에서 「직지」가 앙리 베베르 (1854-1942)에게 180프랑에 팔려나간 후 프랑스 파리 국립도서관은 뒤늦게 「직지」의 세계사적 가치를 알았다. 도서관장이 세 번이나 앙리 베베르에게 찾아가 팔거나 기증해 달라고 요청했다. 그러자 사후에 기증하겠다고 했고 그의 재산 상속자가 약속을 지켰다.

이것으로 볼 때 프랑스는 「직지」가 금속활자본이라는 그 사실을 알고 있었음에도, 도서 반환 문제가 생길까 봐 숨긴 것이 아닐까? 그 사실은 바로 한국에 알려졌으며 세계에 최대 뉴스거리가 됐다.

「직지」는 1972년 세계 도서의 해에 전시했고, 1973년 프랑스 국립도서관의 '동양의 보물' 전시에서 공개된 것이 마지막이다.

그러던 것을 2023년 4월 12일부터 2023년 7월 16일까지 프랑스 국립도서관에서 50년 만에 전시를 한다고 공개하고 현재 진행 중이다. 전시 공개 행사에는 우리나라 주 프랑스 대사, 문화재청 문화 재활국장, 국외소재 문화재 재단 이사장, 청주시장, 조계 불교관계자들이 참석했다.

1900년 국내 정세로 정신이 없었던 고종 정부는 「직지」에 대해 큰 신경을 쓸 겨를이 없었을 것이다. 플랑시가 「직지」를 프랑스로 가지고 가지 않았다면 **세계의 보물인 금속활자 「직지」**는 영원히 햇볕을 보지 못했을 수도 있었을 것을 작가는 생각한다.

직지 타임머신

초판 1쇄 2023년 5월 23일

지은이 정진문

펴낸곳 문학여행
발행인 고민정
주 소 서울특별시 서대문구 연희로37길 77-13 402호
홈페이지 www.bookjour.com
이메일 contact@bookjour.com
전 화 1600-2591
팩 스 0507-517-0001
원고투고 edit@bookjour.com
출판등록 제2021-000020호

ISBN 979-11-88022-56-4 (03810)